리빙스턴 씨의 달빛서점

리빙스턴 씨의 달빛서점

모니카 구티에레스 아르테로 장편소설
박세형 옮김

LA LIBRERÍA
DEL SEÑOR LIVINGSTONE

문학동네

일러두기

1. 원주라고 밝히지 않은 주석은 모두 옮긴이주다.
2. 본문 중 고딕체는 원서에서 이탤릭체나 대문자로 강조한 부분이다.
3. 장편소설과 기타 단행본은 『 』, 시와 단편 등은 「 」, 영화와 곡 등은 〈 〉로 구분했다.
4. 외래어 표기는 국립국어원 외래어표기법에 준했으나, 일부는 현지 발음이나 관용에 따랐다.

나의 그분께. 모든 일에. 항상.

1

리빙스턴 씨는 로버타 트위스트가 그녀의 외아들에게 올리버라는 이름을 지어주고 세인트앤드류 장로교회에서 세례받도록 한 게 영 못마땅했다. 장로교 교인들에게 특별히 반감이 있다거나 세인트앤드류교회의 흉물스러운 돔이 보기 싫어서는 아니었다. 그녀가 올리버 트위스트라는 남자아이를 월요일부터 금요일까지 자신의 서점 앞에 내버려두고 가는 심보가 고약하다고 생각했기 때문이다.

에드워드 리빙스턴은 햇수를 세기도 힘들 만큼 오랫동안 서점을 운영해왔다. 그건 직업적 소명이 아니라 생존의 문제였다. 리빙스턴 씨는 사람보다 책에 대해 더 잘 알았다. 물론 이견이 있을 수도 있겠지만—더없이 노련한 서점 주인이라도 예외는 있다—서점에 있다보면 손님보다 책을 훨씬 많이 상대하기 마련이다.

흰 글씨로 달빛서점이라고 쓴 멋들어진 파란색 간판을 단 그의 서점은 템플지구 좁은 골목의 2층짜리 건물에 자리잡고 있다. 주변 가게라고는 1920년대에 호황을 누리던 신사화 매장과 미스터 마구*를 빼닮은 재단사가 운영하는 양복점이 전부다. 재단사는 고령의 노인이고, 단골들은 이제 대부분 아예 가게를 찾아올 수 없게 되었다. 리빙스턴 씨는 자기 서점이 한갓진 곳에 있다는 사실에 괘념치 않았다. 삶에 신비한 구석이 없다면 무슨 재미로 사느냐고 생각하는 편이기 때문이다.

거리에서 바라보면 온통 파란색으로 칠한 달빛서점의 목조 건물과 말끔한 진열창이 눈에 들어왔다. 진열창 너머로 일사분란하게 늘어서 있는 매력적인 소설들이 행인들의 시선을 붙잡곤 했다. 본인이 직접 진열하지는 않았지만 리빙스턴 씨는 짐짓 구시렁대며 흡족한 얼굴로 이 책들을 바라보곤 했다. 건물과 마찬가지로 파란색으로 칠한 서점의 나무문에는 깃털 펜처럼 생긴 특이한 문손잡이가 달려 있다. 서점 문을 열면 어디서도 들어보지 못한 독특한 종소리가 손님들을 맞이했다.

* 동명의 영화 주인공으로, 대머리에 심한 근시다.

마흔 줄에 접어들었을 무렵 에드워드 리빙스턴은 자신의 독서 철학에 따라 서점 공간을 배치했다. 1층에는 고전, 2층에는 현대 작가의 책과 여행책, 그리고 지도, 철학, 신학, 역사 분야의 책들이 있었다. 그리하여 가장 최근의 작가들도 아리스토텔레스나 플루타르코스, 투키디데스, 볼테르, 루소 또는 칸트를 비롯한 근대 파수꾼들의 따가운 시선에서 벗어날 수 없었다. 겉으로는 윤기가 자르르하지만 흐르는 세월을 이기지 못해 삐걱거리는 마루와, 책으로 가득한 거대한 책장들이 들어서 있는 빛바랜—한때는 보랏빛으로 반짝였을—벽으로 이루어진 서점의 1층과 2층은 나선계단으로 이어져 있다. 역시나 나무로 된 계단 가장자리를 따라 세워진 호화로운 철제 난간은 똑같이 쇠로 주조된 아름다운 장미와 식물 문양으로 장식되어 있다. 리빙스턴 씨는 1층에 놓인 작가들의 책을 충분히 읽지 않고서는 2층에 있는 작가들을 제대로 음미할 수 없다고 생각했기에 그런 독특한 배치를 구상했다. 특별한 모더니즘 스타일 난간에 대해 그가 대놓고 자랑을 늘어놓는 경우는 드물었다. 하지만 21세기에 들어서서 예리한 눈을 가진 고객들이 완전히 사라져버린 게 아니라면, 우리의 서점 주인이 그 훌륭한 계단을 오르내릴 때마다 손끝으로 검은색 난간을 섬세하게 쓰다듬는 모습을 못 보고 지나쳤을 리는 없을 것이다.

별이 빛나는 밤에 고개 들어 서점 위 하늘을 바라보면 서점 주인이 달빛서점이라 이름 붙인 까닭을 이해할 수 있었다—리빙스턴 씨의 견해로는 트위스트 부인이 자신의 외아들에게 올리브라는 이름을 지어준 것보다 합리적인 결정이었다—피라미드 형태의 근사한 유리 채광창이 높다란 2층 목조 천장을 웅장하게 덮고 있었다. 하루가 멀다 하고 비가 내리는 런던의 날씨 탓에 낮에는 거의 햇빛이 들지 않지만 청명한 밤에 문득 고개를 들면 달과 별이 반짝이는 아름다운 하늘이 눈에 들어왔다. 달빛서점의 주인장은 나선계단과 더불어 이 채광창을 자신의 가장 귀중한 보물로 여겼다.

빅토리아시대에 활동한 스코틀랜드 출신 의사이자 노예해방운동가이자 탐험가—그는 잠베지강에서 폭포를 발견하고 '빅토리아폭포'라 이름 붙였다—인 먼 조상과 달리 에드워드 리빙스턴은 지도와 탐사 일지 대신 좋아하는 책들을 벗삼아 안전한 모험을 떠나는 편을 택했다. 여느 훌륭한 서점 주인들처럼 서점이 그의 세계요, 독서가 그의 국가요, 책 제목과 작가 이름을 알파벳순으로 정리한 목록이 그의 헌법이었다. 몇 년 전에 그 목록을 컴퓨터에 입력해 전산화했지만 사실 그는 컨디션이 최악인 날에도 각각의 책이 꽂혀 있는 자리를 눈감고도 찾을 수 있었다.

올리버 트위스트가 여덟 살짜리 아이의 철저한 논리로 이때껏 확고하던 리빙스턴 씨의 소신을 송두리째 뒤흔든 건 화요일이었다. 런던의 11월이 늘 그렇듯 해가 일찍 저물었고 벌써 조명이 환히 켜진 서점 안에서는 손님 세 사람이 1층 신간 코너를 둘러보는 중이었다. 손님들이 걸음을 옮길 때마다 왁스 칠 된 낡은 마루가 삐걱거렸고, 우리의 별난 서점 주인도 평소보다 더 까칠한 얼굴을 하고 있었다.

그날 오후 에드워드 리빙스턴은 새로 들어온 책들을 서가에 배치하느라—매주 화요일 오전에 납품업자들이 책을 배달했다—숨을 헉헉대며 아름다운 나선계단을 수없이 오르내린 터였다. 어느 순간 그는 너무 지친 나머지 2층에 있는 자주색 소파 한쪽에 앉아 잠시 휴식을 취하기로 했다.

"도와줄 사람을 좀 구하시지 그래요."

책가방과 천문학 책들을 싸들고 역사책 서고 앞 자신의 전용석에 떡하니 앉아 있는 올리버 트위스트의 깐족대는 목소리가 리빙스턴 씨의 신경을 긁죽였다.

"너야말로 집에 좀 가지 그러니."

서점 영업시간이 끝나기 전에 엄마가 데리러 올 리 없다는 걸 잘 아는 올리버는 어깨를 으쓱하고는 목성의 위성에 관한 두꺼운 학술서에 다시 얼굴을 파묻었다. 리빙스턴 씨가 2층에 조용히 자리를 차지하고 있는 올리버의 존재에 익숙해진 것처럼 올리버도 서점 주인의 까칠한 성격에 익숙해진 터였다.

올리버는 매일 수업이 끝나면 트위스트 부부의 조수인 클라라와 학교 정문 앞에서 만났다. 클라라는 올리버에게 간식을 건네주고 아이를 말없이 달빛서점으로 데려다놓았다. 올리버는 클라라의 계약 내용을 상세히는 몰랐지만 그녀의 임무에 자신이 포함되어 있지 않다는 건 확실히 알 수 있었다. 부모님이 고용한 조수는 되도록 말을 섞지 않고 혹덩어리를 최대한 빨리 처치하려 했다. 올리버는 클라라가 자신을 어딘가로 배달해야 할 짐짝 정도로 여기는 것 같다고 느꼈다. 상식적인 사람이라면 누가 짐짝과 대화를 나누겠는가.

리빙스턴 씨는 딱히 올리버를 싫어하지는 않았다. 오히려 아이가 매일 서점 문을 열고 들어오는 여남은 손님들보다 식견이 넓다고 생각해서 영재 특유의 괴벽을 너그럽게 이해했다. 그렇지만 초등학생 나이대의 아이에게 벌써부터 디킨스에 대한 혐오감을 부채질하는 트위스트 부인의 취향은 도저히 용납할 수 없었다—리빙스턴 씨는 요즘 학부모들이 디킨스는 깎아내리고 프랑스문학 영향을 받은 형편없는 작가들 작품을 읽히려 한다고 생각했다—로버타 트위스트는 '눈의 여왕'*처럼 아름다운 변호사다. 예쁜 얼굴뿐만 아니라 차가운 마음씨마저 눈의 여왕을 닮았는지 아들을 매일 홀로 방치하면서도 일말의 연민을 느끼지 않았다. 서점 주인은 올리버의

* 안데르센이 쓴 동명의 동화 속 주인공. 영화 〈겨울왕국〉의 모티프가 되었다.

아이큐나 집안 사정에 별다른 관심이 없었다. 하지만 그는 아이의 말을 편견 없이 경청할 줄 알았다.

한번은 에드워드가 아이에게 무슨 이유로 오후 내내 서점에 있는지 물어본 적이 있었다. 그때까지만 해도 아이가 역사책 코너에 있는 모습을 매일 보게 되리라고는 생각지 못했다.

"친구들이랑 퀴디치*를 하는 게 더 재밌지 않니?"

"저는 친구가 없어요." 책더미에 둘러싸인 채 바닥에 앉아 아이가 답했다.

"꼭 친구여야만 같이 놀 수 있는 건 아니잖아." 리빙스턴 씨가 덧붙였다. 자신의 주소록에도 친구들 이름이 그다지 많지 않다는 생각이 문득 떠올랐다.

"저는 여기 있는 게 좋아요."

바로 그날 오후에 서점 주인은 트위스트 부인에게 재차 주의를 주었다.

"이곳은 어린이집이 아닙니다. 자제분을 매일 오후에 여기 맡기시면 곤란하죠."

"전에도 말씀드렸잖아요. 시간당 얼마면 되죠?" 눈의 여왕이 한 손에는 서류 가방, 다른 한 손에는 휴대폰을 든 채 도도한 목소리로 답했다.

---

* 『해리 포터』 시리즈에 나오는 가상의 구기종목. 이후 현실 스포츠 '쿼드볼'로 자리잡았다.

변호사답게 돈이면 모든 게 해결된다는 소신을 가진 사람이었기 때문에 달빛서점에서는 왜 그런 익숙한 관행이 통하지 않는지 그녀는 이해하지 못했다.

"이곳은 서점입니다. 아이를 맡아주는 대가로 돈을 받거나 하지 않아요."

"올리버는 손님이에요. 말썽 피우는 법도 없고 물건을 더럽히거나 사람을 물지도 않죠." 그녀는 쏘아붙이듯 말하고 잽싸게 문밖으로 나가버렸다.

그녀의 아들은 어깨를 으쓱하곤 귀밑까지 빨개진 채 엄마 뒤를 따라 나갔다. 이튿날 올리버가 리빙스턴 씨에게 자초지종을 설명했다. 달빛서점에서 오후 시간을 보내기로 한 건 자기 생각이고 오히려 부모님은 반대하는 입장이었다고.

"엄마 아빠가 저를 여러 학원에 보냈는데 하나같이 다 맘에 안 들었어요. 그래서 학원에서 쫓겨나려고 머리를 썼죠."

"어떻게?"

"수업 시간에 자는 척했어요. 심리학자들은 아이가 싫어하는 걸 억지로 시키지 말라고 하거든요. 제가 관심 있는 건 우주탐사뿐이에요."

에드워드는 오래전부터 교육심리학에 회의적이었던 터라 아이의 설명이 타당한지 굳이 따지려 들지 않았다. 하지만 왜 하필 자기 서점을 택했는지 궁금했다.

"이 서점에는 천문학 책도 별로 없잖니."

"하지만 여기서는 밤에 별을 볼 수 있잖아요." 올리버가 대답했다.

리빙스턴 씨에게도 자신의 서점이 이 세상의 유일한 안식처였다. 그러니 아이가 그의 서점을 좋아한다고 탓할 수는 없는 노릇이었다.

하지만 리빙스턴 씨가 서점에서 오랜 시간을 보내는 올리버에 대해 더이상 불평하지 않게 된 건 그 이유 때문이 아니었다—물론 로버타 트위스트는 서점 주인이 불만을 토하든 말든 눈도 깜짝하지 않았다—다른 손님들이 아이의 존재에 딱히 신경쓰지 않아서도 아니었다. 진심으로 책을 사랑하고 피라미드 모양 천창을 좋아하는 아이에게 점차 호감을 느끼게 되어서도 아니었다. 달빛서점 2층 남쪽 한구석에 늘 자리를 차지하고 있는 올리버 트위스트의 모습이 그동안 익숙해져서였다. 아이는 매일 오후 학교를 마치고 낡은 마룻바닥에 앉아 가방에서 자기 보물들(오래된 천문도, 육분의, 책, 종이, 색연필)을 꺼내놓고 행복한 얼굴로 광대한 우주에 빠져들었다. 그 장면이 거의 매일 의식처럼 반복되며 리빙스턴 씨의 뇌리에 일상으로 자리잡은 바람에 책으로 우주를 배운 우리 꼬마 우주비행사가 감기에 걸려 일주일 내내 집에 있어야 했을 때는 아이가 보고 싶다는 생각마저 들었다.

에드워드는 허리가 뻐근했다. 힘을 많이 쓴 탓에 발을 움직이자 다리도 살짝 후들거렸다. 나이든 서적상들에게 흔히 찾아오는 노쇠의 징후를 마주하고는 속으로 욕설을 내뱉었다. 이제 정말로 자랑스러운 나선계단을 오르내리며 주문한 책을 옮기는 일을 도와줄 젊은이를 고용해야 할 때가 온 건지도 몰랐다.

“설마 너를 말하는 건 아니겠지?” 리빙스턴 씨가 아이의 제안을 듣고 물었다.

“그럴 리가요. 저는 다른 데 쓸 시간이 없어요.”

“최연소 우주비행사가 되려면 말이지. 그래, 나도 안다.”

“대학생을 고용하세요. 체력도 좋고 아르바이트 일자리를 찾잖아요.”

“여섯 살짜리 어린애의 충고를 들은 적은 없었는데.”

“전 이제 여덟 살이라고요. 생일이 지난 지 두 달 하고도 삼주나 됐는걸요.”

“어이구, 대단하구나.” 리빙스턴 씨가 아이 손에 들린 책 제목을 읽으며 궁얼댔다. “어쨌든 이 서점 주인은 나야. 목성의 위성을 탐사하는 꼬마 우주비행사가 아니라.”

이 세상에 사람의 마음을 음울하게 만드는 종소리가 있다면 그건 아마 달빛서점의 문에 걸린 종에서 나는 소리일 것이다. 종이 울리며 새로운 손님이 왔거나 안에 있던 손님이 나갔다는 사실을 알렸다. 에드워드 리빙스턴은 1층으로 내려가 계산대를 지켜야겠다고 생각했다.

"이거 하나만 확실히 해두자." 서점 주인이 척추 관절에서 우두둑 소리를 내며 허리를 펴고 말했다. "내가 아르바이트를 고용하더라도 네 말 때문은 아니야. 오후 내내 2층까지 옮겨놔야 했던 세계지도 신판이 너무 무거웠기 때문이지."

에드워드는 아끼는 계단을 따라 1층으로 내려와 모두 그대로인 걸 확인하고—오래전부터 그는 목요일을 제외한 나머지 날에는 돌발 상황이 일어나지 않게끔 조치해두었다—자신이 특별히 신경쓰는 진열대를 지그시 바라보았다. 거기엔 그가 애지중지하는 고전 작품들과 함께 예외적으로 달빛서점의 1층을 차지한 책들이 있었다. 바로 그림책들이었다. 리빙스턴 씨는 화려한 색상의 그림책들을 끔찍이 아꼈다. 수십 년간 문학작품을 탐독하고 지식을 탐구했건만(어쩌면 바로 그런 이유 때문에) 출판사에서 보내온 신간 카탈로그나 새로 발견한 희귀한 고서(그는 자신의 조상처럼 새로운 무언가를 발견하면 매번 놀라움을 금치 못했다)를 넘기다가 아름다운 삽화를 마주할 때마다 넋을 잃었다. 출간된 지 얼마 되지 않은 뱅자맹 라콩브, 팀 버튼, 이반 바레네체아, 사라 모란테, 샬럿 보크, 스티븐 비스티, 퀜틴 블레이크의 멋진 책들, 시간이 흘렀음에도 깨끗하게 보존된 모리스 센댁, 조르주 바르비에, 알

폰스 무하, 툴루즈로트레크, 귀스타브 도레의 그림책들이 커다란 탁자에 옹기종기 진열되어 있었다. 리빙스턴 씨가 아끼는 책들은 모두 엄격한 질서에 따라 정리돼 있었지만 그림책들이 놓인 이 구역은 야생의 무법지대나 다름없었다. 누구의 땅도 아닌 동시에 모두의 땅인 그곳은 화가, 만화가, 판화가, 광고 디자이너, 일러스트레이터 등 하루라도 붓을 쥐지 않는 날이 없는 저명한 삽화가들의 집합소였다.

이러한 보물들 사이에서도 유독 눈에 띄는 것이 있었다. 바로 자그마한 받침대 위에 놓인 유리 진열장이었다. 리빙스턴 씨는 그 안에 은은한 조명을 켜고 탐험가였던 조상이 쓴 탐사 일지 원본을 펼쳐서 전시해두었다. 『아프리카 남부의 지리, 동물, 식물, 지질 관찰(1849~1851)』. 십여 년 전에 독신으로 살던 고모에게 물려받은, 데이비드 리빙스턴 박사의 육필이 담긴 수첩이었다. 그 역사적인 가보가 작은 진열장에 소박하게 전시된 듯 보이지만 지인들은 그가 그것을 얼마나 귀하게 여기는지 잘 알았다. 진열장이 너무 높아 탐험가의 보물을 구경할 수 없다며 올리버가 불만을 쏟아내도 보여주지 않을 정도였다.

질서정연한 서점의 바다 위에 떠 있는 그 무질서한 작은 섬 때문이었을까? 아니면 한 해의 가장 까칠한 서점 주인에게 수여하는 스크루지상 후보에 세 번이나 올랐음에도 한 번도 상을 받은 적이 없기 때문이었을까? 리빙스턴 씨는 자신의 소신을 굽혀 아이의 훌륭한 조언을 따르기로 결심하고 찌푸렸던 인상을 폈다. 그리고 바로 그날 오후에 달빛서점 입구에 구인 광고를 걸었다. 직원 구함.

2

아그네스 마르티는 인터넷으로 통장 잔고를 확인하고 땅이 푹 꺼지도록 한숨을 내쉬었다. 런던에 온 지 삼 개월이나 지났지만 비행기에서 내리며 품었던 기대와 달리 아직도 번듯한 직장을 구하지 못한 터였다.

"런던으로 갈래요." 그녀는 고향 바르셀로나를 떠나기 전 부모님에게 말했다. "일 년에 겨우 사 개월을 일하고 연구비 감축을 걱정하는 불안정한 상황에 넌더리가 나요. 봄에 발굴 작업에 참여하고 나머지 기간에는 이력서를 들고 이 무정한 도시의 거리를 돌아다니며 구걸하는 데 지쳤다고요."

그녀의 부모는 비장한 선언에 감명받았다기보다 안타까운 마음이 든 듯 마지못해 동의했다. 심리학자인 친구가 여러 번

경고한 빈 둥지 증후군이라는 것을 잘 견뎌낼 수 있을지 자신이 없었던 것이다.

"거기 가서 뭐할 건데?" 어머니가 물었다.

"큰 박물관에 일자리를 구해보려고요. 대영박물관 같은 데 말이에요."

아그네스가 기어들어가는 목소리로 대답했다. 평생 허영과 거리가 먼 삶을 살아온 그녀에게는 대영박물관을 떠올리는 것조차 분수에 넘치는 일 같았다. 하지만 더없이 무모한 꿈을 입밖에 내면 꿈을 이루기 위해 필요한 용기를 얻을지도 몰랐다. 아그네스는 무분별한 뉴에이지 철학 신봉자가 아니었지만 한 번쯤은 운명의 호의를 믿어야 한다고 생각했다.

아그네스가 런던으로 가서 새로운 일을 찾아야겠다고 마음먹은 건 봄에 발굴현장에서 잔잔한 물결처럼 일렁이는 황혼에 젖은 옥시링쿠스의 풍경을 보았을 때였다. 아그네스는 고고학 학위를 받고 봄마다 주제프 파드로 교수가 지휘하는 발굴작업에 오 년째 참여하고 있었다. 카이로 남서쪽에 위한 옥시링쿠스, 즉 현재의 엘바나사는 상이집트시대에 페르메제드라고 불리던 도시로, 헬레니즘시대에는 화려한 문화 및 상업의 중심지였다가 7세기 아랍 침공 이후에 쇠퇴한 지역이었다. 20세기 후반부터 바르셀로나대학과 카탈루냐이집트학회, 고대이집트협회 주도하에 해당 지역의 역사 및 고고학 연구 프로젝트가 진행되었다. 발굴현장, 유적 복원 및 정비, 새로운 고고학적 발견, 고대 이집트 헬레니즘시대에 대한 연구가 매년 세이렌의 노래처럼 아그네스를 사로잡았다. 해가 지고 하루 일과가 끝나면 젊은 고고학자는 아름다운 유적지를 거닐며 발굴현장에 부드럽게 내려앉는 먼지 속에서 아프리카의 고유한 색조를 감상했다. 그녀는 플린더스 피트리*가 1920년대에 바로 그 돌무지를 따라 걸음을 옮기는 상상에 잠기기를 좋아했다.

아그네스는 고고학의 낭만과 연구자들의 동료애, 담당 교수의 열정에 쉽게 사로잡혔다. 하지만 매년 여름 현장 작업을 마치고 바르셀로나로 돌아갈 때면 다시 불만족스러운 현실을 마주할 수밖에 없었다. 그녀는 영어가 능숙해지도록 실력을 갈고닦았지만 여전히 안정적인 직업 없이 부모님 집에 얹혀 살고 있었다. 고고학을 전공한 친구들은 다른 나라로 가거나 쥐꼬리만한 월급을 받으며 일하는 형편이었다. 교직에 몸담을 생각도 해보았지만 폐소공포증 때문에 교실에 갇히는 걸 견딜 수 없을 것 같았다. 그래서 그녀는 옥시링쿠스 발굴의 고고학적 성과에 관한 논문을 쓰며 여름철의 우울함을 달랬다. 그때까지 논문을 세 편 발표했는데 그중 하나는 주제프 파드로 박사와 다른 저명한 고고학자들에게 인정받기도 했다. 물

* 고대 이집트 연구의 선구자로 불리는 영국의 고고학자.

론 그 이력만 가지고 대영박물관에 취직하기에는 한참 부족했지만 시도라도 해보지 않으면 평생 후회할 것 같았다.

런던에 도착한 뒤 그녀는 일자리를 구하기 위해 곤혹스러워할 만큼 지인들을 들볶았다. 직업소개소 대여섯 곳은 아예 주소도 외울 정도였고 박물관에 늘 직접 찾아가 이력서를 제출했다. 고대 고고학 전공자를 원하는 곳은 어디에도 없는 것 같았다. 영국인들이 자랑하는 그 무수한 성전들을 구석구석 샅샅이 살펴봤는데도.

"스트랫퍼드어폰에이번*에서 유물을 발굴할 일은 없어요." 흰 머리에 뿔테안경을 쓴 여자가 황송하게도 대영도서관 2층에서 아그네스의 이력서를 훑어보고는 매우 심각한 얼굴로 말했다.

"꼭 발굴현장이 아니어도 괜찮아요."

"죄송한데 우리와 일하려는 이유를 모르겠군요. 여기가 셰익스피어협회라는 건 아시죠?"

"혹시 원고를 발굴해야 할 일이 있지 않을까요? 아니면 원고의 연대를 측정하는 일이나."

"우리와 일하는 분들 중에 언어학자나 다른 독특한 분야의 분들은 있지만 고고학자는 한 명도 없어요."

---

* 셰익스피어의 출생지로 알려진 도시.

"역사학자도 있지 않나요?"

"연감을 확인해봐야겠군요." 그녀가 자신의 재치에 웃음을 터뜨렸다.

"고고학자는 손이 더러워지는 걸 주저하지 않는 역사학자라고 보시면 돼요."

"책에도 먼지가 쌓여 있기는 하지만……"

"제가 책을 청소하면 되겠네요."

그 순간 아그네스 마르티는 자신이 절망과 슬픔에 빠져 미쳐가고 있음을 깨달았다.

그녀는 비극의 한 장면처럼 흰 머리에 뿔테안경을 쓴 부인에게서 등을 돌려 그곳을 나왔다. 수많은 줄리엣들이 그녀의 극적인 퇴장에 감탄했을 것이다. 그리고 발길 닿는 대로 무작정 걷다가 세인트팬크러스역에 이르렀다. 딱히 기차역들을 좋아하는 건 아니었다. 하지만 주홍색 벽돌과 뾰족아치가 돋보이는 그 웅장한 기차역은 갈 곳 없는 구직자의 마음을 사로잡았다. 화려한 고딕양식 외벽은 그보다 훨씬 평범한 바로 옆의 킹스크로스역 대신 영화 〈해리 포터〉에 등장하기도 했었다. 아그네스는 J. K. 롤링이 왜 호그와트행 급행열차가 서는 9와 4분의 3 승강장을 세인트팬크러스역에 있는 것으로 설정하지 않았는지 항상 의아했다.

하지만 우리의 고고학자가 런던에 도착한 지 얼마 되지 않아 그 역과 사랑에 빠진 것은 소설 때문이 아니었다. 그녀가 세인트팬크러스역에서 약간의 평온과 위안을 얻을 수 있었던 건 두 사람 덕분이었다. 금속으로 만들어진 한 사람과 살과 뼈로 이루어진 한 사람, 즉 기차역 정문 근처에 있는 시인 존 베처먼의 동상과 승강장 바로 옆에 위치한 자그마한 찻집 포트넘앤메이슨에서 일하는 그녀의 동거인 재스민. 존 베처먼은 자유를 추구하는 낭만적인 영혼과 마음의 소리를 따르려는 의지와 노력을 떠올렸다. 재스민은 우유를 끼얹은 얼그레이 차와 런던에서 가장 맛있는 당근 케이크를 가져다주는 다정한 친구였다.

존 베처먼은 2차세계대전 이후 폭격 피해를 입은 세인트팬크러스역을 허물거나 전면적으로 개축하는 문제를 심각하게 검토하던 런던시에 맞서 역을 지키기 위해 끈질기게 투쟁했다. 베처먼은 세인트팬크러스역이 "콘크리트로 가득한 세상에 남겨지기에는 너무 아름답고 너무 낭만적"이라며 그대로 보존해야 한다고 줄기차게 주장했다. 그의 낭만주의적 열정 덕분에 건물은 원래 모습을 유지했고, 21세기에 들어서 런던 시민들의 보물이 되어 지친 고고학자에게 한순간이나마 희망을 주었다.

아그네스는 마틴 제닝스가 조각한 베처먼의 동상이 마음에 들었다. 한 손으로 모자를 잡고 고개를 젖힌 채 밝게 빛이 쏟아지는 역 궁륭천장을 바라보는 시인의 모습을 볼 때마다 오랜 친구를 마주친 듯 기운이 샘솟았다. 동상 아래 바닥에는 베처먼의 시 「겨울 바다」의 일부가 빙 둘러 새겨져 있었다.

온통 절벽뿐인 이곳에서
나는 흔들림 없이 당당하고 자유롭게 서 있다
그리고 거센 바람의 비호 속에서
거대한 바다를 바라보며 위안을 얻는다

삶의 밑바닥까지 떨어진 그 봄날 오후, 아그네스는 시인에게 말없이 인사를 건네고 포트넘앤메이슨으로 걸음을 옮겼다. 그녀는 가게로 들어가 안쪽에 자리를 잡았다. 티타임용 둥근 탁자들이 놓여 있었다. 아그네스는 티타임이 언제인지 도무지 감을 잡을 수 없었다. 그때까지 그녀가 관찰한 바로는 런던 사람들은 때를 가리지 않고 차를 마시는 것 같았다. 생기 있는 갈색 눈과 친절한 미소를 지닌, 흑인 여성 재스민이 가게 안쪽에서 나와 그녀를 반갑게 맞았다. 친구의 소개로 만난 재스민은 자기 아파트에서 가장 큰 방을 그녀에게 임대해주었고 드디어 마음이 잘 맞는 동거인을 찾았다며 기뻐했었다.

"평소랑 같은 거?"

"응, 고마워."

종업원이자 임대인은 손님의 의기소침한 목소리를 곧바로 알아차렸지만, 차와 케이크를 내오고 나서야 왜 실연당한 줄리엣처럼 청승맞은 꼴을 하고 있는지 물었다.

"셰익스피어협회에서 퇴짜맞았거든."

"말로* 이야기라도 꺼낸 거야?"

"고고학을 전공했고 일자리를 구하는 중이라고 했지."

아그네스는 찻숟가락으로 차를 젓고 도자기 잔의 섬세한 빨간색과 녹색 꽃문양을 바라보았다.

"빨리 일자리를 못 구하면 돌아가야 할지도 몰라. 돈도 거의 다 떨어져가. 취직하는 게 이렇게 힘들 줄 생각도 못했어."

"어쩌다 바르셀로나보다 런던에서 괜찮은 일자리를 구하는 게 더 쉬울 거라 생각했니?" 재스민이 물었다.

"런던은 경이로운 도시잖아…… 박물관도 많고. 물론 하나같이 나한텐 관심도 없지만."

"어이구, 우리 귀여운 친구 앨리스." 재스민이 미소 지었다. "여기는 흰토끼의 토끼 굴이 아니라고."

"이 가게에서 일하면 어떨까?" 아그네스가 자기도 놀랄 만큼 큰 소리로 불쑥 말했다.

"미치광이 모자장수의 정신없는 '언버스데이 파티' 같은 곳

---

* 셰익스피어의 라이벌로 여겨지는, 동시대의 극작가 크리스토퍼 말로.

에서?"

아늑한 조명과 따스한 느낌의 밝은색 나무 장식, 갓 끓인 차의 향기가 아그네스를 그런 생각으로 도피하게 만들었다.

재스민은 검은 머리카락이 휘날릴 정도로 세차게 고개를 가로저었다.

"일주일도 못 버티고 그만둘걸?"

"나는 도자기 복원 전문가잖아. 여기서 쓰는 찻잔이 테라 시질라타*와 크게 다를 것도 없을 거야."

창백한 낯빛에 빗자루처럼 빼빼 마른 벨기에 출신 매니저가 재스민을 부르더니 방금 가게에 들어온 커플을 응대하라고 시켰다. 아그네스는 친구가 자리를 비운 사이에 기막힌 당근 케이크를 음미하며 자기가 포트넘앤메이슨의 직원으로 고용되어 케이크 맛을 평가하는 상상을 했다.

"좋은 생각이 났어." 재스민이 다시 나타나 그녀의 공상을 깨뜨렸다. "아까 너를 앨리스라고 불렀을 때 어떤 장소가 떠올랐는데……"

"토끼 굴 말이야?"

"아니, 여기 런던에 있는 곳이야. 템플지구. 오늘 너를 괴롭히는 부정적인 생각들을 떨쳐내기에 딱인 곳이지."

---

* 흙물을 발라 구운 고대 로마시대 토기. 붉은 빛깔과 요철 무늬가 특징적이다.

"박물관이랑 역사 협회가 많아?"

"아니."

"그런데 왜 가보라는 거야?"

"왜냐하면…… 가보면 알아."

"가서 뭘 하라고? 하트 여왕이 내 목을 치라고 외칠 때까지 말대꾸를 할까? 목이 달아나도 난 여전히 내 불운을 탓하고 있을 거야."

아그네스는 친구한테 괜한 심술을 부렸다고 생각하며 빈 찻잔과 접시를 건넸다.

"거기 가면 뭐가 있는데, 재스민?" 그녀가 한숨을 내쉬며 물었다.

"그건 네가 뭘 찾고 있느냐에 달려 있지."

아그네스는 무거운 마음으로 세인트팬크러스역을 나섰다. 피트리의 장화를 더럽히던 옥시링쿠스의 황토색 먼지 탓에 순간적으로 판단력이 흐려져서 다른 곳으로 떠나야겠다는 생각을 하게 된 게 틀림없었다. 하지만 통장에 남아 있는 푼돈으로 바르셀로나행 비행기표를 사버리기 전에 재스민의 제안을 한번 따라보기로 했다. 그런 식으로 이 특별한 도시에 작별을 고하는 것도 괜찮겠다 싶었다. 템플역행 지하철을 타러 계단을 내려가면서 그녀는 자신의 실패를 곱씹어보았다.

템스강변과 플리트스트리트 사이, 워털루다리에서 그리 멀지 않은 곳에 자리한 미들템플가든스가 골목길과 광장과 공원으로 이루어진 영혼의 안식처 템플지구에 온 것을 환영하듯 초목으로 된 양탄자처럼 뻗어 있었다. 아그네스는 화단과 각양각색의 잎이 나부끼는 드높은 나무들이 자아내는 가을의 매력에 취한 채 공원을 가로지르며 잠시나마 부정적인 생각들을 떨칠 수 있었다. 임뱅크먼트에서 템플지구로 이어지는 입구 역할을 하는 아치를 지나면서 그녀는 시티*가 자신의 생각과는 전혀 다른 지역이라는 사실을 깨달았다. 인적이 드문 조용하고 깔끔한 거리를 거닐면서 그녀는 세상과 화해할 수 있었다. 베데커 여행서에서 읽은 바에 의하면 시티의 법학원 출신 변호사들과 저명인사들 대부분은 나무가 무성한 이 멋진 공원 주변의 그림 같은 집에서 산다고 했다.

해질 무렵 영국 특유의 매력을 간직한 그 지역을 산책하면 우울한 기분이 풀릴 거라던 재스민의 생각은 틀리지 않았다. 장밋빛 구름이 템스강을 향해 멀어져가고 하늘이 우중충해지고 있다는 사실도 알아차리지 못한 채 아그네스는 모험가 기질을 되찾아 호기심어린 눈으로 낯선 길들을 탐험했다. 내친 김에 템플교회에 가보자는 생각이 들었다. 주변을 세 바퀴나

* 런던 중심의 금융 지구.

돌았지만 헛일이었다. 네번째 시도에도 교회에 들어갈 방법을 찾을 수 없었다. 하지만 시간에 구애받지 않고 지도도 없이 길을 헤매는 이 상황이 즐거웠다.

그녀는 불편하기 짝이 없는 벤치에 대여섯 번쯤 앉아 휴식을 취하며 깔끔하게 손질된 자그마한 공원들에 내려앉은 고요를 만끽했다. 미로에서 길을 잃은 앨리스가 된 기분은 정말 오랜만이었다. 출구가 어디인지 몰라도 전혀 불안한 마음이 들지 않았다. 하지만 변호사들이 사는 곳은 겉으로 아무리 평온해 보여도 마음을 놓아서는 안 된다고 했던가? 평소 준비성이 철저한 아그네스가 딱 한 번 깜박하고 우산을 챙기지 않은 그날, 하필 비가 내리기 시작했다.

비와 미리 입을 맞추기라도 했는지 밤이 금세 도시에 내려앉았다. 그런 상황에서 정처 없이 길을 헤매는 건 좋은 생각이 아니었다. 아그네스는 풍경을 감상하던 벤치에서 일어나 강을 향해 걸음을 옮겼다. 무작정 앞으로 가다보면 강이 나오겠지 싶었다. 그러다 우연히 템플교회 입구를 발견하자 삶이 참 얄궂다는 생각이 들었다. 그녀는 방향을 잃고 길을 되짚어 갔다. 거센 빗줄기가 추방당한 공주 같은 긴 머리칼을 따라 떨어지며 외투를 무겁게 적시고 한 켤레뿐인 변변한 신발을 더럽혔다.

그녀는 향수를 불러일으키는 에드워드양식의 건물 모퉁이

를 지나며 길 이름을 확인하려 고개를 들었다. 빗물이 눈앞을 가린 탓이었을까? 꿈에서 보는 듯 전면이 온통 파란 특이한 가게가 어렴풋이 눈에 들어왔다. 그녀의 발을 적시는 험악한 날씨와는 대조적으로 밝게 빛나는 진열창 위에 멋들어진 흰색 글자가 적힌 파란색 간판이 걸려 있었다.

"달빛서점." 그녀는 소리 내어 간판을 읽었다.

아그네스는 비를 피해야겠다는 생각에 사로잡혀—여전히 머릿속에 쌓여 있는 이집트 사막의 먼지 때문에 뇌가 쪼그라들었는지 멍하니 정신을 놓고 있다가 그제야 비를 맞고 있다는 걸 알아차렸다—오른손으로 깃털 펜 모양 문손잡이를 잡고 서점 안으로 들어갔다.

아그네스는 온몸에 소름이 돋았다. 문에 달린 종에서 나는 애처로운 소리 탓이 아니라 비에 젖어 추위를 느껴서일 거라 생각했다.

3

시오반 클라크를 향한 에드워드 리빙스턴의 사랑은 바다처럼 깊었다. 아마도 그는 그런 단어로 자신의 감정을 묘사하지 않겠지만 마음속 깊은 곳에서는 그것이 정확한 표현이라는 사실을 알고 있었다. 그녀를 처음 만난 건 서점인들과 출판인들의 고성이 오가는 난장판 속에서였다. 주위 사람들이 모두 페이퍼백의 가격을 많이 올려도 괜찮은가에 관해 설전을 벌이는 동안 그녀는 책을 읽고 있었다. 에드워드는 그녀를 사로잡은 책이 무엇인지 알고 싶은 호기심—독자는 독자끼리 서로를 알아보는 법이다—에 이끌려 그녀에게 다가갔다. 그는 세월이 흐른 뒤 그 순간을 돌이켜보며 자신이 그녀에게 첫눈에 끌린 이유를 생각해보았지만 콕 집어 말하기 힘들다는 것을 깨달았다. 그녀의 외모 때문이었을까? 아니면 다른 사람들을 차단하듯 자신에게만 집중하는 능력 때문이었을까? 혹은 책을 들고 있던 섬세하고 하얀 손 때문이었을까? 어쩌면 그녀가 읽고 있던 책이 다름 아닌 월터 스콧 경의 『골동품 애호가』였기 때문이었으리라. 그날 이후로 십이 년이라는 세월이 흘렀다.

시오반은 펭귄클래식의 홍보 담당자로 출판 일을 시작했다.

그녀는 신간 카탈로그를 들고 런던의 서점들을 돌아다니며 지난 세기의 작가들이 쓴 작품은 믿고 읽을 수 있다고 서점 주인들을 설득했다. 그녀가 달빛서점에 한 번도 찾아가지 않은 까닭은 20세기 이전의 문학작품 홍보를 위해 에드워드를 설득할 필요가 없었기 때문이다. 펭귄클래식 카탈로그에 있는 신간들은 매달 한 권도 빠짐없이 그의 서점으로 배본되고 있었다.

서점인과 출판인들의 소란스러운 모임에서 리빙스턴 씨를 만난 그날 오후, 시오반은 산만한 정신을 가다듬기 위해 책을 읽고 있었다. 그녀는 그 한 달 전에 대학 친구와 함께 출판사를 설립했다. 두 사람은 언젠가 J. R. R. 톨킨의 작품을 출간할 수 있게 되기를 은밀히 희망하며 출판사 이름을 심벨뮈네*라고 지었다. 자본금이 넉넉지 않았기 때문에 처음 이 년간은 저

* 톨킨의 『반지의 제왕』에 나오는 가상의 식물.

작권이 만료된 작품들을 적절히 편집해 내기로 결정했다. 이제 갓 첫발을 내디뎠을 뿐이었지만 시오반에게는 인생에서 가장 중요한 도전이었고, 인쇄업자와 유통업자가 등장하는 악몽을 꿀 정도였다. 밤마다 어찌나 불안에 시달렸는지 『오만과 편견』 표지에 피투성이의 무시무시한 좀비가 나오는 꿈을 꾸고 깜짝 놀라 잠에서 깨기도 했다.

"몽크반스*는 어떻게 되고 있습니까?" 에드워드가 물었다.

시오반은 독서를 멈추고 책에서 고개를 들었다. 자그마한 푸른 눈에 무테안경을 쓴 호리호리한 체형의 갈색 머리 남자가 눈에 들어왔다.

"네?"

"제가 좋아하는 소설이거든요." 남자가 그녀 무릎에 놓인 책을 가리키며 말했다. "에드워드 리빙스턴입니다. 서점을 운영하고 있죠." 그가 손을 내밀며 미소 지었다.

리빙스턴 씨는 당시 월터 스콧의 책을 읽고 있던 아름다운 여자에게 다가가 말을 걸 때 그녀를 유혹할 마음이 있었는지 장담할 수 없었다. 하지만 좀처럼 웃지 않다가 환한 미소를 지어 보이던 그녀 앞에서는 마음에 철갑을 두른 사람이라도 버텨내지 못하리라는 걸 확신했다.

---

* 『골동품 애호가』의 주인공 조너선 올드벅의 별칭.

"시오반 클라크입니다. 홍보 담당자예요." 그녀가 그의 손을 맞잡았다. "아, 아니지, 죄송해요, 저는 출판사를 하고 있어요…… 소규모 출판사죠. 아니, 새로 생긴 출판사예요. 그러니까, 새로 생긴 소규모 출판사지요. 아, 제발 제 입 좀 막아주세요. 총을 쏘든지 해서라도 말이에요."

"나중에 기회가 되면 그렇게 할게요. 지금은 차 한잔하고 싶은 생각이 간절하군요. 같이 가시겠어요?"

"네, 좋아요. 조용히 샌드위치 먹는 데만 집중할게요."

그날을 시작으로 두 사람은 오이 샌드위치를 곁들여 차를 마시고 저녁식사를 하고, 공원을 산책하거나 흑백영화를 보거나 서점들을 방문하는 등 만남을 이어가며 서로 가까워졌다.

누구나 인정하는 사실이겠지만 그럴듯한 모든 사랑 이야기는 차를 마시자는 초대에서 시작되는 법이다.

십이 년이 지난 뒤에도 출판사는 여전히 소규모지만, 시오반 클라크는 자기 일에서 엄청난 보람을 느꼈다. 출판사를 열고 몇 달이 지나자 더이상 흉측한 책표지와 변덕스러운 유통업자들이 등장하는 악몽을 꾸지 않고 상쾌하고 평온하게 잠을 잘 수 있었다. 물론 회계사—시오반은 에드워드와 마찬가지로 퍼시벌 도노휴라는 붉은 머리 청년을 회계사로 고용했다—가 무시무시한 분기별 세금신고서와 손익계산서를 들고 나타나는 주는 예외였다. 시오반은 생활비와 투자비를 제외하면 사실상 남는 게 없는 상황에서도 에드워드처럼 냉정을 유지하는 법을 배우고 싶었다.

"돈을 많이 벌려고 책을 파는 게 아니잖아. 사실 사업이라 하기도 민망한 일이지. 입에 풀칠할 정도니까."

"당신이나 맘껏 그렇게 생각해." 시오반은 세상에서 가장 좋아하는 서점 주인이 그런 식의 말도 안 되는 철학을 늘어놓을 때마다 투덜댔다. "새 가방을 사고 싶었는데 이번 달은 안 될 것 같아."

"토비아스 스몰렛의 『험프리 클링커의 원정』을 출간한 마당에 그깟 가방이 대수야?"

"그렇게 말하면 내가 꼭 토비아스에게 죄를 짓는 것 같잖아."

"그는 사치를 싫어했어."

"서점 주인이었고?"

"작가이자 출판인이었지." 에드워드가 엄밀하게 고쳐 대답했다. "책은 생계를 위한 수단이 아니라 우리 삶 자체야. 언제부터 삶이 금전적 이익을 가져다주었지?"

"정말 예쁜 가방이란 말이야……"

보름달이 뜬 어느 날 밤, 달빛서점의 유리 천창 아래서 낡은 손전등을 켜고 데이트하던 중 리빙스턴 씨가 처음으로 시오반에게 청혼을 했다.

"나와 결혼해줘." 그가 시오반과 샤르도네 와인이 담긴 잔을 부딪치며 말했다.

"에드워드!"

"나는 당신 출판사 카탈로그에 있는 책을 모두 갖고 있어. 그게 사랑이 아니면 뭐겠어."

"책에 대한 사랑이지."

"내 책을 봐서 결혼해줘."

"얼토당토않은 말씀."

"내 돈을 봐서 결혼해줘."

"당신한테 돈이 어디 있다고."

"그러면 사람은 물론 책까지 포함해서 이 세상에서 당신을 가장 사랑하는 나를 봐서 결혼해줘."

시오반은 에드워드가 더이상 헛소리를 늘어놓지 않도록 별이 총총한 밤하늘 아래서 그에게 오랫동안 입을 맞추었다.

"사랑해, 에드워드. 정말 많이 사랑하고 있어. 그래서 당신과 결혼하지 않겠다는 거야."

리빙스턴 씨는 애인의 눈동자 속에 숨겨진 지혜의 샘을 찬찬히 들여다보며, 그녀가 결혼을 믿지 않게 된 이유를 설명하는 동안 가만히 귀를 기울였다. 뛰어난 전략가답게 그는 그녀의 주장에 한마디도 이의를 제기하지 않았다. 침묵을 지키며 철저히 정보를 수집할 뿐이었다. 어쨌든 자신을 사랑한다고 했으니 언젠가는 그녀를 설득할 수 있으리라 생각하면서.

보름달이 뜬 그날 밤 이후로 리빙스턴 씨는 시오반의 주장을 하나하나 논파했고 두 번 더 청혼했다. 아름다운 출판사 사장이 청혼에 마지막으로 거절 의사를 밝힐 때는 처음 거절할 때만큼 단호하지는 않았다. 에드워드는 참을성 있는 서점 주인들이 결국 명예로운 승리를 거두리라는 혼자만의 확신을 갖고 있었다.

시오반은 매주 목요일에 에드워드와 식당에서 점심을 먹고 달빛서점에서 오후를 보냈다. 그녀는 목요일만 되면 예기치 못한 일이 일어난다는 걸 알고 있었기에 문에 달린 종이 울릴 때마다 무슨 일이 닥칠까 지레 괴로워하는 에드워드의 표정을 보며 속으로 즐거워했다. 시오반은 에드워드를 도와 재고를 정리하고 진열창에 책을 새로 전시하기도 했지만 보통은 2층 역사책 코너에서 올리버와 시간을 보내며 함께 간식을 먹거나 천재 소년이 들려주는 우주의 신비에 관한 강의에 푹 빠져들었다. 하지만 그 주 목요일에는 예상치 못한 또다른 즐거움이 그녀를 기다리고 있었다. 리빙스턴 씨가 일주일 내내 새로 뽑을 직원을 면접하는 동안 올리버가 지원자들에게 미리 동의를 구하고서 녹음을 해둔 것이었다. 시오반은 너무 웃어서 배가 아플 지경이었다.

"자, 세번째 지원자예요. 생물학을 전공하는 여학생이죠." 올리버가 휴대폰에 저장된 파일을 재생했다.

"이 서점에 있는 책이 모두 재생지에 인쇄된 거라고 보증하실 수 있나요?"

"네?"

"평량과 염소 함유량은 적절한가요? 아, 그리고 잉크는 납 허용치를 초과하지 않아야……"

"책을 먹기라도 할 건가요?"

"선생님도 편견으로 가득한 분이군요!" 여학생이 불같이 화를 내며 말했다. "제가 채식주의자라서 그렇게 말하시는 거잖아요!"

"생물학을 전공하는 이 누나는 그후로 장장 오 분 동안 식품산업의 지역 편중화와 인쇄 시장 호황 사이의 직접적인 관계와 이에 따른 심각한 폐해에 대해 설명했어요." 올리버가 말했다.

"다음 거 들려줘, 제발."

시오반은 양볼을 따라 흐르는 눈물을 닦았다. 에드워드의 표정을 상상하기만 해도 배꼽이 빠질 듯했다. 손님들과 말을 섞기도 꺼리는 그가 일자리를 찾는 미치광이들을 면접해야 하는 상황에 처하다니.

"그동안 어떤 일들을 해보셨나요?" 녹음 파일에서 서점 주인의 목소리가 들렸다.

"칵테일바에서 칵테일을 만듭니다. 매일 밤 아홉시에서 새벽 두시까지 일해요."

"그런데 왜 서점에서 일하시려는 거죠?"

"시간 때문에요. 시간이 겹치지 않아서 칵테일바에서 일하면서도 할 수 있거든요. 서점에서 책을 파는 일도 바에서 술을 파는 일과 크게 다르지 않다고 생각합니다."

"옳은 말씀입니다."

"술을 마시는 사람들이 있는가 하면 책을 읽는 사람들도 있을 뿐이죠. 각자 중독될 만큼 좋아하는 게 있고 자기가 원하는 대로 여가를 즐기는 거니까요."

"혹시 시인이신가요?"

"그 친구가 가고 나서 나는 얼음 넣은 잔에 위스키를 따라 두 모금 정도 마셨어. 우리 바텐더 선생께서 아예 틀린 말을 한 건 아니었지." 리빙스턴 씨가 나선계단 사이로 얼굴을 내밀며 끼어들었다. "내 불행이 두 사람에게 웃음을 줄 수 있다니 아주 좋네."

시오반과 올리버가 웃는 얼굴로 그를 바라보았다.

"이거 굉장한데, 에드워드! 훌륭한 소재야." 시오반이 신이 나서 말했다. "젠 캠벨의 『그런 책은 없는데요』 같은 책을 출간하는 건 어때? 엄청 잘 팔릴 거야."

"지어낸 얘기라고 욕먹을걸."

"열번째 후보는 무난했어요." 올리버가 음성 파일을 찾으며 말했다.

"……빈 행동주의 미술가들처럼 포스트네오리얼리즘의 역기능을 보여주는 퍼포먼스를 할 수도 있을 겁니다. 벙커처럼 쇼윈도를 단단히 막고 벽에 돼지 내장을 뿌린 다음에 상징적인 의미로 서점 주변에 참호를 파는 거죠……"

"여기가 서점이라는 건 알고 계십니까?"

"물론이죠."

"책을 파는 곳이라는 것도요?"

"당연하죠."

"이곳을 찾는 손님들은 그저 책을 읽고 싶어하는 분들일 텐데요? 돼지 내장 따위에는 전혀 관심 없는."

에드워드는 기가 막힌다는 듯 눈을 치뜨며 고개를 절레절레 흔들었다. 서점을 닫을 시간이 다 되었는데 아래층에서 불쑥 종소리가 울렸다.

"둘 다 아주 못됐어." 그는 이렇게 말하고 두 사람의 웃음소리를 뒤로한 채 1층으로 내려갔다.

방금 들어온 손님에게 영업시간이 끝났다고 말하려던 리빙스턴 씨는 멋진 계단 끝에 이른 순간 그대로 얼어붙어버렸다. 비에 젖은 긴 머리의 젊은 여자가 문 옆에 외투와 신발, 양말을 벗어둔 채 달빛서점의 삐걱거리는 마루 위를 맨발로 걸어 다니고 있었던 것이다. 그녀가 책으로 가득한 드높은 책장들을 바라보며 걸음을 옮기다 그림책들이 놓인 탁자 앞에 서자 서점 전체가 기대감에 휩싸여 숨을 멈춘 듯했다. 그녀는 누군가 자신을 쳐다보고 있다는 사실도 모른 채 까치발을 하고 진열장과 그 안에 든 귀한 물건을 살펴보았다. 서점 주인에겐 마치 맨발의 요정이 조상님의 일지만큼 오래된 마술에 현혹되어 자신의 영역으로 들어온 것만 같았다.

에드워드의 발밑 계단이 삐걱대는 소리에 방금 도착한 손님이 그를 향해 고개를 돌렸다.

"데이비드 리빙스턴 박사의 탐사 일지 원본인 것 같네요."

낯선 여자의 목소리에 시오반과 올리버가 계단 난간 위로 고개를 빠끔 내밀었다.

"죄송해요. 멍청한 농담이었네요. 똑같은 말을 백만 번은 들으셨을 텐데."

"천만에요. 이곳을 찾는 사람들의 절반은 진열장에 눈길도 주지 않고, 나머지 절반은 데이비드 리빙스턴이 누군지도 모른답니다."

에드워드는 그녀를 찬찬히 뜯어보았다. 커다란 갈색 눈에 낯빛은 창백했고 실내외 온도차 때문에 볼이 빨갛게 달아올라 있었다. 비탄에 잠긴 채 길을 잃은 듯 보였다. 아니, 비탄은 아니었다. 우수에 잠긴 채 길을 잃은 여자였다.

"제가 고고학을 전공하게 된 계기 중 하나가 리빙스턴 박사와 스탠리 경*의 이야기 때문이에요." 그녀가 털어놓았다. "물론 제 부모님은 인디애나 존스 때문이라고 하시지만요."

"그렇다 해도 당신에게 뭐라고 할 사람은 없을 겁니다. 인디애나 존스만큼 페도라가 잘 어울리는 사람도 없으니까요."

서점 주인은 여자의 미소가 마음에 들었다.

"날은 어두워졌는데 지하철역으로 가는 길을 못 찾겠어요. 혹시 길을 알려주실 수 있나요?"

"어떤 역 말씀인가요?"

"아무데나 가까운 역이요."

"아무 역이나 가면 안 될 겁니다. 어디로 가고 싶은지에 따라 달라질 테니까요."

리빙스턴 씨는 자신이 동화 속 체셔 고양이가 된 듯한 느낌이 썩 마음에 들었다. 하지만 2층에서 계속 이 광경을 훔쳐보고 있던 시오반이 눈을 치떴다.

"어디에서 오셨나요?" 에드워드가 물었다.

"세인트팬크러스역이요."

---

* 영국 출신 미국 언론인이자 탐험가 헨리 스탠리. 1869년 아프리카 탐사중 연락이 끊긴 데이비드 리빙스턴 박사를 찾아나섰고, 그를 발견한 이후 함께 아프리카를 탐사하며 기사를 썼다.

"아, 억양 때문에 물어본 거였어요. 아무튼 저는 그 기차역을 좋아합니다. 존 베처먼의 동상이 있는 곳이죠."

젊은 여자의 얼굴이 또 한번 미소로 환해졌다.

"저도요. 전 바르셀로나에서 왔어요. 영어를 꽤 오래 사용해서 이제 억양이 없어졌길 기대했는데."

"사실 거의 느껴지지 않아요. 스페인 사람이라고는 전혀 생각지도 못했어요."

"아마도 피트리의 발자취를 따라 옥시링쿠스에서 여러 나라 고고학자들과 지내면서 영어를 익혔기 때문일 거예요."

"피트리가 좋아했을 겁니다. 그는 그리니치 출신인데, 그곳 사람들은 예쁜 억양이라면 환장을 하거든요." 서점 주인이 말했다. "베처먼이 모들린 칼리지에 다닐 때 C.S.루이스의 제자였다는 거 아세요?" 그가 세인트팬크러스역에 있는 동상을 다시 화제로 삼으며 물었다. "루이스는 늘 그를 천하의 한량이라고 했죠."

"저는 그분이 세인트팬크러스역을 살리겠다고 결심하면서 삶의 목표를 찾았다고 생각해요."

시인에 대해 평소 비슷한 생각을 갖고 있던 리빙스턴 씨는 안경 너머로 그녀를 빤히 바라보며 손을 내밀었다.

"에드워드 리빙스턴입니다." 그가 정식으로 인사했다. "달빛서점의 주인이죠."

"아그네스 마르티라고 해요." 그녀가 그의 손을 맞잡으며 말했다. "돈도 없이 길을 잃은 고고학자랍니다. 현재 직업도 없고요. 리빙스턴 박사와 혈연관계이신가요?"

"그분의 손자의 손자쯤 될 겁니다. 직업이 없으시다고요?"

아그네스는 고개를 끄덕였다. 물에 젖은 머리 때문인지 빗속에 혼자 남겨진 가련한 공주 같은 분위기가 풍겼다.

"놀라지 마세요." 리빙스턴 씨가 속삭이듯이 말했다. "제가 당신에게 차를 한잔 같이하자고 하려는데 그 말을 크게 하는 순간 두 사람이 케이크를 먹으러 쏜살같이 내려올 겁니다. 별난 구석이 있지만 심성은 착한 친구들이죠."

"그런데 뭘 놀라지 말라는 말씀인가요?"

"아무래도 그 친구들이 당신한테 달빛서점에서 일하라고 보챌 것 같아서요."

4

밖에서는 여전히 비가 억수같이 쏟아지고 있었다. 아그네스는 크림 케이크를 곁들인 달빛서점의 티타임에 정식으로 초대되었다. 리빙스턴 씨가 사무실 겸 창고로 쓰는 서점 안쪽 방에서 차를 준비하는 동안 시오반과 올리버는 아그네스에게 허물없이 통성명을 하고 매주 목요일 하루를 마무리하는 티타임 전통에 대해 들려주었다.

"낭만주의 작가 코너에서 차를 마실 거예요." 아이가 그녀를 그리로 데려가면서 설명했다.

아그네스는 곧바로 그 말을 이해할 수 있었다. 서점 한구석에 자주색 벨벳 천을 씌운 소파들과 나지막한 탁자가 놓여 있었고, 거기 셸리, 바이런, 콜리지, 워즈워스, 괴테, 키츠, 스콧을 비롯해 낭만주의라는 불치병에 시달렸던 열정적인 작가들의 작품이 한데 모여 있었다.

크림 케이크 때문이었을까. 낡은 마루와 철제 계단이 있는 그 서점의 유쾌한 사람들 때문이었을까. 아니면 매일 저녁 느닷없이 서점에 들이닥쳐 올리버 트위스트를 납치해가는 금발 변호사 때문이었을까. 혹은 그날 서점 문을 닫은 뒤에 시오반이 택시로 그녀를 집 앞까지 데려다주었기 때문이었을까. 어쩌면 차, 빗속에서의 친절, 템플지구의 11월 밤의 마술, 그 모든 것 때문이었으리라. 아그네스는 리빙스턴 씨의 제안을 받아들여 일요일을 제외한 매일 오후 한시부터 일곱시까지 달빛서점에서 일하기로 결정했다.

"보수를 넉넉히 드리진 못해요." 서점 주인이 미리 양해를 구했다. "시오반에게 크리스마스 선물로 가방을 사주기에도 형편이 빠듯해요."

"이 사람이 돈 이야기를 꺼내거든 귀를 막아요." 시오반이 충고했다. "책과 더불어 사는데 무슨 월급이 필요하냐고 연설을 늘어놓을 테니까요."

"오 아름다운 미란다! 세상에서 가장 경이롭고 값진 보물이여!"* 리빙스턴 씨는 셰익스피어의 문장을 인용하며 대답을

* 윌리엄 셰익스피어, 『템페스트』 3막 1장. (원주)

대신했다.

아그네스가 서점을 떠나기 전 리빙스턴 씨는 가계약서 조로 작성한 작은 종이를 건네주었다. 거기에는 근무일과 휴일에 대한 정보, 앞으로 그녀가 받게 될 급여액이 손글씨로 적혀 있었다. 상당히 후한 액수였다. 그녀는 다짐했다. 얼떨결에 에드워드의 제안을 받아들이긴 했지만 앞으로 오전 시간을 활용해 계속 박물관을 돌아다니며 일자리를 찾겠노라고. 독특한 서점 사람들에게 현혹당한 게 아니라 절망적인 구직활동 중에 오아시스를 마주친 거라 생각하려 했다.

"저는 제가 좋아하는 분야의 책밖에 잘 몰라요. 고대사와 고고학 같은 분야 말이죠. 아, 고생물학도 포함시켜야겠네요." 그녀가 리빙스턴 씨에게 말했다.

"에드워드는 당신이 책을 먹으려고 하지 않는다는 것만으로도 감지덕지할 거예요." 출판사 사장이 아리송한 미소를 지었다.

리빙스턴 씨는 그녀가 마음을 놓을 수 있도록 따로 서점 일에 관해 설명하거나 지시를 내리지도 않았고 그동안의 경력이나 일을 수락하게 된 동기에 대해서도 묻지 않았다. 기묘하게도 그는 아그네스가 서점에 들어온 건 며칠 전 진열창에 걸어놓은 마법의 주문 때문이라고 굳게 믿고 있었다. 직원 구함. 그녀가 자신의 야망에 더 걸맞은 일자리를 구하러 다니거나 이튿날 달빛서점에 제대로 찾아오지 못한다고 해도 상관없었다. 그리고 아그네스로서는 바르셀로나행 비행기표를 사기 전에 한번 더 운을 시험해보고 싶었고, 그래서 주저 없이 제안을 받아들였다. 모험을 계속하려면 수입이 필요했다. 게다가 그 서점은 단순히 경제적 이유를 떠나 자신의 구명조끼가 되어주리라는 예감이 들었다.

아그네스는 얼스코트 인근 켄싱턴에 위치한 자그마한 이층집에 살고 있었다. 대로에서 떨어진 골목에 빼곡하게 들어선, 마당과 소정원이 딸린 집들 가운데 하나였다. 최근에 옥스퍼드로 이사한 친구가 직접 연락해보라며 재스민을 소개해주었고 아그네스는 방을 보지도 않고 곧바로 계약하기로 했다. 집주인이 알려준 주소에 도착한 순간 그녀는 런던 모험의 첫발을 잘 뗐다는 확신이 들었다.

그 아담한 집의 주인은 원래 재스민의 할머니였다. 그런데 할머니가 몇 년 전에 홀로 사는 여동생과 시골로 이사를 가면서 하나밖에 없는 손녀에게 집을 물려주었다. 포트넘앤메이슨에서 받는 월급만으로는 생활이 빠듯했기에 재스민은 방 하나에 세를 놓았다. 하지만 최근에 차례로 들인 두 임차인이 월세도 제때 내지 않는 지저분한 사람들이라서 임대를 그만둘까 고심하던 차였다. 서로를 아는 친구가 소개해준 사람이니 아그네스에게 기회를 주기는 했지만 직접 만나보기 전까지는 안심할 수 없었다. 실제로 만나본 아그네스는 착하고 책임감 있고 내면과 외면 모두 깔끔한 사람 같아 보였다. 그녀에게서 부드러운 면 향기가 풍기고 그녀가 세상에서 제일 좋아하는 차가 포트넘의 얼그레이라는 사실에 한층 마음이 놓였었다.

“왜 이렇게 늦었어?” 재스민이 1층 거실에서 물었다.

“내가 없어지길 바랐다면 그냥 솔직히 말로 하지 그랬어. 여기 살면서 영어도 많이 늘었는데.”

“길을 잃었구나.”

“다음에 또 날 템플지구로 보내려거든 꼭 보물 지도를 그려줘.”

“다 젖었네. 가서 옷 갈아입고 머리 말리고 와. 저녁 같이 먹자.”

“안 물어볼 거야?”

재스민이 어리둥절한 얼굴로 그녀를 쳐다봤다.

“그걸 찾았는지 안 물어볼 거야?” 아그네스가 재차 물었다.

“템플교회 말이야?”

“아니, 보물 말이야.”

“템플기사단의 무덤을 발굴하려고?” 친구가 경악했다.

“그것만큼 괜찮은 일이야. 달빛서점에서 일하기로 했어.”

“세상을 떠난 템플기사단을 추모하는 박물관이야?”

"템플기사단은 평온하게 안식을 취하게 그냥 놔두자, 재스민. 그곳은 서점이야. 검도 없고 종교 서약도 없고 성지 수복을 하러 모험을 떠날 필요도 없어. 그렇지만 수입이 생길 거고, 오전 시간은 자유롭게 쓰면서 계속 면접을 보거나 성배를 찾아다닐 수도 있지."

"그렇다면 정말 잘된 일이네." 재스민이 환하게 미소 지었다. "어서 올라가서 옷 갈아입고 머리 말리고 와. 나가서 축하 파티하자. 내가 살게."

재스민의 냉장고는 항상 더이상 들어갈 자리가 없을 정도로 포트넘앤메이슨의 특별한 먹을거리로 가득차 있었다. 회사 정책에 따라 하루 동안 팔고 남은 제품과 유통기한이 얼마 남지 않은 제품, 가격표를 잘못 붙인 제품, 그리고 소비자에게 팔기 어려운 제품은 모두 직원들이 집에 가져갈 수 있었기 때문이다. 하지만 여행자를 위해 스카치 에그를 개발하고, 빅토리아 여왕이 후원한 아프리카 원정대에게 음식을 기부했으며, 무력 시위를 펼치다 감옥에 갇힌 서프러제트*들에게 생필품 바구니를 보냈던 회사에서 만든 음식과 차를 끔찍이 좋아하는 아그네스조차도 그러한 역사적인 후광으로부터 가끔씩 숨을 돌리고 싶을 때가 있었다. 그럴 때마다 켄싱턴의 아담한 집에 사는

* 20세기 초 영국에서 일어난 여성 참정권 운동과 그 운동가들을 지칭하는 용어.

두 여자는 동네에 있는 펍으로 가서 흑맥주 한 잔과 감자튀김을 곁들여 R. 캐드월러더가 만든 맛있는 햄버거를 먹었다.

다크니스앤새도라는 음침한 이름과 무관하게 그곳은 런던의 전형적인 동네 술집이었다. 그러니까 어떤 날은 축구팬들이 단체로 들이닥치고 또 어떤 날은 은퇴자들이 옹기종기 모여 다트놀이를 하는 곳이라는 뜻이다. 하지만 그곳은 연극배우들과 시인들의 아지트이자 얼스코트역에서 나오자마자 길을 잃은 여행객들의 안식처이기도 했다. 바닥에 마루를 깔고 그 위에 목가구들을 들여놓은 펍의 내부는 녹색과 석류색 계열로 꾸며져 있었다. 무슨 이유에서인지 수세기 전 색슨족과 노르만족이 사용했던 검의 모조품들과 광부들의 사진이 돌벽을 온통 뒤덮고 있었다. 아그네스는 옛 방식으로 주조된 아름다운 검과 그에 대비되는 인상적인 광부들의 사진 중 어느 쪽에 더 끌리는지 알 수 없었다.

아득한 옛날부터 술집 겸 여관으로 운영되던 그 펍은 19세기에 가문 대대로 이어지다 20세기 초 사업을 확장해나가던 거물에게 매각되었다. 그리고 1920년대에 크리스마스 때 고기파이를 팔았다는 이유로—당시에는 성탄 연휴에 민스 파이를 먹는 게 법으로 금지되었다—벌금을 물고 폐쇄되었다가 2차세계대전 동안 폭격의 피해를 입었다. 한마디로 런던이라는 도시를 이루는 역사의 일부이자, 지친 시민들이 잠시나마 사람 냄새가 물씬 풍기는 평화로운 분위기에서 기막힌 맥주를 즐길 수 있는 오아시스였다. 펍의 주인 솔로몬 드레이크는 20세기 말부터 아들 마이클과 함께 튼튼한 나무 카운터를 지켜왔다. 작위를 받은 유명한 해적*과는 혈연관계가 아니라는 드레이크 부자는 따뜻한 응대와 다양한 스포츠 채널, 요리사의 음식 솜씨 때문에 단골들이 가게를 찾는다는 걸 알고 있었다. 웨일스 출신 요리사 R. 캐드월러더는 워낙 성깔이 고약해서 이니셜로만 알려진 그의 진짜 이름이 무엇인지 아무도 물어볼 엄두를 내지 못했다.

"웃을 줄 모르는 사람은 장사를 하지 말라"는 중국 속담이 있다. 드레이크 부자는 수염 때문에 안면 근육을 움직이기가 힘든지 좀처럼 웃지 않았다. 하지만 손님들을 대하는 다정하고 친절하고 정숭한 태도가 이를 메우고도 남았다. 부자는 오래전부터 재스민과 알고 지냈고 그녀의 낙천적인 성격과 유머감각을 좋아했다. 그래서 축구 경기 때문에 다크니스앤섀도가 발 디딜 틈 없이 붐비는 날만 아니면 그녀가 가게에 들어서는 즉시 낮은 탁자와 편안한 의자 한두 개를 가져다 벽난로 옆에 따로 자리를 만들어주곤 했다. 비가 내리던 그날 밤, 펍의 기분좋은 어둠을 즐기며 난롯가에 앉아 있는 것은 축복과

* 16세기 영국 군인이자 해적이었던 프랜시스 드레이크. 칼레해전에서 스페인 무적함대를 격파했다.

도 같았다.

아그네스는 머리카락을 보송보송하게 말리고 편안한 바지에 분홍색 양모 스웨터 차림으로 해진 소파에 웅크리고 앉아 만족의 숨을 작게 내쉬었다. 장작 타는 소리와 함께 불꽃이 경쾌하게 흔들리며 주변을 따뜻하고 편안한 빛으로 물들였다. 우리의 고고학자가 가장 좋아하는 색슨족의 검이 벽난로 위에 X자로 걸려 부드러운 음영을 드리웠다. 은은한 조명, 소곤소곤 대화를 나누는 다른 손님들의 목소리, 다크니스앤섀도의 마룻바닥과 돌벽…… 그 모든 것이 마법처럼 안락한 분위기를 자아내며 기나긴 하루를 보낸 여행자들의 영혼을 위로했다.

"새로운 시작을 위하여!" 마이클이 흑맥주를 내오자마자 재스민이 잔을 들며 외쳤다.

"하워드 카터의 도시에 하루 더 머물 수 있게 된 것을 축하하며!"

"투탕카멘의 저주에 걸렸다는 고고학자 말이야?"

"내년에 소득신고를 해야 할 때가 되면 나도 그 저주에 걸리겠지."

"내가 도와줄게." 재스민이 약속했다. "우리 둘이 힘을 합쳐 영국의 황당한 법에 맞서 싸우자."

"어떤 황당한 법?"

"음…… 우선 국회의사당에서 죽는 건 불법이야." 그녀가 손가락을 하나씩 꼽으며 설명해주었다. "전염병에 걸렸을 때는 절대 택시를 잡으면 안 돼. 그리고 성벽 안에서는 스코틀랜드 사람을 죽여도 합법이야. 그 스코틀랜드 사람이 활과 화살로 무장했을 경우에만. 그리고 또 뭐가 있더라…… 아, 맞아, 내가 가장 좋아하는 거. 영국 해변에서 죽은 고래가 발견되면 고래 머리는 왕의 소유래. 고래 꼬리는 여왕의 소유가 되는데 조건이 하나 있어. 여왕이 코르셋을 만들 새로운 뼈대가 필요한 경우에만."

"임금노동자가 아니라 코끼리 조련사라고 나라에 신고해놓고 땅콩 세금을 내지 않으면 강제 출국을 당할 수도 있는 거고?"

"네가 계속 여기 있으면 좋겠어……"

아그네스는 자기도 같은 마음이라고 대답했다.

"그래야 내가 임대료를 받을 수 있잖아." 재스민이 웃으며 말했다.

아그네스는 월요일 오후부터 정식으로 달빛서점에서 일하기 시작했다. 오전에 고고학 전공자로서 구직활동을 하기 위해 구체적인 계획을 세우다보니 이런 추세라면 몇 달 안에 런던에서 관련자들 모두와 면접을 보게 될 것 같았다. 집을 나서기 전에 서점까지 가는 길이 표시된 템플지구의 상세 지도를 주머니에 잘 챙겼는지 확인했다. 재스민은 일부러 템플교회의 주소를 지도에서 지워버렸다. 아그네스가 유혹을 이기지 못해 거길 발굴하겠다고 나설까봐 여전히 마음이 조마조마했던 것이다.

첫날 아그네스는 출근 시간 오 분 전에 서점 출입문의 애처로운 종소리를 울릴 수 있었다. 서점까지 가는 동안 겨우 두 번밖에 길을 헤매지 않았다.

"환불은 해드릴 수 없어요, 드레스덴 부인." 에드워드 리빙스턴이 불그스름한 얼굴에 보랏빛 머리를 한 자그마한 체구의 여자에게 단호한 목소리로 말했다. 그 여자는 1층 서가들 사이 좁은 통로를 지나는 그의 뒤를 졸졸 따라다니고 있었다.

아그네스는 그 광경을 한순간도 놓치지 않기 위해 외투와 가방을 서점 주인의 사무실에 잽싸게 내려두고 나왔다.

"당신이 재미있는 소설이라고 했잖아요." 여자가 E. F. 벤슨의 『루시아 여왕』을 흔들며 항의했다. "그런데 아무 일도 일어나지 않더군요."

"그게 바로 재미있는 점이죠."

"전혀요. 나뭇잎 한 잎조차 움직이지 않는 내용을 기대했다면 차라리 헨리 제임스를 읽었을 거예요."

"제임스는 재미와는 거리가 멀죠. 재미있는 책을 달라고 하셔서 벤슨을 추천해드린 겁니다. 정말 한 번도 안 웃으셨나요?"

"몇 번 웃긴 했죠."

"거 보세요! 이번 주는 어떤 책을 읽고 싶으세요?"

"다양한 사건이 일어나는 이야기가 좋겠어요."

"어떤 종류의 사건을 원하세요?"

"글쎄요……"

드레스덴 부인은 오 분 뒤에 윌리엄 셰익스피어의 『한여름 밤의 꿈』과 『베니스의 상인』을 들고 서점을 떠났다.

"저분은 애거사 드레스덴 부인이에요." 손님이 서점을 나서고 등뒤로 문이 닫히자 리빙스턴 씨가 설명했다. "월요일 오후마다 당신을 골치 아프게 할 겁니다."

"환불해드린 적은 없나요?"

"당연히 없죠. 저 응큼하고 쩨쩨한 속을 모를까봐서요? 매번 재밌게 잘 읽어놓고도 겉으로는 아닌 척하죠. 소감을 말할 때 눈을 반짝이는 걸 보면 다 알 수 있어요."

"정말 단 한 번도 안 해드렸어요?"

리빙스턴 씨는 무테안경 너머로 아그네스를 바라보았다. 새로운 직원의 날카로운 통찰력이 마음에 들었다.

"명철하시군요. 무슨 일이든 항상 예외가 있기 마련이죠. 『안나 카레니나』는 환불해드렸어요. 그 이후로는 절대로 러시아 작가를 추천하지 않죠. 드레스덴 부인의 머리를 지끈거리게 만드니까요."

에드워드는 그녀를 창고로 데려가 서가가 어떤 식으로 정리되었는지 알려주고 앞으로 해야 할 일들을 설명했다.

"월요일에는 드레스덴 부인. 화요일에는 납품업자들이 신간을 들여오죠. 나는 출판사 홍보 담당자들을 상대해야 하니 아마 그날 오후에는 거의 혼자 있게 될 거예요. 하지만 문제없이 잘해낼 수 있을 겁니다. 매달 첫번째 수요일에는 회계사 도노휴가 들르죠. 금요일은 항상 혼돈 그 자체인데 나도 그 이유를 잘 모르겠어요. 토요일에는 보통 점심을 먹으러 식당에 가다가 서점에 들르는 부르주아 관리직들을 상대하게 될 거예요. 최근 텔레비전 프로그램에 나온 저명인사가 추천한 책을 읽으면 덜 멍청해진다고 믿는 이들이죠."

"목요일은요?"

"목요일은……" 리빙스턴 씨가 잠시 말을 멈추고 숨을 들이마셨다.

"도노휴 씨가 온다는 수요일에서 목요일은 건너뛰고 바로 혼돈의 금요일로 넘어가셨잖아요. 목요일은 무슨 일이 있나요?"

"나도 몰라요. 아무도 모를 겁니다. 예기치 못한 일이 일어나는 날이죠."

에드워드는 아그네스를 심각하게 바라보며 무언가 주의를 주려는 듯 오른손 검지를 들어올렸다. 그러더니 곧 생각을 바꾼 듯 서가를 돌아다니며 제자리에 꽂혀 있지 않는 책들이 보일 때마다 책들이 원래 있어야 할 위치를 손가락으로 가리켰다.

"올리버는 매일 오후 네시 반에 서점에 와요. 녀석에게 잘못 붙들리면 한참 동안 천문학 강의를 듣게 될 거예요. 아이 엄마가 데리러 올 때는 최대한 마주치지 않도록 해요. 이미 알고 있겠지만 그분은 변호사고요. 그리고 이것도 이미 알고 있겠지만, 마감 시간에는 낭만주의 작가 코너에서 달빛서점 식구들을 위한 차가 제공되죠. 달 없는 밤에 손님들이 다 가고 나면 2층으로 올라가 별을 구경할 수 있어요. 거기 있는 망원경은 올리버 거예요. 하지만 녀석이 카리아티드*가 어떻다느니 쉴새없이 옆에서 떠드는 동안 다 같이 돌아가며 망원경을 사용하면 돼요."

서점 2층의 피라미드 모양 천창을 보자마자 마음을 사로잡힌 아그네스는 기대에 차 숨을 크게 내쉬었다. 곧 다가올 달이 보이지 않는 밤에 따뜻한 마루에 누워 하염없이 창공을 바라보고 있을 자신의 모습이 벌써 머릿속에 그려졌다. 올리버 트

* 고대 그리스 신전 건축에서 기둥으로 사용된 여인상.

위스트가 나긋한 목소리로 별자리를 하나하나 묘사하는 동안 시오반과 에드워드는 애서가들다운 애정어린 촌철살인의 말들을 주고받으리라. 까딱하다가는 템플지구의 작은 골목에 숨어 있는 이 묘하고 거대한 보물 상자의 헤어나올 수 없는 매력에 빠질지도 몰랐다.

"저기 추레한 행색으로 파란색 스탠드 밑에 앉아 있는 남자는 누구예요?" 작가 이름순으로 책을 정리하고 있는 에드워드를 따라가며 그녀가 조용히 물었다.

"아, 깜박했군요. 우리 서점의 상주 작가예요. 월요일부터 목요일까지 저 자리에 가구처럼 죽치고 앉아 있죠. 다른 날은 대체 어디서 글을 쓰는지 모르겠어요. 보통 다섯시쯤 저 친구에게 케이크와 차를 내어줘요. 건포도 케이크를 가장 좋아합니다."

"왜 하필이면 여기……?"

"서점의 다른 구석자리에서는 와이파이가 잘 잡히지 않는다더군요. 물론 핑계겠죠. 아무래도 저 파란색 스탠드가 마음에 드는 모양이에요."

"제 말은 왜 굳이 달빛서점에 와서 글을 쓰느냐는 거였어요."

리빙스턴 씨는 어깨를 으쓱했다. 사실 그는 임뱅크먼트의 스타벅스를 놔두고 자기 서점을 보금자리 삼아 작품을 집필

하는 작가가 있다는 사실 때문에 인류에 대한 믿음을 어느 정도 되찾을 수 있었다.

"작가들 중에 제정신인 사람이 어디 있나요. 내 천하의 원수라고 해도 글쓰기를 업으로 삼겠다고 하면 말리고 싶을 겁니다." 서점 주인이 아퀴를 지었다.

"무슨 글을 쓰는데요?"

"그게 참 불가사의예요."

아그네스는 서점 직원이 된 첫날의 기쁨을 만끽했다. 에드워드는 그녀가 서점에 대해 알아야 할 것들을 차근차근 설명해주었다. 그가 서점과 서점 식구들에 대해 해주는 이야기를 듣다보면 기분이 좋아졌다. 구체적인 것까지 하나하나 놓치지 않는 데서 애정이 뚝뚝 묻어났기 때문이다.

5

순식간에 몇 주가 지나갔다. 어느 날 아그네스는 음악원 학생들의 현악사중주를 배경음악 삼아 생각에 잠긴 채 울적한 표정으로 코번트가든을 산책하다가, 사다리에 올라간 젊은 여자를 보고 11월이 다 지나갔음을 깨달았다. 사다리 때문도 아니었고 사중주단이 연주하는 베토벤 때문도 아니었고 볼을 스치는 도시의 차가운 바람 때문도 아니었다. 그녀가 자기 가게 문 위에 걸고 있는 크리스마스 장식 때문이었다. 12월이 디킨스의 소설 속 같은 분위기로 런던을 물들이고 있었다.

"오늘 오전에 어디 갔었어요?" 수심에 잠긴 얼굴로 서점에 들어오는 그녀를 보고 리빙스턴 씨가 물었다.

에드워드는 성격이 까칠하고 인간을 혐오하는 면이 있었지만 아그네스에게는 묘한 흥미를 느꼈다. 처량한 공주 같은 분위기 때문일까. 아니면 달빛서점의 낡은 마루를 맨발로 걷는 습관 때문일까. 혹은 2층으로 올라갈 때마다 계단 난간의 식물 줄기 문양 나선형 장식에 엉겨붙을 것 같은 그녀의 긴 머리카락 때문일까. 어쩌면 리빙스턴 씨의 영국인 핏줄에 색슨족보다 노르만족의 피—노르만족이 기질적으로 탐험을 좋아하는 편이니까—가 더 많이 섞였기 때문이리라.

"코번트가든이요."

"아." 그가 나지막한 소리로 말했다. "크리스마스가 코앞이라는 사실을 알게 된 모양이군요."

아그네스가 그에게 어떻게 그런 결론에 이르게 됐는지 물으려던 순간, 흰 눈썹이 무성하고 배가 불룩한 작달막한 노인이 달빛서점으로 들어왔다. 눈꺼풀이 처져 눈동자가 잘 보이지 않았지만 수더분한 얼굴은 환한 미소로 밝게 빛났다. 미스터 마구를 그대로 현실에 옮겨놓은 것 같았다.

"헴, 헴." 노인이 목청을 가다듬었다. "드디어 에드워드의 미녀 직원과 만나게 됐구먼."

"아그네스, 이쪽은 내 오랜 친구 찰리 콜더컷 씨예요. 우리 서점 맞은편에 있는 양복점 주인이시죠." 리빙스턴이 그를 소개했다. "보나마나 참견질 하려고 오셨겠군요."

"차 한잔 얻어 마시려고 왔네." 노인이 대꾸했다. "새로운 직원에게 인사도 할 겸.”

“만나서 반갑습니다, 콜더컷 씨.”

“아주 매력이 넘치는 아가씨군요, 헴, 헴. 내 매력은 지난 세기에 다 써버렸지 뭐야.”

에드워드가 차를 끓이는 사이 콜더컷 씨는 낭만주의 작가 코너에 있는 소파에 앉아 아그네스에게 윙크했다.

“저 투덜이가 드디어 고집을 꺾고 직원을 고용해서 다행이야. 저 친구가 달빛서점 덕에 갑부가 된 건 아니지만 오래전부터 일을 도와줄 사람이 하나 필요했지.”

“아닐 거예요. 제가 보기에는 혼자서도 충분한걸요. 가끔은 저를 불쌍히 여겨서 고용하신 게 아닐까 하는 생각이 들 때도 있어요.”

“저 빌어먹을 계단을 하루에 쉰 번씩 오르내려야 하는 날도 그래 보이던가?”

“쉿.” 찻쟁반을 들고 다가오는 리빙스턴 씨가 보이자 그녀가 신호를 보냈다. “리빙스턴 씨는 저 계단에 자부심이 엄청나거든요.”

“나도 내가 만든 옷에 자부심이 크네. 하지만 1956년을 끝으로 유행에 뒤떨어지고 말았지.”

콜더컷 씨는 차를 마시는 동안 그가 오래전에 다 써버렸다던 매력을 어느 정도 뿜어냈다. 서점 주인과 직원은 손님들을 응대해가면서 돌아가며 그의 말벗이 되어주었다. 다시 양복점 문을 열기 위해 길을 건너갈 채비를 하면서 그는 입이 귀에 걸리도록 미소를 지으며 불룩한 배를 흡족하게 두들겼다.

"차 맛이 참 기가 막히네, 헴, 헴." 그가 밖으로 나가며 말했다. "아직 이웃사촌의 정이란 게 남아 있군그래."

"저분이 바로 미스터 마구예요." 서점 문이 닫히자 리빙스턴 씨가 말했다.

아그네스는 자기도 노인이 미스터 마구를 닮았다고 생각했다고 웃으며 말했다.

"내일은 어디에 갈 계획이에요? 당신이 좋아할 만한 곳이 있어요. 그리고 잠시만요. 줄 게 있으니까."

에드워드는 계산대 아래 서랍을 뒤적이더니 크림색 봉투를 건넸다.

"자, 추천서예요. 좋은 말만 썼어요." 그가 말했다.

아그네스는 봉투를 받아들고 주소를 확인했다.

"베이커스트리트 221번지. 셜록 홈스한테 저를 고용하라고 추천서를 써주신 거예요? 그에게 고고학자가 필요할까요?"

"수상한 유골이 발견되었다고 왓슨 박사가 전하더군요."

"바스커빌가의 개* 유골이겠죠."

* 코난 도일의 『셜록 홈스』 시리즈 중 한 편.

"제가 지금 당신과 실없는 농담을 하는 것 같겠지만 실은 진지한 이야기를 하려고 해요." 서점 주인이 말했다. "아침에 종종 하이드파크에 가서 산책을 한다고 했죠?"

"네. 걷다가 지치면 오리가 사는 늪지 앞 벤치에 앉고요."

"거기 그런 데가 있어요?"

"네, 그럼요. 호수 옆 야외 공연장 맞은편에 오리가 모여 살아요."

"그 불쌍해 보이는 닭들 말이에요?"

"오리예요."

"아무튼요." 리빙스턴 씨가 잠자코 얘기를 들어보라는 듯이 손사래를 쳤다. "매릴본지구에 있는 마블아치*를 통해 하이드파크를 나와서 베이커스트리트를 따라 올라가요. 런던에서 가장 오래된 지하철역 중 하나인 베이커스트리트역까지 이어지는 길이죠. 역에 못 미쳐서 은행과 휴대폰가게 사이에 있는 어떤 집이 눈에 들어올 거예요. 아널드 베넷과 H.G. 웰스가 각기 다른 시기에 한동안 머물며 글을 썼던 집이에요. 이 도시의 거리를 돌아다니다보면 아직도 문학과 관련된 유서 깊은 장소들을 마주치는 즐거움을 누릴 수 있답니다."

아그네스는 알수록 놀라운 서점 주인을 길잡이 삼아 그 거

* 하이드파크 북동쪽 끝에 있는 개선문.

리들을 돌아다녀보고 싶다는 생각이 들었다. 그가 자신의 먼 조상처럼 지칠 줄 모르고 아스팔트 정글을 누비는 탐험가이자 도시 구석구석에서 문학의 흔적을 찾아내는 노련한 발견자, 책과 얽힌 런던의 숨겨진 일화를 풀어내는 이야기꾼 같았다.

"그 길을 계속 쭉 따라 걷다보면 셜록홈스박물관 옆에, 엄밀히 말하면 베이커스트리트 221번지가 아니라 그보다 조금 더 위로 리젠츠파크 쪽에 허드슨 부인의 가게가 있을 겁니다."

"농담이죠?"

"천만에요. 거긴 기념품가게인데요, 그곳에 들어가 앨리스 숀을 찾아왔다고 하세요. 앨리스는 셜록홈스박물관의 큐레이터이자 런던 지역 여러 박물관의 자문위원으로 일하고 있는 친구예요."

"이제 제가 지겨우신 거예요?"

"그게 무슨 섭섭한 말이에요, 아그네스. 크리스마스 선물이라고 생각해요. 설마 제가 당신한테 월급도 주고 해러즈백화점에 가서 선물까지 살 정도로 돈이 있다고 생각하는 건 아니겠죠?"

아그네스는 리빙스턴 씨가 상세하게 설명해준 대로 찾아갔다. 하이드파크에서 오리들에게 먹이를 주고 마블아치를 지나 아널드 베넷과 H.G. 웰스가 살던 집 앞에서 잠시 발길을 멈추었다가, 유서 깊은 베이커스트리트역을 넋놓고 바라보았다. 그녀는 홈스와 왓슨의 집을 본떠 만든 221B번지 건물을 구경하기 위해 런던 시민들의 국민 스포츠이자 시도 때도 없는 티타임만큼 인기 있는 줄서기에 동참하고픈 유혹을 꿋꿋이 물리쳤다. 그리고 리빙스턴 씨가 알려준 곳에 도착해 실제로 앨리스 숀을 만날 수 있었다. 숀은 그의 추천서를 보자 그녀를 반갑게 맞이하며 정중하게 질문을 던지고 주의깊게 이야기를 들어주었다. 빅토리아시대 낭만주의에 살짝 물들어 있는 숀 부인은 옥시링쿠스 발굴작업에 참여한 그녀의 이력에 특히 흥미를 보였다. 그리고 당장은 어떻게 도와줄 수 있을지 모르겠지만 그녀가 관심 보일 만한 일자리가 나타날 때를 위해 연락처를 보관하고 있겠다고 약속했다.

아그네스는 의기소침해진 채로 집에 돌아갔다. 베이커스트리트에 찾아가면 바로 일자리를 구할 거라 기대한 건 아니지만 하이드파크에서 리젠츠파크까지 걸어가는 사이에 완전히 진이 빠지고 스스로가 보잘것없는 존재처럼 느껴졌다. 카메라를 든 관광객들과 커피—그녀가 세본 것만 해도 베이커스트리트에 스타벅스와 코스타가 여섯 군데나 있었다—가 가득 담긴 커다란 종이컵을 든 런던 사람들을 피해 그 상징적인 거리를 따라 걷는 동안 녹색과 빨간색으로 반짝이는 크리스마스 장식을 수없이 마주친 터였다.

아그네스는 크리스마스 때 바르셀로나에 돌아가지 않기로 마음먹었다. 그맘때면 연례행사처럼 찾아오는 우울한 기분을 감당할 수 없었다. 가족들과 친척들이 옹기종기 모인 식탁에 앉을 생각을 하니 숨이 턱 막히는 것 같았다. 있지도 않은 직장과 애인과 인생 계획에 대해 꼬치꼬치 캐물을 게 뻔했다. 수백 개의 하얀 전구가 켜진 세인트팬크러스역의 존 베처먼 동상, 다크니스앤섀도에서 재스민과 저녁을 먹고 드레이크 부자와 크리스마스 인사를 나누는 모습, 낡은 벽난로에 걸어놓은 헤진 양말, 시오반이 달빛서점 2층 창문의 석조 아치에 장식한 겨우살이 아래에서 올리버 트위스트와 서로 뽀뽀해주는 모습, 막판에 선물을 사려고 급하게 몰려든 손님들과 서점 문을 가로막은 채 캐럴을 부르는 사람들 때문에 투덜대는 에드워드의 모습이 머릿속에 그려졌다. 그녀는 눈 내리는 크리스마스를 상상했다. 오랫동안 걷느라 얼마 남지 않은 힘을 다해 크리스마스에 눈이 내리기를 기원했다. 아무 소리도 들리지 않는 정적 속에서 머리 위에 사뿐히 내려앉는 첫눈을 느끼고 싶었다.

"'얘. 그녀가 공손하게 물었다. 왜 울고 있니? 피터도 요정 행사에서 깍듯한 매너를 배워 예의바르게 행동할 줄 알았기에 자리에서 일어나 그녀에게 정중하게 고개를 숙여 인사했다.'"

언뜻 보기에 올리버 트위스트는 책 내용에 별 관심이 없는 듯했다. 하지만 아그네스는 몇 페이지 전을 읽을 때부터 아이가 필기를 멈추고 망원경에서 눈을 뗐다는 것을 알고 있었다. 11월 말답게 해가 일찍 지면서 달빛서점의 아름다운 유리 천창에 벌써 어둠이 내려앉아 있었다. 아그네스는 감정을 드러내지 않기 위해 중간중간 호흡을 끊어가며 소리 내어 『피터 팬』을 읽었다. 세상에는 매번 처음 읽는 것처럼 심장을 두근대게 만드는 책들이 있기 마련이다.

"'오른쪽에서 두번째 별을 향해 아침까지 쭉 가면 돼.'"

1층에서 울리는 종소리에 책을 덮고 손님을 맞이하러 내려가려던 순간, 심통이 나서 뾰로통해진 올리버의 표정이 아그네스의 눈에 띄었다. 리빙스턴 씨는 서점인 및 출판인 회의에 참석하느라 외출중이었고 한 시간은 지나야 돌아올 것이었다.

"DVD도 파나요?" 근사한 회색 외투를 입고 버버리 목도리를 두른 젊은 남자가 물었다.

"여긴 서점이에요." 아그네스가 유감을 표하며 미소를 지었다.

"그럼 영화는 안 팔아요?"

그녀는 어리둥절한 얼굴로 남자를 쳐다보았다.

"그러니까, 책을 각색해서 영화로 만든 거요." 남자가 덧붙였다. "『앵무새 죽이기』라는 소설을 추천받았는데 저는 책 읽는 걸 안 좋아하거든요. 영화로 보는 편이 나을 것 같아서요."

"하퍼 리의 소설은 재고가 한 권 남아 있어요. 훌륭한 책이에요. 좋은 책을 추천받으셨군요."

"아, 그렇군요."

남자는 무언가를 기다리듯 계속 문가에 서 있었다. 아그네스는 그의 회색 외투가 무척 좋아 보인다는 것 말고는 달리 무슨 말을 해야 할지 몰랐다.

"그럼, 영화가 있나요?"

"아니요."

"따로 주문할 수 있나요?"

"이곳은 서점이라고 말씀드렸는걸요. 저희는 영화는 팔지 않아요.." 그녀는 혹시 몰래카메라가 아닌가 싶어 진열창 밖을 기웃거렸다.

건너편 찰리 콜더컷 씨의 양복점에서 조금 전 나온 어떤 부인을 제외하면 거리에는 아무도 보이지 않았다.

그때 한 중년 부부가 서점으로 들어왔다. 회색 외투를 입은 남자는 그들을 보고 이성을 되찾았는지 아마겟돈과 아마존의 도래에 대해 이러쿵저러쿵 웅얼거리며 밖으로 나갔다. 새로 들어온 중년의 두 손님은 1층 서가를 몇 분 둘러보더니 소설책을 장르별로 진열해둔 2층으로 올라갔다. 아그네스가 도움이 필요한지 묻자 그들은 괜찮다고 답했다. 아그네스는 그냥 계산대를 지키고 있기로 했다. 곧이어 다시 서점 문이 열리고 드레스덴 부인이 들어왔다. 월요일이 아니라 그런지 상당히 당혹스러운 기색이었다.

"당장 급하게 확인할 게 있어요." 그녀가 헝클어진 보랏빛 머리에 잔뜩 상기된 얼굴로 말했다. "프로도가 죽는 건 아니죠? 그가 죽으면 안 돼요. 그러면 너무 실망스러울 거예요."

순간 아그네스의 머릿속에 드레스덴 부인을 실망시키는 일보다 더 심각한 문학적 재앙 대여섯 가지가 떠올랐다. 하지만 그녀는 전혀 내색하지 않고 차분하게 미소를 지어 보였다. 부인은 『반지 원정대』 페이퍼백을 그녀의 얼굴 앞에 대고 마구 흔들었다.

"프로도가 폭풍산에서 모르굴의 칼에 찔렸어요. 나즈굴의 군주, 앙마르의 마술사 왕이 한 짓 같아요."

"놀랍네요, 드레스덴 부인."

"나도 마찬가지예요. 보통은 그런 상처를 입으면 독이 퍼져서 목숨을 잃죠. 톨킨이 프로도를 죽일 정도로 잔인한 사람이라고 생각해요?"

"줄거리만 가지고 작가의 성격이 잔인하다고 판단할 수는 없는 것 같아요." 아그네스는 잠시 생각에 잠겼다. "추리소설이나 스릴러 작가들을 생각해보세요. 대부분 인간적으로 매력적인 사람들이잖아요."

부인은 조금 더 가까이 다가와 비밀 이야기 하듯 속삭였다.

"하지만 톨킨에게는 오크가 있답니다. 오크 말이에요!"

"조금 더 읽어보시면 프로도에 관한 의문이 풀리지 않을까요? 월요일에 오셔서 2권을 받아가세요. 리빙스턴 씨가 『두 개의 탑』을 준비해두실 거예요."

"그렇지만 1권이 끝나려면 얼마 남지 않았어요." 그녀가 한탄했다. "1권에서 프로도가 어떻게 되는지 안 나오면 어쩌죠?"

아그네스는 청소년기에 반지의 제왕 시리즈를 읽었던 기억을 더듬어보았다.

"부상당한 프로도의 이야기는 지금 읽고 계시는 1권에 결말이 나올 거예요. 하지만 2권이 도착했는지 창고를 확인해보고 올 테니 잠시 기다려주세요."

아그네스가 돌아왔을 때 드레스덴 부인은 발작을 일으키기 직전이었다. 그녀는 부인에게 책이 아직 도착하지 않았지만 월요일에는 반드시 받아볼 수 있을 거라 말해주었다. 부인은 미심쩍은 얼굴로 그녀를 바라보았다. 하지만 젊은 서점 직원의 단호한 표정을 보니 도리 없이 집으로 돌아가 책을 마저 읽을 수밖에 없을 것 같았다. 숨을 깊게 들이마시고 땀에 젖은 이마를 손으로 훔치자 마법에 걸린 듯한 독서 열정이 잠잠해졌다.

"여기에 왜 왔는지 모르겠네요." 부인이 작별인사로 손을 휘저으며 중얼거렸다. "오늘은 월요일도 아닌데."

부인이 서점을 떠나고 등뒤로 문이 닫혔다. 느닷없이 찾아온 드레스덴 부인 때문에 아그네스의 입가에 아직 미소가 가시지 않았을 무렵 2층으로 올라갔던 부부가 낙심한 얼굴로 계산대 앞에 섰다.

"책을 찾고 있는데요."

'지금까지는 괜찮아.' 아그네스는 생각했다.

"녹색 표지에 금색 글자가 박혀 있는 책이에요."

아그네스는 더 구체적인 설명이 이어지기를 기다렸지만 두 사람은 아무 말 없이 그녀만 뚫어지게 바라보았다. 마치 그녀가 대화를 이을 차례이고 마술을 부리듯 모자에서 책을 꺼내리라는 듯. 그녀는 자기에게 마술 모자가 없다는 사실을 떠올리고 불안해하며 목청을 가다듬었다. 회색 외투 차림의 남자에 이어 드레스덴 부인과 모르굴의 칼까지 상대했으니 이번에는 좀 평범한 손님이길 바랐다.

"책 제목이나 작가 이름을 알려주시면 도와드릴 수 있을 것 같은데요."

"녹색 표지에 금색 글자가 박힌 책이에요." 부인이 같은 말을 반복했다.

리빙스턴 씨는 책을 색상별로 정리하라고 지시한 적은 없지만 카탈로그를 살펴보며 출판사별 고유의 디자인을 눈에 익혀두라고 충고한 바 있었다. 아그네스는 계산대 위에 카탈로그를 올려놓고 페이지를 넘기며 녹색 표지로 된 책을 찾았다. 페르세포네북스출판사와 페이버앤페이버출판사 카탈로그에 손님의 묘사와 일치하는 책이 몇 권 있었다.

"이 책들은 아니에요." 카탈로그를 보여주자 남자가 탄식했다.

"죄송합니다. 정보가 너무 없어서……" 아그네스가 대답했다. "혹시 어떤 장르인지, 무슨 내용인지 기억나시나요?"

"장르라니요?"

"판타지, 유머, 로맨스, 추리, 비극 같은 거요……"

부부는 한편으로는 실망하고 한편으로는 임시로 서점을 맡은 직원의 무능함에 성을 내며 고개를 가로저었다.

"에드워드가 있을 때 다시 들르죠." 남자가 말했다.

두 사람은 작별인사도 없이 외국인을 서점에 고용하는 건 미친 짓이라고 중얼거리며 밖으로 나갔다. 아그네스는 의기소침해진 채 카탈로그를 챙겼다.

"누나 잘못이 아니야." 그녀가 2층으로 돌아오자 올리버가 위로의 말을 건넸다.

"아니야, 내 잘못이야. 책에 대해서 하나도 모르거든."

"하지만 누나는 피터 팬도 알고 프로도가 1권에서 죽지 않는다는 것도 알잖아."

"쉿, 그건 스포일러야."

"호빗처럼 작은 스포일러지." 올리버가 자기 딴에는 재치 있는 농담을 했다고 생각했는지 웃음을 터뜨렸다.

"여기는 내가 있을 곳이 아니야. 나는 고고학자라고."

"누나가 슬픈 이유가 그것 때문이야?"

"슬프진 않아."

"내가 스스로를 우주비행사라고 생각하는데 한 번도 지구를 떠난 적이 없다면 우울한 기분이 들 거야. 평생 자기 동네 밖으로 나가보지도 못한 우주비행사가 어디 있겠어?" 올리버가 차분하게 설명을 이어갔다.

"실패한 우주비행사겠지." 아그네스가 퉁명스럽게 중얼거렸다.

"누나 말하는 게 꼭 우리 아동심리상담 선생님 같아."

"그 선생님도 스스로를 실패한 인생이라 느낄 거야."

"'나는 고고학자야' 또는 '나는 우주비행사야'라는 말로 스스로를 한정짓지 않으면 돼. 누나에겐 여러 모습이 있잖아. 우선 인간이고, 또 리빙스턴 씨의 직원이고, 미인이고……"

"고맙다."

"『피터 팬』을 멋지게 낭독할 줄 알고, 또 친절하고, 똑똑하고…… 이게 다 누나 재능인걸? 그러니까 슬퍼하지 마."

아그네스는 조리 있는 올리버의 이야기를 듣고 잠시 생각에 잠겼다. 자신이 사랑하는 일이 인생의 전부가 아니라는 사실을 잊고 지냈던 것 같았다. 그래서 지금 런던에서 금색 글자가 박힌 녹색 표지의 책을 찾고 있는 건지도 몰랐다. 하지만 고고학이 그녀 삶의 일부에 불과하다고 인정해버리면 모든 게 물거품이 되는 셈이다. 꿈에 그리던 직업을 갖지 못한다고 해서, 하물며 직업이 아예 없다고 해서, 인생이 끝장난 건 아니다. 행복이 밥을 먹여주지도, 집을 마련해주지도, 아플 때 진료비를 내주지도 않는다. 물론 그녀가 미인이고 J. M. 배리의 책을 멋지게 낭독할 수 있는 사람이라는 것도 꽤 큰 의미였다. 하지만 그녀는 여전히 발굴작업에 참여하고 시질라타의 잔해를 발견하고 잃어버린 문명에 대한 새로운 이론을 개진하고 고대의 아름다운 유물을 보전하는 일을 꿈꾸고 있었다.

"나는 내가 슬퍼하고 있는지도 몰랐어." 그녀가 생각 끝에 말했다. "그렇지만 네 말이 맞을지도 몰라. 이 세상에서 내가 있을 곳을 아직 못 찾겠어. 우주 미아가 되어 집으로 돌아가기를 간절히 바라는 우주비행사가 된 것만 같아."

"그런 일이 생긴다 해도 나는 걱정 안 해."

올리버는 미소를 지을 때 유난히 잘생겨 보였다. 양볼에 폭 파인 보조개와 망원경을 들여다보느라 동그래진 눈, 짧게 자른 부드러운 금발머리까지.

"왜?"

"언젠가 나를 사랑하고 집으로 데려다줄 누군가가 분명 나타날 테니까." 아이는 『피터 팬』을 건네주며 양처럼 순한 눈으로 그녀를 쳐다보았다. "이 책 조금만 더 읽어줄래?"

리빙스턴 씨는 서점인 및 출판인 회의를 마치고 언짢은 기분으로 느지막이 돌아왔다. 할 수만 있다면 책과 관련된 분야의 그 인간들을 죄다 없애버리고 싶은 심정이었다. 그는 무시무시한 모르굴의 칼로 한바탕 혼을 내줘야 하는 손님들이 있었다며 하소연하는 아그네스의 말을 한 귀로 흘려들으며 일곱시가 조금 안 되어 그녀를 퇴근시키고는 하나뿐인 아들을 데려가려고 서점에 들른 로버타 트위스트의 경멸어린 말투를 묵묵히 견뎌냈다.

"영업시간이 아주 제멋대로군요." 그녀는 한 손에 가방을 든 채 아들을 1층으로 끌고 내려오며 큰 소리로 불평했다.

"변호사님의 영업시간에 방해가 되었다면 송구할 따름입니다." 리빙스턴 씨가 빈정대듯이 답했다.

"나는 영업시간이 따로 없어요. 안녕히 계세요."

"내일 뵐게요, 리빙스턴 씨." 올리버가 급히 나가며 미소를 지었다.

"변호사라는 인간들은 도통 이해할 수가 없어." 모자가 밖으로 나가고 서점 문이 닫히자 에드워드가 한숨을 내쉬었다.

그는 얼음 없이 위스키 두 모금을 마시고 푯말을 닫힘으로 돌려놓은 다음에 마음의 안식을 찾아 낭만주의 작가 코너에 있는 자주색 소파로 걸음을 옮겼다. 하지만 그가 세상 무엇보다 아끼고 떠받드는 그림책 탁자 앞을 지나는 순간, '피가 얼어붙는다'라는 표현을 난생처음 실제로 경험했다.

데이비드 리빙스턴의 탐사 일지 『아프리카 남부의 지리, 동물, 식물, 지질 관찰(1849~1851)』이 놓여 있던 진열장이 텅 비어 있었던 것이다.

6

"어떻게 그렇게 태연할 수 있어, 에드워드? 그 일지가 당신한테 얼마나 소중한 건지 알아. 그런데 지금 어디서도 그걸 찾을 수 없다는 말이잖아."

리빙스턴 씨와 시오반은 시오반이 예약해둔, 그녀의 출판사 사무실 근처 소호지구의 자그마한 이탈리안 레스토랑에 마주앉았다. 그녀는 리빙스턴 씨가 그 동네를 싫어한다는 걸 알면서도 세상에서 가장 맛있는 노르마 스파게티와 채링크로스로드—문학과 관계된 일이라면 불굴의 상상력을 발휘하는 서점 주인은 지금은 맥도날드가 들어선 자리에 있던 마크스 서점의 모습을 여전히 떠올릴 수 있었다—에서의 멋진 산책을 미끼로 그를 꾀어내곤 했다. 에드워드가 내일 런던 날씨가 흐리다는 소식을 전하는 사람처럼 무덤덤한 말투로 달빛서점의 진열장 안에 있던 원고가 사라졌나고 이야기한 참이었다.

“걱정한다고 그 일지가 제자리로 돌아오진 않아.” 그가 포크에 스파게티 가닥을 공들여 감으며 대답했다.

“분실신고를 해야지.”

“사십팔 시간 동안 기다려야 하는 거 아니야?”

“그건 사람이 실종됐을 때고. 이건 도난 사건이잖아.”

“정말 도난 사건인지 아직 확실하지 않잖아.”

시오반은 먹던 시저샐러드 접시에 포크를 내려놓고 어안이 벙벙한 얼굴로 그를 바라보았다. 그토록 오랜 세월을 함께해왔어도 애인의 별난 성격은 익숙해지지가 않았다.

“그럼 어떤 다른 가능성이 있는데?” 그녀가 물었다. 그는 어깨를 으쓱했다. 머릿속의 황당한 주장을 입 밖에 내기가 꺼려졌기 때문이다. 눈치를 보아하니 그녀는 농담을 받아줄 기분이 아니었다. “에드워드, 귀중품을 도난당한 거잖아. 당신이 신고하지 않으면 내가 할 거야.”

“그건 성급한 판단인 것 같아. 나름대로 몇 가지 의심 가는 구석이 있어서 그래.”

“어느 날 아침에 바닥에 떨어진 윌키 콜린스의 책을 보고 당신이 황당한 주장을 늘어놓았을 때처럼 말이야? 당신은 그게 마크 트웨인 탓이라고 했지.”

"마치 내가 말도 안 되는 얘기를 한 것처럼 말하는군."

"실제로 그러니까."

"아무렴요. 트웨인은 마음씨가 너무 고와서 다른 작가의 책을 바닥에 던질 사람이 아니죠. 그는 유령의 모습으로 서점을 찾는다고 해도 여전히 고상할 겁니다."*

시오반은 못 말리는 남자의 황당한 문학적 한담을 멈추려고 포크로 와인잔을 두드렸다. 에드워드는 바로 말귀를 알아들었다.

유령에 관한 가설은 접어두고, 리빙스턴 씨는 자기 조상이 쓴 일지가 사라진 사건에 무시무시한 절도와는 거리가 먼 아주 단순한 사연이 있으리라 생각했다. 책이 값나가는 물건이라는 시오반의 맹목적인 믿음에 마음이 뭉클해졌다. 금전적인 이익을 노리고 책을 훔칠 사람이 있겠는가?

"이번에는 초자연적인 현상과는 거리가 멀지만 더 애매한 구석이 있어. 어쨌든……" 그가 말을 이었다.

"어쨌든 나는 지금 당장 내 친구 아들한테 전화해서 신고하고 수사를 시작해달라고 할 거야."

"추리소설 작가인가?"

"경찰이야."

* 마크 트웨인이 살던 집에 그의 유령이 나타난다는 괴담이 있다.

"MI5*로군."

"무슨 말도 안 되는 소리야."

"스코틀랜드야드**?"

"소속이 어디든 무슨 상관이야?"

"그럴 줄 알았어. 스코틀랜드야드군."

"그래서 뭐? 당신은 홈스가 아니라 리빙스턴이잖아."

시오반은 재고의 여지가 없는 문제라고 못을 박았다. 두 연인은 식사를 마친 뒤 싸늘한 얼굴로 각자 일터로 향했다. 출판사 사장은 끔찍이 아끼는 물건이 사라졌는데도 에드워드가 왜 신고를 꺼리는지 이해가 가지 않았다. 반면에 서점 주인은 큰 어려움 없이 (마크 트웨인의 유령 이야기를 끌어들이지 않고도) 혼자 해결할 수 있는 일에 스코틀랜드야드까지 개입시키는 건 과한 처사라고 생각했다.

그날 오후 아그네스는 빗속을 뚫고 달빛서점에 도착했다. 아그네스가 처음 서점에 들어왔던 그날처럼 외투와 신발을 벗고 있는 그녀를 에드워드는 가만히 지켜보았다. 그녀는 두툼한 검정 스타킹을 신고 흰색과 검은색 띠 장식이 달린 주름

---

* 영국 보안정보국.

** 런던경찰국의 별칭.

치마, 그리고 검은색 보트넥 스웨터를 입고 있었다. 마치 팀 버튼 영화에 출연한 〈티파니에서 아침을〉의 오드리 헵번 같은 모습이었다. 회계사 퍼시벌 도노휴의 커다란 한숨소리에 그는 혼자만의 생각에서 깨어났다.

"꿈도 꾸지 마." 그가 회계사의 옆구리를 쿡 찌르며 입술을 최대한 움직이지 않고 말했다.

"뭘요? 전 아무 말도 안 했어요!"

"무슨 뜻인지 알잖아. 자네가 한숨 쉬는 거 다 들었어."

"제가 언제요."

"내가 자네를 모를 줄 알아, 퍼시? 넥타이와 양말을 고르는 취향은 최악이지. 빗속을 헤매는 예쁜 아가씨를 보면 금방 사랑에 빠지고."

끔찍한 늙은호박색 넥타이를 매고 같은 색깔 양말을 신은 붉은 머리 젊은 회계사가 고개를 절레절레 저으며 에드워드의 사무실에 틀어박혀 장부를 정리하기 시작했다.

"아그네스." 리빙스턴 씨가 그녀를 불렀다. "걱정할 일은 아닌데 혹시 어제 내가 자리를 비운 사이에 서점에 특이한 일은 없었어요?"

고고학자의 관점에서야 달빛서점에서 일어나는 일들이 모두 다 특이해 보였지만 그러한 의견이 주인에게 칭찬이 될지 상처가 될지 몰랐기에 굳이 입 밖에 내지 않기로 했다. 그녀는

DVD를 사러 왔던 남자와 드레스덴 부인과 모르굴의 칼, 그리고 녹색 표지에 금색 글자가 박힌 책을 찾던 부부에 대해 다시 한번 설명했다.

"녹색 표지의 책을 찾던 부부는 사장님과 아는 사이인 것 같았어요. 사장님이 서점에 계실 때 다시 찾아오겠다고 했거든요."

"금발에 키가 엄청 큰 여성분과 대머리에 산타 할아버지 같은 수염이 난 남성분 말인가요?"

아그네스는 고개를 끄덕였다.

"로젠버그 부부였겠군요. 가만 보자……"

리빙스턴 씨는 평소처럼 나선형 장식이 달린 검은 철제 난간을 손으로 훑으며 잽싸게 계단을 따라 2층으로 올라갔다. 잠시 뒤 그는 1층으로 내려와 아그네스에게 책을 한 권 건넸다.

"『로젠블룸 씨는 영어로 꿈을 꾼다』. 너태샤 솔로몬스." 그녀가 표지에 쓰인 제목과 작가 이름을 소리 내어 읽었다.

"꼭 읽어봐요. 낯선 도시로 이주한 사람이 겪는 일에 관한 내용이니까. 거기다 문장도 아름답죠."

"그런데 어제 오후 일에 대해서는 왜 물어보시는 거예요?"

"자, 다시 확인해봅시다. DVD 남자와 드레스덴 부인, 그리고 로젠버그 부부가 왔었다고 했죠? 올리버는 아마 2층에 있었을 테고." 아그네스가 그렇다고 답하자 그는 그림책 탁자를 바라보며 물었다. “뭐 이상한 점 없어요?”

그녀는 그의 눈길이 닿는 곳을 살피다 텅 비어 있는 진열장을 발견했다.

“설마!”

“아무래도 우리가 또 한번 리빙스턴 박사를 잃어버린 것 같네요.”

아그네스의 머릿속에 온갖 질문이 뒤죽박죽 떠올랐지만 그중 하나도 제대로 말로 표현할 수가 없었다. 그녀는 서점 주인이 그 빅토리아시대에 작성된 원고를 끔찍이 아낀다는 사실을 알고 있었다. 그녀가 무슨 말인가를 하려고 입을 여는 순간 두 눈에 눈물이 글썽였다.

“오, 제발, 울지 말아요. 트로이 발굴현장의 참사를 생각해봐요. 거기에서 대체 얼마나 많은 보물이 사라졌는지.”

“울지 않을게요. 단지…… 저는…… 정말……” 아그네스가 끅끅대며 대답했다.

“다 알아요.” 그가 손짓을 해가며 그녀의 말을 끊었다. “당신은 그 일지에 손을 댄 적도 없고 그게 지금 어디 있는지 전혀 모른다는 걸요. 오히려 내 생각에는……”

리빙스턴 씨의 말이 채 끝나기도 전에 거리에서 차가운 바람이 짓쳐들어오더니 애처로운 종소리가 울려퍼졌다. 우산을 가지고 씨름하느라 머리가 헝클어진 채 시오반이 엘리자베스 시대의 아름다운 여왕 같은 모습으로 서점 안으로 들어오고 있었다. 그녀가 서점 문턱을 넘는 동안 템플지구의 거리를 휩쓰는 요란한 비바람이 엄청난 굉음을 내며 불어닥쳤다.

"'다시 말해보시오, 빛나는 천사여! 사람들이 경이로움에 눈 흰자위를 드러내며 우러러보는 날개 달린 하늘의 전령처럼 오늘밤 내 머리 위에 있는 당신은 눈부시게 아름답소.'"* 에드워드가 그녀를 맞이하며 말했다.

시오반이 인상을 펴며 환한 미소를 지었다. 그녀는 서점 입구의 옷걸이에 외투를 걸고 안쪽 사무실로 향했다.

"차 한잔 주시오, 에드워드 리빙스턴." 그녀가 자신의 로미오에게 말했다. "'당신의 아버지를 부정하고 당신의 이름을 버리세요. 그러지 않으시겠다면 그저 절 사랑한다고 맹세해 주세요. 그러면 저는 캐풀릿이라는 성을 버리겠어요.'"** 그러더니 덧붙였다. "제발 당장 차 한 잔만 끓여줘."

시오반은 십오 분 뒤 성난 얼굴로 사무실에서 나왔다. 그녀는 2층에서 몇 차례 전화 통화를 한 다음 거의 이십 분 동안 상주 작가를 붙들고 부질없는 대화를 시도했다. 작가는 대부

---

* 윌리엄 셰익스피어, 『로미오와 줄리엣』 2막 2장.(원주)

** 같은 책.(원주)

분 내성적이고 사교성이 없다는 걸 아그네스는 잘 알고 있었기에 출판사 사장이 파란색 스탠드 밑에 상주하는 남자의 침묵을 깨뜨리려고 부단히 애를 쓰는 게 놀라울 따름이었다. 다행히 그날 오후에는 손님이 거의 없었고 에드워드는 도노휴와 계속 사무실에 틀어박혀 있었기 때문에 아그네스는 홀로 복잡한 생각을 정리할 수 있었다.

그녀는 리빙스턴 씨가 자기 조상의 일지를 귀하게 여긴다는 것을 알고 있었다. 하지만 그가 그것의 역사적 가치를 제대로 아는지는 의문이었다. 그 원고의 진정한 의의를 이해하는 사람이 있다면 그건 바로 아그네스였다. 1849년에 리빙스턴 박사가 아프리카로 떠날 무렵에는 그 이국적인 땅에 대해 알려진 바가 거의 없었다. 박사는 칼라하리사막과 응가미호수, 잠베제강을 지도에 기록했다—별자리 관측에만 의존해 방향을 찾았다는 점을 감안하면 기막힐 정도로 정확한 기록이었다—그는 또한 새로운 종을 발견해내는 데 선구자 역할을 하며 그 지역의 동물, 식물, 지질에 대해 상세한 관찰문을 작성했다. 1850년과 1860년대에 그는 급류와 폭포 때문에 항해가 어려운 잠베제강 줄기와 주변 지역을 끈질기게 탐사했다. 그는 잠비아와 짐바브웨의 경계에 있는 폭포를 여왕의 이름을 따 빅토리아폭포라고 명명했다. 1865년에 왕립지리학회는 나일강의 수원을 찾아 떠나는 원정대에 그를 대장으로 임명했다. 하지만 1870년에 탕가니카호수 근처에서 데이비드 리빙스턴은 행방불명되었고, 그로부터 이 년 뒤에 헨리 스탠리가 탕가니카호수 인근 마을 우지지에서 그를 발견했다. 서점 주인이 물려받은 일지는 첫번째 원정에 해당하는 시기인 1849년부터 1851까지의 기록으로, 지리, 동물, 식물, 지질학적 발견의 관점에서 가장 흥미로운 내용이 담겨 있었다.

아그네스는 그런 중대한 역사적, 학술적 가치를 지닌 빅토리아시대 유물이 사라졌다는 사실뿐 아니라 서점 주인이 자신을 의심할 수도 있다는 생각에 마음이 편치 않았다. 물론 그가 겉으로 그런 내색을 하진 않았지만 입장을 바꿔 생각해보면 이번 사건에서 새로운 변수는 그녀밖에 없었다. 그러니까 그녀가 직원으로 일하기 전에 에드워드가 홀로 서점을 볼 때는 일지나 진열장에 아무 문제도 없었다. 애거사 크리스티의 소설 속이라면 그녀가 가장 유력한 용의자일 터였다. 그녀는 원고의 가치를 알고 있을 뿐 아니라 주인의 부재를 틈 타 훔칠 기회도 있었다. 게다가 (경제적인? 문화적인? 감정적인? 아니면 단순히 멍청한?) 동기도 있었고 서점의 새 식구였다. 그리고 결정적으로 아무도 그녀에게 합당한 알리바이를 만들어줄 수 없었다.

학교를 마친 올리버가 런던 하늘에 요동치는 비바람에도 온몸에 물 한 방울 맞지 않은 채로 서점에 도착했다. 철학 서가 옆에 쿠션을 깔고 앉아 노트북으로 글을 쓰고 있는 시오반이 보였다.

"십오 분만 있다가 2층으로 올라갈게." 시오반이 계속 자판을 두드리며 아이에게 약속했다.

2층에 올라간 올리버는 엘리자베스 폰 아르님의 『마법의 4월The Enchanted April』을 어디에 꽂아야 할지 몰라 갈팡질팡하는 아그네스와 마주쳤다.

"T 자리에 놓아야 할지 E 자리에 놓아야 할지 모르겠어." 그녀가 아이에게 말했다. "아니면 4월의 A 자리에 놓는 게 좋을까? 차라리 계산대 옆 할인 코너에 두고 누군가 제발 이 책을 사가서 골칫거리를 처리해주길 바라야겠어."

"화났어? 나랑 간식 먹으러 가자, 누나. 초콜릿빵이 있어."

초콜릿빵은 타지에 있는 고고학자들을 부모님 집 부엌에서 보낸 행복한 어린 시절로 돌아가게 만드는 마법의 주문이었다. 친구 생일 파티에 초대받지 못하면 세상이 무너진 듯한 기분이 들던 시절 말이다. 올리버가 그녀에게 그런 특별한 간식을 함께 나누자고 제안한 것은 엄청난 호의를 베푼다는 뜻이었다.

"화 안 났어." 그녀가 얼굴을 펴며 말했다. "갑자기 푸아로*

* 에르퀼 푸아로. 애거사 크리스티의 추리소설 속 벨기에인 탐정 캐릭터.

가 벨기에 사람인지 프랑스 사람인지 생각이 안 나서 조금 짜증이 났을 뿐이야."

올리버 트위스트는 푸아로라는 사람이 누구인지 전혀 짐작도 가지 않았다. 아이는 그녀에게 역사 코너에서 간식 절반을 남겨놓고 기다릴 테니 늦지 않게 오라고 말했다. 아그네스는 멍하니 고개를 끄덕이고 1층으로 돌아갔다. 시오반과 상주 작가가 묘한 이중주를 이루며 리듬감 있게 자판을 두드리고 있었다.

아그네스가 머릿속으로 『나일강의 죽음』의 줄거리를 새롭게 쓰고 있을 때 갑자기 달빛서점의 문이 쾅하고 열리더니 문받이 고무가 튀어올라 굉음을 내며 서가에 부딪쳤다. 문에달려 있던 종은 바닥에 떨어졌고, 특유의 애처로운 소리를 내며 최후를 맞이했다. 삐걱거리는 마루 위의 종은 누군가의 군홧발에 밟혀 완전히 망가지고 말았다.

방금 막 사무실에서 나와 문에 가장 가까이 있던 리빙스턴 씨와 퍼시벌 도노휴는 혼비백산하여 뒤를 돌아보았다. 시오반은 나중에 그 순간을 회상하며 회계사가 겁에 질려 서점 주인 뒤에 숨는 걸 똑똑히 봤다고 이야기했다. 올리버는 초콜릿빵을 먹다 말고 계단 난간 사이로 빼꼼히 얼굴을 내밀었다. 상주 작가도 고개를 들고 집중을 방해하는 소란에 짜증을 내며 눈썹을 찌푸렸다. 최근 들어 이 서점은 그의 문학적 필요에 비해 지나치게 감정을 자극하는 곳으로 변해가고 있었다. 이제 임뱅크먼트의 스타벅스로 자리를 옮기는 편이 나을지 고민해 봐야 할지도 몰랐다.

천둥소리와 빗소리가 이어지는 폭풍 속의 어둠을 배경으로 남색 옷에 방탄조끼를 입고 무장한 훤칠한 남자가 문가에서 그들을 지켜보고 있었다.

"존! 이렇게 비가 쏟아지는데도 찾아와주다니 정말 고마워." 시오반이 방금 서점에 들어온 남자에게 먼저 인사를 건넸다. 조금 전의 불길한 분위기와 대조적으로 따뜻하고 다정한 태도였다. 그녀는 무장한 남자의 모습에 전혀 겁먹지 않고 그의 볼에 두 번 입을 맞추었다.

방문객은 등뒤로 문을 닫고 명이 다한 종을 주워 여전히 충격이 가시지 않은 표정의 리빙스턴 씨에게 건넸다.

"선생님의 그…… 이걸 뭐라고 하나요…… 아무튼 망가뜨려서 죄송합니다." 남자가 사과했다.

"에드워드, 이쪽은 존 록우드야. 도난당한 일지를 찾도록 도와줄 거야."

리빙스턴 씨가 손을 내밀자 경찰이 서둘러 손을 맞잡았다. 번거로운 일일 것 같았지만 고집스러운 자신의 줄리엣의 뜻을 거스르지 않고 그냥 상황을 받아들이기로 마음먹은 터였다.

"스코틀랜드야드시죠." 그가 질문이라기보다 확인하는 어조로 말했다.

"네, 그렇습니다, 선생님."

"당신의 조심스러운 성격을 칭찬하고 싶지만 워낙 숨이 멎을 정도로 놀라서 말이죠."

시오반이 경고의 눈빛을 보내자 서점 주인은 체념한 듯 눈을 끔뻑였다.

"이쪽은 우리 서점 담당 회계사 퍼시벌 도노휴입니다. 얼굴에 초콜릿을 덕지덕지 묻힌 저 금발의 꼬마 도깨비는 올리버 트위스트고요. 그리고 계단 옆에 있는 맨발의 요정은 아그네스 마르티입니다."

리빙스턴 씨가 서점 식구를 소개할 때마다 존 록우드는 한 사람씩 눈을 맞추며 간단한 고갯짓으로 인사를 건넸다. 그러다 남자가 아그네스와 눈이 마주치는 순간 살짝 흠칫하는 모습이 리빙스턴 씨의 눈에 띄었다.

"그렇군요." 남자가 고개를 끄덕이며 말했다.

아그네스는 남자가 에르퀼 푸아로와 하나도 닮은 구석이 없다고 생각했다.

7

존 록우드는 도자기가게에 들어온 코끼리처럼 달빛서점에 난입해 서점 사람들에게 겁을 줄 의도는 아니었다. 공항에서 무장 경찰차를 타고 복귀하던 중 서점에 잠시 들러 이십 분쯤 있다가 다시 동료들과 합류할 생각이었다. 기관총과 장비는 차에 놔두었으니 실제로 서점 사람들이 느낀 것과 달리 스스로는 그리 위협적인 모습이 아닐 거라 판단했다. 그가 무장을 하고 유니폼에 방탄조끼까지 입고 출동하는 경우는 드물었다. 하지만 그날 오후에는 히스로공항에서 MI5와 경찰의 대테러 합동 모의훈련이 있었다. 2005년 테러 이후로 훈련에 참여할 때는 필수적으로 완전무장을 갖춰야 했다.

세상이 미쳐 돌아가고 있었다. 하지만 존은 뉴스코틀랜드야드 8번지의 문 바깥에 있는 세상만 그렇다고 생각하고 싶었다. 그가 2005년 6월 21일에 발생한 런던 지하철 테러 소식을 접한 건 아프가니스탄에서 방첩 임무를 수행하던 때였다. SAS* 의 장교 식당에서 저녁을 먹고 있는데 한 장교가 텔레비전을 전부 끄고 전보를 읽어주었다. 좌중이 침묵에 휩싸였다. 다들 처음에는 믿기 힘들어하다가 잠시 뒤에 경악했다. 그리고 고국으로 돌아가면 모든 게 완전히 달라져 있을 거라는 사실을 깨달았다. 그들 자신을 포함해서.

존은 이듬해 제대하고서 곧장 런던시 경찰 시험을 보았다. 이후 줄곧 경찰로 복무하며 현재의 경감 자리까지 올랐다. 할머니는 손자를 자랑스러워했지만 하나뿐인 아들이 다른 길을—선교사를 제외하고—택하기를 바랐던 부모님은 몹시 안타까워했다. 의사였던 그의 아버지 록우드 씨는 그가 자신의 뒤를 이었으면 좋겠다고 그를 끈질기게 설득했다.

영국문학을 가르치다 퇴직한 존의 어머니 앤은 옥스퍼드 베일리얼 칼리지에서 처음 시오반을 만났다. 시오반은 두 학기 연속으로 그녀의 수업을 들었다. 그들의 우정은 강의실 밖에서까지 몇 년째 이어졌고 여전히 자주 만나는 사이였다. 존은 부모님 집 식사 자리에서 시오반을 만난 적은 있었지만 리

* Special Air Service. 영국 육군 특수부대.(원주)

빙스턴 씨를 보는 건 처음이었다. 리빙스턴 씨는 인상이 괜찮았고, 20세기 영국의 전형적인 서점 주인처럼 보였다. 그가 생각하는 20세기 서점 주인의 이미지란, 괴짜 같은 구석이 있고 조금 까칠하지만 정직하고, 열렬한 셰익스피어 애호가이며 1950년 이후 출간된 책에는 늘 비판적인 사람이었다.

그는 높은 책장에 가려 마루와 돌벽이 거의 보이지 않을 만큼 책으로 가득한 그 서점이 마음에 들었다. 문득 런던 모든 서점에 겁쟁이 회계사와 파란색 스탠드 아래에서 쉬지 않고 자판을 두드리는 과묵한 남자 같은 사람들 말고 2층에 있는 올리버 트위스트 같은 아이와 1층에 있는 맨발의 미녀 직원 같은 여자가 있다면 매출이 늘어날 거라는 생각이 들었다.

리빙스턴 씨는 회계사를 급히 돌려보내고 존을 그림책 탁자 쪽으로 데려가 일지가 놓여 있던 진열장을 보여주었다. 경찰은 시오반이 원고가 사라진 정황을 설명하는 내내 글을 쓰는 남자가 고집스럽게 침묵을 지키고 있다는 걸 눈여겨보았다.

"제가 제대로 이해했다면……" 사건에 관한 설명이 끝나고 두 사람의 안내로 사무실로 들어가 의자에 앉은 존이 말했다. "목요일 저녁 서점 문을 닫기 전에 일지가 사라졌다는 사실을 알게 되신 거군요." 리빙스턴 씨가 고개를 끄덕였다. "진열장은 지금 보이는 것처럼 누가 손을 댄 흔적이 없었고 그 이후에 따로 청소를 하지도 않았고요.

그리고 그날 오후에 선생님은 자리를 비우셨고 대신 직원분이 서점을 지켰습니다. 가게를 찾아온 손님은 네 명이었고요. DVD를 찾던 남자, 로젠버그 부부, 드레스덴 부인. 다른 사람은 없었습니까? 외판원이라든지 수리공, 청소부, 음식 배달원 같은?"

"매일 이곳에 드나드는 삼백여 명의 손님들이 피자가 묻은 손가락으로 책을 만진다고 생각하면……"

"그게 다야, 존." 리빙스턴 씨의 말을 끊으며 시오반이 대답했다. "특별한 일 없는 오후였어."

"절도 사건으로 신고하실 겁니까?"

"과연 이게 절도 사건인지……" 에드워드가 말했다.

"공식적인 경로를 통하지 않고 도와줄 수 있다면 정말 고맙겠어." 시오반이 다시 그의 말을 끊었다.

존은 런던에서 일어나는 절도 사건 가운데 경찰에 신고가 접수되는 건 극히 일부에 불과하다고 생각했다. 사람들은 개인적으로 문제를 해결하려는 경향이 있었고 그동안 대중들의 인식이 많이 바뀌었음에도 경찰에 대한 불신은 여전했다(심지어 기관총을 경찰차에 두고 온 경찰에 대해서도 말이다).

"다음주에 비공식적으로 해당 인물들과 이야기를 나눠보겠습니다. 하지만 제가 조사를 마친 뒤에도 일지를 못 찾으면 정식으로 신고하겠다고 약속해주세요."

"스코틀랜드야드에 말이에요?" 리빙스턴 씨가 놀라며 물었다.

"어느 경찰서든 상관없습니다."

경찰의 휴대폰에서 진동이 울렸다. 그는 화면을 확인하고 작별인사를 건넸다.

"기다리는 동료들이 있어서 이만 가봐야겠군요."

리빙스턴 씨는 경찰에게 자신의 명함을 건네며 전화를 주면 용의자들을 어디서 만날 수 있는지 알려주겠다고 약속했다. DVD를 찾던 남자는 여전히 신원이 불분명했고 서점에는 CCTV가 없었지만, 존은 걱정하지 말라고 했다. 에드워드는 전혀 걱정하는 눈치가 아니었다.

경찰은 조만간 자기 어머니 집에 저녁을 먹으러 가겠다고 약속하며 시오반의 볼에 입을 맞추고 작별인사를 건넸다. 사무실 밖으로 나오자 소리 없이 돌아가는 사이렌의 푸른 불빛에 서점 안이 번쩍였다. 무장 경찰차가 서점 입구에서 그를 기다리고 있었다.

그는 뒤를 돌아보지 않고 바로 나갈 수도 있었을 것이다. 큰 걸음으로 다섯 발짝만 내디디면 소리와 분노의 거리로 돌아갈 수 있었다. 하지만 가슴을 옥죄는 낯선 열망에 사로잡힌 그는 발길을 돌려 책장 한구석 쪽으로 고개를 빼고 그 맨발의 젊은 여자를 찾았다.

“오늘은 이만 가보겠습니다.” 수줍은 갈색 눈을 한 그녀와 시선이 마주치는 순간 그가 말했다. “하지만 다음주에 당신과 이야기를 나눠야 할 것 같군요.”

그녀가 고개를 끄덕였다. 존은 그녀의 새하얀 피부와 촉촉한 시선, 체리같이 둥글고 살짝 벌어진 입술, 까치발을 하고 걷듯이 서점의 낡디낡은 마루 위를 가볍게 움직이는 맨발을 보고 완전히 넋이 나갔다. 루이스 캐럴의 카메라에 포착된 요정처럼 당장이라도 하늘로 날아갈 것 같은 모습이었다. 어머니가 이런 교양 있는 비유를 들었다면 그를 대견해했으리라는 생각이 들었다.

“그럼 또 보죠.” 존은 이렇게 말하고 서점에 들어올 때 느끼지 못했던 찝찝한 마음을 안고 밖으로 나섰다.

등뒤에서 떨리는 한숨소리가 들려온 것 같았다.

그날은 저녁에 다크니스앤섀도에서 다트게임이 열리는 날이었다. 손님들 대부분은 벗어진 머리에 캡모자를 눌러쓴 퇴직자 무리였고 그들은 맥주를 마시며 핀을 조준하고 있었다. 아그네스와 재스민은 불 지핀 벽난로 옆 구석 자리에 앉아 멍하니 그들을 지켜보았다.

“표정이 왜 이렇게 안 좋아? 이 커틀릿 기가 막힌걸. 감자튀김이 없어서 그래?”

아그네스는 어떤 상황에서도 침착한 재스민과 함께 있으면 항상 기분이 풀렸다. 하지만 그날 밤은 그녀의 머릿속을 어지럽히는 먹구름을 떨쳐낼 수가 없었다. 어쩌면 그 모든 게 커틀릿에 곁들일 메뉴로 감자튀김이 아니라 샐러드를 시키는 실수를 저질렀기 때문인지도 몰랐다.

"리빙스턴 박사의 일지 때문에."

아그네스는 조금 전 집에 도착해 그 불행한 소식을 친구에게 전한 참이었다.

"너를 조금이라도 아는 사람이라면 잘 알 거야. 네가 맥도날드에서 냅킨 한 장도 훔치지 못하는 사람이라는 걸. 걱정하지 마."

"하지만 바로 그게 문제야. 리빙스턴 씨는 나를 잘 모르잖아. 리빙스턴 씨가 나에 대해 아는 거라고는 내가 고고학 관련 일자리를 구할 생각뿐이라는 거야." 그녀가 포크로 샐러드의 양상추를 뒤적거리며 하소연했다.

"너는 그 생각뿐이긴 하지."

"나는 고고학자니까."

"그만." 재스민은 거품이 가득한 맥주를 한 모금 마시고 친구의 눈을 마주보았다. "너의 그 고집스러운 생각에 나는 뭐니? 종업원? 커틀릿에 환장하는 여자? 친구? 임대인? 누구의 손녀? 심각한 과체중의 흑인 여자? 우리는 여러 모습을 지니고 있어, 아그네스. 인간은 하나로 규정하기 힘든 복잡한 존재야. 스스로를 고고학자라는 틀 안에만 가두어놓는다면 앞으로 무엇이든 다 따분하고 우울할 거야."

아그네스는 올리버 트위스트의 말을 떠올렸다. "누나는 『피터 팬』을 멋지게 낭독할 줄 알지" 하고 영민한 아이가 말했었다. 그녀가 평소 신뢰해온 양식 있는 두 사람이 그동안 그녀의 시야가 좁았다는 걸 짧은 사이에 차례로 일깨워주었다. 직업적인 성공이 삶이 전부는 아니었다.

"그리고 바로 그 매일매일 반복되는 것들, 일상의 소소한 것들 속에서 행복을 찾아야 하는 거야." 재스민이 덧붙였다.

"이를테면 커틀릿 같은 거?"

"그렇지."

"무슨 말인지 알겠어. 그래도 여전히 걱정스럽긴 마찬가지야. 리빙스턴 씨가 나를 어떤 사람으로 생각할까?"

"책임감 있고 열정적인 직원?"

"일자리를 얻으려고 자기 조상의 일지를 훔쳐서 대영도서관에 팔아넘겼다고 생각하겠지."

"지금이 무슨 19세기인 줄 아니? 그리고 너는 도굴꾼이 아니잖아. 물론 네가 템플교회를 얼쩡거리기 시작했을 때는 살짝 의심이 들기도 했지만 말이야."

아그네스는 친구의 농담에 아무런 반응 없이 다시 식사에 집중했지만 소용이 없었다. 사라진 일지에 대한 생각이 자꾸 머릿속에 맴돌았다.

"어쩌면 리빙스턴 씨는 나를 의심하지 않을 수도 있어." 잠시 뒤에 그녀가 말을 이었다. "하지만 존 록우드는 분명 나를 가장 유력한 용의자로 여길 거야. 그 사람이 서점을 나서기 전에 나를 어떤 눈빛으로 쳐다봤는지 네가 봤어야 하는데…… 다음주에 나랑 얘기를 좀 해야겠대. '내 이빨이 얼마나 큰지 봐라, 빨간 모자야' 하는 투로 말이야."

"총을 들이대며 서점에 들어왔다던 그 잘생긴 스코틀랜드 야드 경찰 말이야?"

"총을 들이대며 들어오진 않았어."

"하지만 잘생겼고."

"그렇게 말한 적 없는데."

"그치만 너는 그렇게 생각하고 있지. 총을 들이대며 들어왔다는 부분만 지적했잖아."

"못생긴 경찰이 내가 일지를 훔쳤다고 체포해가면 더 비극적이겠네."

재스민이 깔깔 웃으며 포크로 친구를 가리켰다.

"어쭈, 제법인데, 빨간 모자."

아그네스는 친구의 말을 흘려 넘기고 록우드와 나눈 대화를 상세히 전했다.

"딱히 너를 의심하고 있는지는 잘 모르겠는데? 그 사람은 분명 너를 빅토리아시대의 고고학자 같은 모습에 우수에 잠긴 눈빛을 가진 기막힌 여자라고 생각할 거야. 기막히다는 얘기가 나와서 말인데……"

재스민이 마이클 드레이크에게 손짓을 하자 술집 주인의 아들이 탁자로 다가왔다.

"음식은 맘에 드시나요?" 그가 석류색 앞치마에 손을 닦으며 말했다.

"이 커틀릿 말이야……"

"재스민, 제발 나 좀 살려줘. 음식을 주방으로 다시 돌려보내라는 말은 하지 마. R. 캐드월러더가 얼마나 성깔을 부리는지 모를 거야. 음식값은 안 받을 테니까 대신 조용히 해결하게 해줘."

재스민은 접시를 가져가려는 그의 손을 가볍게 찰싹 내려쳤다.

"이렇게 맛있는 커틀릿을 몇 년 만에 먹어보는지 모르겠어. 이 얘기 우리 할머니한테는 절대 하면 안 돼, 알았지?"

마이클은 어찌나 안도했는지 심지어 미소를 짓는 듯했다. 드레이크 부자는 안면 근육을 거의 움직이지 않기로 정평이 자자한데 말이다.

"왜 그렇게 요리사를 무서워해요?" 아그네스가 호기심을 참지 못하고 물었다.

“저 친구는 웨일스 출신이고, 이름이 캐드월러더예요. ‘전투의 수장’이라는 뜻의 ‘캐드월러더’에서 따온 이름인데, ‘캐드’는 ‘전투’, ‘그월러더’는 ‘수장’이라는 뜻이에요. 그런데 그중에서 전투에 더 잘 어울리는 성격이죠. 그리고 봤는지 모르겠지만 여기 벽에 검들이 걸려 있잖아요.”

“이 검들 정말 멋있어요.” 아그네스가 말했다.

“저중엔 단순히 소품이 아닌 것도 있어요.”

재스민은 그의 언어학적 지식에 감탄했다.

“사실 나는 웨일스어를 하나도 몰라.” 마이클이 설명했다. “녀석이 우리 가게에 오기 전에 일하던 가게 사장님한테 들은 이야기야. 녀석의 성격에 얽힌 수많은 소름끼치는 일화를 들려주면서 절대 녀석의 이름에 대해 묻지 말라고 당부하셨지. 천천히 고통스러운 죽음을 맞이하고 싶지 않다면 말이야.”

“술집을 운영하는 사람들은 아무래도 과장이 너무 심한 것 같아. 맥주 몇 잔 걸치고 허풍을 늘어놓는 손님들 이야기를 자주 듣다보니 전염이 된 거지.” 재스민이 그에게 핀잔을 주었다. “그 친구한테 주방에서 잠깐 나와보라고 말해줘. 오늘 저녁 요리가 정말 맛있었다고 직접 말하고 싶거든. 그가 만드는 햄버거는 항상 맛있었지만 오늘 이 음식은 정말……”

“진심이야?”

그녀가 그렇다고 답하자 마이클은 더없이 기분좋은 임무를 수행하러 주방으로 향했다.

"왜 운을 시험하는 거야?" 아그네스가 친구에게 물었다.

"행운은 용감한 자에게 미소를 짓는 법이니까."

"네가 그렇게 말할 때면 리빙스턴 씨가 생각나."

"두 사람 다 똑같이 박식한 사람이라서?"

"그분은 하루종일 셰익스피어와 디킨스를 인용하면서 손님들의 인내심을 시험하거든."

"안녕하세요." 무시무시한 전투의 수장이라기엔 상당히 세련된 외모의 붉은 머리 남자가 불쑥 인사했다.

재스민은 입을 헤벌린 채 그를 바라볼 뿐이었다. 결국 아그네스가 친구의 정강이를 발로 툭 건드렸다.

"아야……"

"맛있는 저녁식사를 만들어주셔서 제 친구가 감사 인사를 하고 싶대요."

"제가 평생 먹어본 커틀릿 중에 최고였어요." 재스민이 어두운 홀에 나와 선 붉은 머리 남자의 무덤덤한 눈을 빤히 바라보며 말했다. "당신에게 감사 인사를 하고 음식이 정말 맛있었다고 말하고 싶었어요."

R. 캐드월러더는 그저 고개를 끄덕이고는 다시 버너 앞으로 돌아갔다. 두 여자는 어안이 벙벙했다.

"다정하게 한마디하려던 건데."

"기원전 3세기의 전설에 따르면 웨일스 요리사한테 커틀릿이 맛있다고 칭찬하는 건 엄청난 모욕이래." 아그네스가 심각한 얼굴로 말했다.

"그걸 왜 이제야 얘기하는 거야?" 친구가 놀라며 말했다.

"너한테 웨일스식으로 결투를 신청할 거야."

"지금 나 놀리는 거지?"

"이제 알았어?"

재스민은 아그네스의 머리로 냅킨을 던졌지만 미처 농담을 맞받아칠 여유가 없었다. R. 캐드월러더가 작은 접시를 들고 돌아와 두 손님의 탁자에 내려놓은 것이다.

"특제 피스타치오 마카롱입니다." 그는 두 사람의 감사 인사가 끝나기를 기다렸다가 긴장한 기색으로 목을 가다듬었다. "음식으로 칭찬을 받아보기는 처음이에요. 두 분에게 감사드립니다."

그가 미소를 지었다. 그 모습을 보았다면 그의 몸속에 무시무시한 웨일스 전사의 피가 흐른다고는 어느 누구도 상상하지 못했을 것이다.

8

“『스토너』는 어땠나요, 드레스덴 부인?”

“새로 칠한 벽이 마르는 걸 지켜보는 것보다 지루했어요.”

리빙스턴 씨는 손을 뻗어 그녀에게서 존 윌리엄스의 책을 받아들고 어떤 문장을 찾아 읽었다.

“‘자식이라고는 윌리엄밖에 없어 쓸쓸한 집에서 식구들을 묶어주는 것은 힘겨운 농사일뿐이었다.’” 그는 책을 덮고 무테안경 너머로 드레스덴 부인을 바라보았다. “이게 바로 『스토너』입니다. 한 문장에 온 세계가 담겨 있죠. 존 윌리엄스는 자신의 소설 한 단락에 도스토옙스키의 전 작품을 압축해놓았으니 우린 그에게 평생 감사해야 할 겁니다.”

“오.” 부인이 감명을 받아 응답했다.

"이번 주에는 어떤 책을 읽고 싶으세요?"

그녀는 주저 없이 바로 답했다.

"스릴러요."

"스티븐 킹 소설을 재미있어하셨던 것 같은데 제 기억이 맞나요?"

"스티븐 킹을 정말 좋아하죠. 하지만 다른 작가의 소설을 읽어보고 싶군요."

"어떤 것들에 공포를 느끼세요?"

드레스덴 부인은 어깨를 으쓱했다. 에드워드는 그녀가 실내화를 신은 채로 서점에 찾아왔다는 것을 깨달았다.

"하기는 이미 온갖 공포를 다 경험해보셨겠군요." 그가 말했다.

"젊었을 때는 세금 신고도 겁나고 우리 할머니가 들려주는 야경꾼 이야기들, 그리고 신혼 첫날밤이 무서웠죠."

드레스덴 부인의 마지막 말에 리빙스턴 씨는 문득 무언가를 떠올리고 쏜살같이 사라졌다. 그리고 낭만주의 작가 코너에서 올리브색 가죽으로 장정된 매리 셸리의 『프랑켄슈타인』을 들고 돌아왔다.

"문학 역사상 가장 무서운 스릴러입니다." 그가 부인에게 책을 건네주었다.

"괴물에 관한 이야기 아닌가요?"

“‘너의 결혼 첫날밤에 내가 찾아가 함께할 것이니.’” 리빙스턴 씨가 책의 한 구절을 암송했다. “이보다 더 무서운 게 있을까요?”

서점 주인은 자신의 말에 소스라치게 놀란 듯한 드레스덴 부인의 모습을 놓치지 않았다. 하지만 뒤표지에 적힌 21파운드라는 책값을 보고 그런 것은 아닌가 생각도 들었다.

그날 오후 서점은 평온했다. 드레스덴 부인은 『프랑켄슈타인』이 든 종이가방을 꼭 쥐고서 보랏빛 곱슬머리를 행복의 후광처럼 휘날리며 서점을 떠났고, 에드워드는 곧 그림책의 유혹에 빠져들었다. 그는 뱅자맹 라콩브와 세바스티앵 페레즈의 『요정들의 식물도감』을 집어들고 파이프담배에 불을 붙인 다음, 낭만주의 작가 코너의 소파에 편히 등을 기대고 독서를 즐길 준비를 마쳤다. 몇 분 책장을 넘기다가 그는 자신의 평화로운 안식처에 동료가 있는 걸 발견했다. 아그네스가 책상다리를 하고서 맞은편 소파에 앉아 있었다. 리빙스턴 씨는 잠시 추악한 세상으로부터 숨을 돌릴 수 있었다. 그는 섬세한 곡선을 그리는 그녀의 등, 어깨 위로 무심하게 떨어진 갈색 머리카락, 미동도 하지 않는 우아한 손, 무릎 위에 고이 놓인 책을 찬찬히 바라보았다……

“무슨 책을 읽고 있어요?” 그가 서점 직원의 마법에서 헤어나오며 물었다.

아그네스는 코니 윌리스의 『개는 말할 것도 없고』의 표지를 보여주었다.

"당연히 제롬의 『보트 위의 세 남자』를 먼저 읽었겠죠?"

"저번에 추천해주셔서 바로 읽었죠."

"잘했군요." 리빙스턴 씨는 회중시계를 확인하고는 오후 영업을 마치기로 마음을 먹었다. "오늘은 더이상 책을 사갈 손님이 없을 것 같네요. 런던 사람들은 크리스마스 전날 서점 문이 닫히기 직전에 한꺼번에 몰아서 쇼핑을 하는 게 훨씬 재미있다고 생각하는 모양이에요. 이참에 어제 그렇게 보고 싶다던 테이트 갤러리 터너 전시에 가서 그 징글징글한 그리스 유적 그림들이나 감상하는 게 어때요?"

"제가 일찍 퇴근해도 괜찮을까요?" 그녀가 리빙스턴 씨의 제안에 화색이 되어 말했다.

리빙스턴 씨는 의미심장한 눈빛으로 파이프담배와 소중한 그림책을 바라보다가 무테안경 너머로 그녀를 쳐다보았다.

"그 정도 스트레스야 혼자서도 감당할 수 있죠."

"같이 가시면 어때요?"

"영국 사람은 터너 전시에 가지 않아요. 차라리 여우 사냥이나 크리켓 같은 더 고상한 취미를 즐기죠." 그가 농담을 던졌다. "그 화가 이야기를 하니까 문득 떠오르는 게 있군요. 계속 그 소파에 앉아 명예를 지킬 생각이라면 이 책을 읽어보세요."

에드워드는 왼편으로 몸을 돌려 곧바로 책을 꺼냈다. 윌리엄 오스피나의 『여름이 오지 않은 해』였다.

"오스피나 선생은 터너가 묘사한 하늘 색깔이 낭만주의라는 불치병의 산물이 아니라 화산재 때문이라고 설명하고 있어요…… 더 이야기하진 않을게요." 그가 갑자기 생각을 바꾸었다. 그녀는 그에게서 흔쾌히 책을 건네받았다. "자, 그럼 가서 존 컨스터블의 그림도 그런 영향을 받은 것일지 한번 생각해보시죠."

아그네스는 고용주의 제안에 순순히 따르기로 하고 12월의 차가운 공기와 마주하기 전에 서둘러 옷을 껴입었다. 하지만 그녀가 서두르는 이유는 따로 있었다. 손님이 서점 문을 열고 들어오기 전에 그 자리를 떠나고 싶었던 것이다. 리빙스턴 씨가 인간혐오를 느끼며 홀로 곤욕을 치르는 모습에 죄책감을 느끼지 않도록 말이다.

영업시간이 끝나기 삼십 분 전 시오반이 서점에 들렀을 때도 에드워드는 여전히 불 꺼진 파이프담배를 손에 든 채 계산대에서 생각에 잠겨 있었다.

"오늘 뭐 안 좋은 일이라도 있었어?" 그녀는 그에게 가볍게 입을 맞추고 목도리를 푼 뒤에 물었다.

"응? 아니야, 아니야, 잠시 생각 좀 하느라…… 방금 존 록우드와 통화를 했거든."

"친절하게 대해줬겠지?"

"말로 다 할 수 없을 정도였지."

시오반은 사무실에서 차를 끓여 내왔다. 그들은 계산대 앞에 서서 차를 마셨다. 서점 주인은 여전히 말없이 계산대에 팔을 괴고 있었다.

"용건이 뭐래?"

"내일 오전에 어디로 가야 아그네스를 만날 수 있는지 묻더라고." 리빙스턴 씨는 차를 한 모금 마시고 애인에게 눈을 찡긋해 보였다. 그리고 잠시 뒤 생각을 정리하고 덧붙였다. "우리가 이 일에 더 현명하게 대처했어야 했던 것 같아."

"존 이야기를 꺼내고 싶은 거라면 뭔가 잘못 생각하고 있는 거야."

"완전무장한 채로 서점 문을 부수고 들어오는 모습을 보고도 내가 그의 섬세한 지성을 알아채지 못한 거라면 양해해주길 바라."

"겨우 종 좀 부서진 걸 갖고 뭘 그래. 게다가 당신은 그걸 싫어했잖아. 빅토리아시대 화이트채플 묘지에 있는 것 같다고 했으면서."

"내가 언제 그렇게 말했어?" 에드워드가 따지듯이 물었다. "1815년의 하이게이트에 있는 느낌이라고 했지."

시오반은 말꼬리를 잡는 그의 대답을 흘려 넘기고 존을 두둔했다.

"참고로 말해두자면 존은 엄청 높은 점수로 경찰 시험에 합격했어."

"그래? 그 친구가 해준 얘기야? MI5와 관련된 일은 다 기밀인 줄 알았는데."

"스코틀랜드야드라고."

"살인마 잭도 못 잡은 무능한 자들이지."

"그리고 그 이야기는 존의 어머니한테 들은 거야."

리빙스턴 씨가 한쪽 눈썹을 치올리며 비꼬는 듯이 눈을 가늘게 떴다.

"속물!" 시오반이 도저히 참지 못하고 외쳤다.

"난 그저 가난한 서점 주인인걸."

"당신은 옥스퍼드에서 오 년 공부한 사람이 아니면 사람 취급도 안 하잖아."

"우리 아름다운 베일리얼 졸업생께서 하실 말씀은 아닌 것 같은데."

시오반이 짜증 섞인 한숨을 내쉬자 에드워드는 도가 지나쳤다는 걸 깨달았다. 그는 그녀의 손을 붙잡고 입을 맞추었다. 미안하다는 뜻을 확실히 전하고자 말없이 애인의 잔에 향긋한 차를 따르고 샌드위치를 권했다. 그리고 그녀가 샌드위치를 한입 베어물기를 기다렸다가 다시 말을 이었다.

"내가 하고 싶은 말은 문제를 훨씬 더 쉽게 해결할 방법이 있다는 거야."

시오반은 말없이 그를 바라보았고, 리빙스턴 씨가 큰 소리로 외쳤다.

"올리버 트위스트! 충성으로 향하는 곧은길을 따라 당장 내려오렴!"

"디킨스가 무슨 도움이 된다는 건지 모르겠네."

"디킨스가 아니라 올리버 트위스트가 도움을 줄 거야. '충성의 길은 항상 곧은 법이다.' 이 서점에 아이큐 백오십이 넘는 천재가 있으니 이참에 그 덕을 볼 수 있는지 보자고."

두 어른 앞에 선 올리버는 샌드위치를 먹어도 되는지 물었다. 시오반은 아이가 계산대에 앉을 수 있도록 도와주었다.

"어이, 금발 꼬마 도깨비, 사라진 일지가 어디로 갔는지 아니?" 리빙스턴 씨가 물었다.

올리버는 양볼 가득 샌드위치를 씹으며 어깨를 으쓱했다. 하지만 에드워드는 쉽사리 물러설 기세가 아니었다.

"원고가 사라진 날 오후에는 비가 내렸어요." 아이가 말했다.

"런던엔 거의 매일 비가 오잖니." 시오반이 투덜거렸다.

하지만 올리버의 머리는 활발하게 돌아가기 시작했고 안 그래도 한창 지루했던 참이라 리빙스턴 씨가 제안한 놀이에 흥미가 일었다.

"비가 내리는데 오래된 원고를 밖으로 가지고 나가는 건 좋은 생각이 아니죠. 책을 망가뜨리고 싶은 사람은 없으니까요." 아이가 지적했다.

"일지를 슬쩍한 사람이 서점 밖으로 나가지 않았다면……" 에드워드가 아이 생각의 흐름을 좇으며 말했다. "그자는 원고의 가치를 알고 원고가 망가지는 걸 원치 않는 사람이었을 거야. 바로 그래서 진열장에 아무런 흠집도 생기지 않은 거고. 그 사람은 유리를 깨뜨리지 않고 굳이 고생해서 자물쇠를 열었어. 진열장 안의 내용물이 망가질까 걱정했던 거지. 따라서 밖에 비가 내렸다면 바로 이곳에 책을 숨겼을 거야. 수많은 책들 사이에 눈에 띄지 않게 책 한 권쯤 숨기는 건 어려운 일이 아니니까. 다만 들키지 않으려면 서둘러야 했겠지. 그렇게 오래된 원고를 습기로부터 보호하려면 타이밍이 중요하니까."

"하지만 일지를 가져가지도 않을 거였다면 왜 그런 수고를 했을까?" 시오반이 의문을 제기했다.

"물건을 훔치려는 게 아니었을 테니까." 에드워드가 묘한 어조로 말했다. "나는 우리 천재 우주비행사의 의견에 동의해."

"올리버! 짐 챙겨라."

아이의 엄마가 느닷없이 낭만주의 작가 코너에 모습을 드러냈다. 애처로운 소리로 손님들을 맞이하던 그 종도 나름의 쓸모가 있었다. 적어도 달빛서점의 식구들에게 무서운 변호사가 침입했다는 소식을 알려주었으니까.

올리버가 바닥으로 내려와 엄마의 지시에 따르는 사이 트위스트 부인이 서점 주인에게 말했다.

"크리스마스 휴가 때 문을 닫으시나요?"

"그것 때문에 부인의 계획에 혹시나 차질이 생긴다면 송구스러울 따름입니다."

"올리버가 삼 주 동안 방학이에요." 그녀가 탄식했다. "매일 여기 오겠다는데요. 당연히 공휴일은 제외하고요."

"당연하겠죠."

올리버는 짙은 남색 아노락을 입고 명석한 머리 위로 솟아오른 커다란 책가방을 메고서 엄마를 기다렸다.

"안녕히 계세요, 시오반 아줌마." 아이가 깍듯이 인사했다. "내일 뵐게요, 리빙스턴 아저씨."

"제 조수 클라라가 점심시간 지나서 아이를 데려다줄 거예요." 부인이 힘주어 말하고는 아들의 손을 잡고 가버렸다.

"클라라가 누구지?" 문이 닫힌 뒤에 시오반이 침묵을 깨고 물었다.

"저분 조수래."

"그건 나도 아까 들어서 알아."

"휴대폰만 보느라 올리버는 쳐다보지도 않고 그냥 문 앞에 두고 가버리는 그 누더기 같은 옷 입고 다니는 십대 여자애인가봐. 나는 그 여자애가 외계 지의류 같은 게 아닐까 몇 달째 의심하고 있지만."

"옥스퍼드 학위가 있는 외계 지의류?"

"그렇다면 정말 딱할 거야."

"그애가 말주변이 없어서?"

"우리 올리버한테 말을 한마디도 안 걸어주는 아주 멍청한 아이라서."

아그네스가 머무는 곳은 재스민과 함께 사는 집 2층에 있는 넓은 푸른색 방이었다. 거처를 정하고 처음 며칠 동안은 아침마다 창밖을 내다보며 멍하니 시간을 보냈다. 특히 건물 입구의 자그마한 마당에 가꾸어놓은 정원 일부가 보이는 게 마음에 들었다. 지상에서 그리 높이 떨어져 있지 않은데도 주변이 온통 고요했다. 집 주변에 차가 많이 다니는 큰길이 두 개나 있지만 제법 거리가 있는데다 잔잔한 정원의 소리에 묻혀 소음은 거의 들리지 않았다.

크롬웰로드에서 바라보면 어느 호텔 입구 일부와 러브크래프트앤카터 북키퍼스bookkeepers라는 간판이 떡하니 걸린 선팅 유리로 된 사무실 건물이 눈에 들어왔다. 아그네스는 간판 속 러브크래프트앤카터라는 이름과 수수께끼 같은 마지막 단어

때문에 그 간판이 마음에 들었다. 그녀는 그 '북키퍼'들이 누구일까 상상의 나래를 펼치곤 했다. 러브크래프트와 카터라는 이름의 두 부인—허리에 권총을 찬 세상 어디에도 없는 시간을 초월한 듯한 사서들—이 그 건물 안에서 호화스러운 도서관을 운영하며 흔히 접하기 어려운 보물 같은 책들을 멋진 금고 안에 보관하고 있을 것 같았다. 책 주인들이 자신과 책을 탐하는 자들의 안전을 위해 맡겨둔, 위험하고 특이하고 값비싼, 마법의 힘을 지닌 책들 말이다. 나중에서야 북키퍼라는 단어가 장부를 다루는 사람들, 즉 회계원을 뜻한다는 사실을 깨닫고 그후 모든 신비와 마법이 사라졌다.

이처럼 처음에는 이국적이고 경이로워 보이던 것이 어느 순간 수수께끼가 풀리고 특별함이 사라지고 실망감을 안긴 경우가 한두 번이 아니었다. 옥시링쿠스에서 저녁 시간을 기다리며 발굴현장을 산책할 때면 그녀는 황혼에 물든 기막힌 아프리카의 하늘 아래로 끝없이 펼쳐진 장밋빛과 황토빛 지평선을 바라보며 자신의 소명을 생각했다. 밖에서 보면 고고학은 인디애나 존스 같은 보물 탐험대가 등장하는 영화처럼 모험과 향수로 가득한 매력적인 직업이었다. 하지만 실제로는 오랜 시간 동안 부패한 다양한 상태의 토양을 파헤치고 먼지가 더께로 쌓인 자료 더미를 뒤지고 발굴된 물건들을 분류하는 고된 일이었다.

하지만 달빛서점에서는 처음으로 정반대 현상을 경험했다. 런던에 있는 한 서점의 문턱을 넘는 단순하고 일상적인 행위가 뭔가 특별한 일의 시발점이 되어준 것이다. 아그네스는 자기도 모르는 사이에 리빙스턴 씨의 책들을 통해 세상을 특별한 눈으로 바라보기 시작했다. 자신이 그때까지 망원경으로 별을 관찰하는 데 오 분도 투자하지 않았다는 것과 목성과 혜성 67P의 독특한 궤도에 한 번도 흥미를 느끼지 못했다는 것, 그리고 탐사선 로제타와 탐사 로봇 필레가 어쩌다 그런 이름을 갖게 되었는지 궁금해한 적이 없다는 게 놀라웠다. 이전에는 왜 한 번도 역사의 거울이나 마찬가지인 그림책의 매력과 에드워드의 서점뿐 아니라 아직도 도시의 특이한 구석구석을 물들이는 19세기 초의 낭만주의적인 향수에 주목하지 않았는지 스스로가 의아했다.

『템페스트』의 새로운 판본, 드레스덴 부인의 걱정과 고민, 올리버 트위스트의 논리적인 설명, 에드워드 리빙스턴의 영국인다운 냉철함을 접하며 그녀는 새로운 눈을 가지게 되었다. 전에는 세상이 회색빛이었다. 세상을 바라보는 새로운 눈을 가진 뒤에야 비로소 반짝이는 색깔을 알아볼 수 있는 법이다. 그녀는 생각지도 못한 자그마한 싹에서 행복이 솟아난다는 사실을 깨닫기 시작했다. 어떻게 작은 서점 안에 세상의 모든 좋은 것이 다 모여 있을 수 있을까.

아그네스는 하이드파크 야외음악당 맞은편에 있는 서펜타인호수 근처 벤치에 앉아 한 손에는 힘없이 책을 든 채 다른 한 손으로 오리들에게 빵 껍질을 던져주고 있었다. 예전과 달리 이제는 자기가 아무도 몰라주는 고고학자라는 사실에도 인생이 끝난 듯한 느낌은 들지 않았다. 바르셀로나로 빨리 돌아가고 싶은 마음도 없었고 박물관과 직업소개소를 찾아다니며 일자리를 구해야 한다는 걱정도 어느 정도는 떨쳐냈다. 재스민과 달빛서점 식구들과 함께라면 행복하고 즐겁게 지낼 수 있으리라는 확신이 생겼다. 그들이 그녀의 일시적인 불안을 치유해줄 것이다. 그런데도 자꾸 우울한 기분이 드는 건 크리스마스가 코앞에 다가왔기 때문이 아닐까 싶던 찰나, 존 록우드의 짙은 푸른색 눈에 시선이 꽂혔다.

"대체 그 괴상한 책은 뭐죠?"

여자에게 그런 식으로 말을 거는 건 바람직한 방법이 아니었다. 조금도 위협적이거나 수상쩍지 않고 친절한 사람으로 보이고 싶은 생각이었다면 특히 그렇다. 하물며 그녀를 절도범으로 고발할 의도가 전혀 없다는 뜻을 전하기에는 턱도 없었다. 하지만 앱슬리하우스 옆 하이드파크코너를 통해 공원에 들어와 그녀를 찾다가, 살랑이는 바람에 흔들리는 그녀의 긴 머리카락과 12월의 추위에 상기된 볼, 크고 아름다운 갈색 눈동자 속의 촉촉한 눈빛을 마주하자 그는 정신을 차릴 수가 없었다. 망명한 러시아 공주 같은 분위기를 자아내는, 허리 부분이 잘록하고 밑자락이 나무 벤치 위에 길게 펼쳐진 나팔 모양의 암회색 외투도 존의 마음을 진정시키는 데 전혀 도움이 되지 않았다.

아그네스는 빨간색 표지에 자그마한 검은 글자가 쓰인 책을 그에게 건넸다. 그의 갑작스러운 등장에 놀라 자연스럽게 대꾸할 여유가 없었다.

"아이네이아스 탁티쿠스." 경찰이 소리 내어 읽었다. "『공격술: 기원전 4세기 그리스의 군사 전략』 아침에 가볍게 독서를 즐기는 중인가봐요?"

"도시 방어 전략에 관한 매우 흥미로운 글이에요. 특히 암호 부분에는 오늘날의 컴퓨터 프로그래머들이 봐도 놀랄 만한 내용이 담겨 있죠. 그런데 제가 여기 있는 건 어떻게 아셨나요?"

"에드워드 리빙스턴 씨가 여기 있을 거라 알려줬어요."

"일지를 훔친 혐의로 절 고발하실 건가요?"

"그렇게 해야 하나요?"

존은 스스로에게 화가 나서 혀를 깨물었다. 멍청한 질문으로 말을 건 것도 모자라 점점 상황을 악화시키고 있었다.

"커피 한잔 대접하고 싶은데 괜찮으세요?" 그가 서둘러 덧붙였다. "원고가 사라진 날 오후에 대해 기억나는 대로 다 말해주면 고맙겠어요. 여기는 너무 추워서 오래 이야기를 나누기도 힘들고 저는 닭을 싫어하거든요."

"오리예요."

"영국인이 아닌데도 조류학에 조예가 깊군요."

아그네스는 남은 빵조각을 오리들에게 모두 던지고 용기를 내어 다시 남자의 눈을 마주보았다. 그는 여전히 벤치 옆에 서서 대답을 기다리는 중이었다. 그의 손의 위치와 대리석처럼 딱딱한 자세와 표정 때문인지 대영박물관에 있는 로마제국시대의 석상이 떠올랐다. 그녀는 남자의 푸른 눈에서 시선을 떼지 않은 채 자리에서 일어나 미소를 지었다.

"커피보다는 차가 좋겠어요." 그녀가 추위에 무감각해진 입술을 움직이며 말했다.

"그럼, 차를 대접하죠." 존이 답했다.

그는 바람에 흩날려 볼에 붙은 그녀의 비단결 같은 갈색 머리카락을 떼어주고 싶은 유혹에 넘어가지 않도록 주머니에 손을 넣었다. 문득 그녀의 부드러운 목선 아래쪽의 따스한 살갗을 어루만지고 싶었다…… 그녀는 바로 앞에 있었다. 손가락만 뻗어도 닿을 만큼 가까운 거리였다. 하지만 이제 그녀는 그에게서 시선을 거두고 고개를 젖힌 채 갑자기 쥐 죽은 듯 고요해진 회색 하늘을 올려다보고 있었다. 어느새 바람이 그치고 해와 구름도 사라졌다. 그녀가 입고 있는 추방당한 공주의 외투 색깔과 같은 암회색 하늘만 보일 뿐이었다. 사위가 고요했다. 살짝 벌어진 입술 사이로 숨이 멈춘 것처럼 시간도 그대로 멈춘 듯했다.

그녀는 고개를 내리고 존과 눈을 마주쳤다. 그녀의 입가에 잔잔한 미소가 떠올랐다.

"눈이 와요." 그녀가 행복한 목소리로 말했다.

12월의 첫눈이 너도밤나무와 백 년 된 주목의 우듬지를 하얗게 물들일 기세로 물결이 일렁이는 호숫가에 서 있는 그들의 머리 위에 부드럽게 내려앉았다.

9

두 사람은 아그네스의 파란색 우산을 함께 쓰고 팔짱을 끼고서 하얀 정적에 휩싸인 공원을 걸었다. 드높은 전나무가 꿈꾸듯 천천히 흔들리며 속삭이는 소리 외에는 아무 소리도 들리지 않았다. 오랫동안 혼자 걷다가 다른 사람과 발걸음을 맞추자니 영 어색한 기분이 들었다.

존은 오른손으로 우산을 들고 서펜타인로드를 지나 그린파크로 이어지는 출구를 향해 자신 있게 걸음을 옮겼다. 그녀가 편안한 얼굴로 그의 팔짱을 낀 채 나란히 걷는 게 좋았다. 그녀의 긴 머리카락이 때때로 그의 턱을 간질였다. 파란색 우산 아래가 이 세상의 전부인 그 순간을 즐겼다. 리빙스턴 씨의 요정이 내뿜는 하얀 입김 외에는 아무것도 중요치 않았다.

공원을 빠져나와 피커딜리스트리트를 따라 걷다보니 변덕스러운 날씨 탓에 메이페어의 교통체증은 심해졌고, 그 바람에 두 사람을 고요히 감싸던 마법이 깨져버렸다. 존은 스스로를 감상적인 성격과는 거리가 먼 현실적인 사람이라고 여겼지만 하이드파크의 드높은 전나무와 무성한 너도밤나무가 사무치게 그리웠다.

"런던에 산 지는 얼마나 됐어요?" 그는 걸음을 늦추지 않고 계속 나아가며 아그네스에게 물었다.

"9월부터요. 도시에 눈이 내리는 건 평생 처음 봐요."

"설마 날씨 때문에 여기 온 건 아니겠죠?"

"바르셀로나에는 눈이 안 와요. 아이들한테는 엄청나게 충격적인 일이죠." 그녀가 미소를 지었다. "저는 고고학 관련 일자리를 구하려고 왔어요. 보통 그런 이유 때문에 고향을 떠나지 않나요?"

"항상 그렇게 단순한 이유라면 얼마나 좋을까요…… 다른 나라로 떠나는 이유가 단지 일자리를 찾기 위해서라면 말이에요. 전쟁, 기아, 질병, 죽음이나 절망 때문이 아니라." 아그네스는 심각한 표정을 한 남자의 옆얼굴을 호기심어린 눈으로 바라보았다. 그는 런던의 하늘 아래 아득히 펼쳐진 지평선을 멍하니 바라보고 있었다. "저는 아프가니스탄에서 복무했어요." 그가 잠시 침묵을 지키다가 자신의 말에 설명이 필요하다는 생각이 든 듯 이내 말을 이었다. "이동하면서 폐허나 다름없는 마을도 많이 봤어요. 집을 떠나봐야 자신이 태어난 곳이 살 만한 곳이라는 사실을 깨닫게 되는 법이죠."

대화가 무거운 분위기로 흘러가자 두 사람은 살짝 부담을 느낀 듯 한동안 침묵을 지켰다. 차도를 가득 메운 자동차들 소리와 눈보라에 이어진 강한 바람 때문에 발소리는 거의 들리지 않았다. 성큼성큼 발을 옮기며 길을 이끄는 록우드의 보조에 맞춰 앞으로 나아갔다. 문득 이 남자의 품안에서는 위험한 일이 닥치지 않을 것 같다는 생각이 아그네스의 머릿속을 스쳤다.

"리빙스턴 씨는 어느 관점에서 보든 항상 훌륭하기만 한 문명은 없다고 하셨어요." 그녀가 존의 말에 대해 잠시 생각한 뒤에 말했다. "라르스 뮈팅의 『노르웨이의 나무』를 읽고 나서도 노르웨이의 고대 문화와 사회, 관습이 꼭 완벽한 건 아니라는 의견이셨죠."

"고고학자의 입장은 어떤가요?"

"어떤 고대문명도 완벽했다고는 말할 수 없을 것 같네요. 어쩌면 그 질문에 대한 답은 인류학자에게서 구해야 할지도 몰라요."

"스코틀랜드야드에도 함께 일하는 인류학자가 있어요. 하지만 그 사람이 하는 말은 도무지 알아들을 수가 없어요. 그가 같은 부서의 심리학자들과 술을 마시러 나갈 때를 빼면요."

피커딜리에 위치한 포트넘앤메이슨은 루이스 캐럴의 『이상한 나라의 앨리스』 초판 출간일을 기념하여 가게 진열창을 책 속 유명 장면으로 꾸며놓았다. 미치광이 모자장수의 다과회, 정원에 나와 있는 하트 여왕, 토끼 굴로 떨어지는 앨리스와 흰 토끼…… 아그네스는 그 앞을 지날 때마다 걸음을 멈추고 진열창을 구경하며 캐럴의 고전에 대한 가장 아름다운 재현이라고 생각했다. 하지만 이번에 피커딜리스트리트 181번지에 이르러서는 금색과 녹색으로 장식된 아름다운 진열창에 비친 두 사람의 모습에 잠깐 눈길을 던질 뿐이었다. 더없이 편안한 얼굴로 존 록우드와 팔짱을 낀 채 천천히 걷고 있는 저 외국 여자는 누구일까. 새하얀 눈이 내리는 잿빛 하늘 아래서 함께 우산을 쓰고 있는 저 낯선 커플은 누구일까.

아그네스는 항상 사람들과 적절한 거리를 유지하는 게 중요하다고 생각했다. 긍정적이든 부정적이든 사람들과의 관계가 그녀의 성격 형성에 구체적으로 기여한다고 믿었던 것이다. 우리는 우리의 과거이다. 하지만 동시에 우리는 다른 사람에게서 받은 수많은 영향들의 총합이기도 하다. 이 세상에 다른 이들로부터 아무런 영향도 받지 않는 사람은 없기 때문이다. 그리고 누구와 함께하는가에 따라 사소한 영향들이 하나하나 모여 삶을 풍요롭게 만드는 훌륭한 은하수를 이루기도 한다. 그녀는 리빙스턴 씨에게서 마음의 평온을 찾고 개성을 존중하는 법을 배웠다. 올리버와 함께 있을 때는 조금이나마 비관적인 생각을 버리고 편견 없는 새로운 눈으로 세상을 바라볼 수 있었다. 시오반에게서는 현명하고 실용적인 면모를 본받을 수 있었다. 그리고 재스민에게서는 아무리 어려운 순간에도 긍정적인 마음과 희망을 잃지 않는 태도를 배웠다.

에드워드는 언젠가 그녀와 대화를 나누다가 윌리엄 포크너의 『내가 죽어 누워 있을 때』에 나오는 문장을 인용한 적이 있다. "'고독은 천박하고 사악한 사람들로 가득한 세상을 대하는 최상의 해답이다.'"

"헨리 데이비드 소로가 도끼 한 자루를 들고 숲속으로 들어간 걸 보면 알 수 있듯이 미국인이라고 해서 다 사교적이진 않죠." 그는 그렇게 농담을 했었다.

에드워드가 사람들을 피해 달빛서점에 은거하며 사는 게 그런 이유 때문인지 아그네스는 그에게 차마 묻지 못했다. 나쁜 일을 겪을 일도 없고 천박하고 사악한 인간들이 들어설 자리가 없는 자신만의 세상. 서점을 찾는 열혈 독자가 악한일 리는 만무하지 않겠는가?

서점 때문에 성격이 바뀐 건 아니지만—성격은 사춘기 즈음에 거의 완성된다는 사실을 그녀는 잘 알고 있었다—런던에서 지내게 된 이후 새로운 친구들을 만나고 리빙스턴 씨가 추천한 책들을 모두 읽으면서 그녀는 신기하게도 세상을 바라보는 관점에 약간의 변화가 생겼다. 그 멋진 진열창 앞에 존 록우드와 함께 서 있는 여자는 과연 어떤 존재일까? 차차 풀어가야 할 수수께끼였다.

동행인이 무슨 생각을 하고 있는지 모른 채 존은 포트넘의 포치 아래로 몸을 피하고 우산을 접은 다음 그녀가 들어갈 수 있도록 문을 열어주었다. 따뜻한 천장 조명과 웅장한 대리석 계단, 거대한 궁전 같은 넓은 공간을 따라 이어진 수많은 크리스마스 장식이 두 사람을 맞이했다. 아그네스는 그 휘황찬란한 홀을 볼 때마다 루이 14세가 등장해 당장이라도 봄 무도회의 시작을 선언할 것만 같았다. 영국 땅에서 그런 불경한 생각을 입 밖에 낼 수는 없었지만 그 상점 겸 식당 1층의 과하면서도 경박한 장식을 보며 드는 복잡한 감정을 달리 표현할 길이 없었다.

"주빌리에 올라가기에는 너무 이른 시간일까요?"

존이 말하는 곳은 피커딜리스트리트의 포트넘앤메이슨 건물 맨 위층에 위치한 '다이아몬드 주빌리 티 살롱'이었다. 섭정양식의 우아한 장식과 전설적인 서비스 때문에 아그네스는 왠지 주눅드는 느낌이 들었다.

"주빌리는 언제 가도 최고죠. 차 한 잔을 즐기는 단순한 일을 그렇게 멋진 의식으로 탈바꿈시키는 문명에 어떻게 감탄

하지 않을 수 있겠어요."

록우드가 무슨 비밀이라도 털어놓듯 그녀에게 가까이 다가와 속삭였다.

"다 관광객들을 현혹하기 위한 거죠."

그가 귓속말하는 순간 아그네스는 잠깐 동안 추위도 잊었다. 존은 결국 유혹을 이기지 못하고 머리에 붙은 눈송이를 떼어준다는 핑계로 그녀의 머리카락을 어루만졌다. 그녀는 숨을 참고 꼼짝도 하지 않았다. 두 사람만의 내밀한 순간을 깨뜨리고 싶지 않았기 때문이다.

"그런데 저 유물이나 다름없는 승강기를 타고 싶진 않네요." 록우드가 마법에서 깨어나기 위해 목을 가다듬고 말을 이었다.

"폐소공포증 있어요?" 아그네스는 그의 건장한 체격을 고려하면 안내원을 포함해 세 사람이 그 작은 승강기에 들어가기는 무리란 생각이 들었다.

그녀는 언젠가 꼭대기 층에 올라가 그곳을 기웃거려보기도 했지만 한 번도 안에 들어가 차를 마신 적은 없었다. 종업원들이 불편했기 때문이다. 가게 앞에서 미소를 지으며 환영하는 종업원들을 대할 때마다 제 옷차림이 초라한 건 아닌지 머리가 엉망이진 않은지 거기서 다과를 즐기기엔 너무 가난한 건 아닌지 생각하며 주눅이 들었다. 하지만 그날 수많은 계단을 올라 가쁜 숨을 몰아쉬며 존과 함께 주빌리 입구에 이르렀을 때는 평소와 다르게 마음이 가뿐했다. 구두는 다 젖고 발은 꽁꽁 얼어붙고 외투는 녹다 남은 눈 때문에 지저분하고 머리는 물에 젖은 고양이나 야생 조류가 짓다만 둥지 같았지만 상관없었다. 존이 두 사람이 앉을 자리 안내를 부탁하자 종업원들이 습관처럼 몸에 밴 조소와 경멸이 담긴 눈초리로 그들을 위아래로 훑어보았지만 아무렇지 않았다. 그는 그러한 시선에 개의치 않고 아름다운 원목 마루를 지나 피커딜리스트리트가 내려다보이는 창문을 향해 걸음을 옮겼다. 그러고는 북쪽 벽 후미진 자리를 가리키는 예쁜 금발 종업원의 안내를 무시하고 폭풍우 치는 하늘의 기묘한 빛이 드는 창가 쪽 자리를 선택했다.

"여기가 좋겠군요. 감사합니다." 그가 단호하게 말했다.

아그네스의 눈에 비친 그는 마치 스코틀랜드야드 배지를 꺼내들고 진지한 공무를 수행중인 것 같았다. 금발 종업원은 아무 대꾸도 하지 않았지만 얼굴에서 웃음기가 가셔 있었다.

존은 아그네스의 의자를 빼주며 그녀가 외투를 벗고 자리를 잡기를 기다렸다가 자기 자리로 돌아와 앉았다. 두 사람은 한동안 창밖 풍경과 우아하게 춤추는 눈송이를 구경했다. 세상 어디를 가도 눈 오는 크리스마스의 런던만큼 아름다운 곳은 찾기 힘들 것이다.

"리빙스턴 씨의 일지 일은 어떻게 된 거라고 생각하세요?" 차와 케이크, 비스킷을 주문하고 나서 존이 물었다.

"글쎄요. 다들 제가 혼자 서점을 지키던 날 오후에 원고가 사라졌다고 생각하는 것 같아요. 하지만 그날 평소와 다르게 이상한 점은 없었어요…… 그리고 저는 그 원고를 가져가지 않았고요." 그녀가 목소리에 힘을 주며 말했다.

"어떤 남자가 서점에서 DVD를 팔지 않는다며 화를 냈고, 로젠버그 부부는 녹색 표지의 책을 찾았고, 드레스덴 부인은 무슨 도검 이야기를 했다고 했죠?"

"모르굴의 칼이요."

"그런데도 '평소와 다르게 이상한 점'은 없었다는 거예요?"

아그네스가 미소를 지었다. 존은 주변이 환해지는 느낌이 들었다.

"당신 직업이 부럽지는 않군요." 그가 말했다.

"그 일지는 귀중한 문서예요. 리빙스턴 씨에게는 감정적인 면에서 귀중한 물건이겠지만, 학술적이고 역사적인 관점에서도……"

"당신은 유력한 용의자죠."

"맞아요."

"이 말이 위안이 될지 모르겠지만 저는 당신이 일지를 가져갔다고 생각하지 않아요."

"그런 말을 들으니 마음이 한결 놓이네요."

"제 말을 믿어주니 고맙군요. 하지만 제가 형편없는 경찰일 수도 있는데, 왜 제 판단이 옳다고 생각하시는 거죠?"

"제 결백을 믿어주시니까요."

존이 웃음을 터뜨렸다. 그녀에게서 눈을 뗄 수가 없었다. 눈보라가 몰아치는 날의 기이한 빛에 감싸인 그녀는 숨막히게 아름다웠다. 그의 눈을 들여다보는 갈색 눈동자, 미소, 섬세한 손길, 차분한 목소리까지.

종업원이 새와 꽃잎이 그려진, 동양풍의 커다랗고 하얀 도자기 주전자에 담긴 차를 따라주는 동안 두 사람은 침묵을 지켰다. 미니 비스킷과 크렘 앙글레즈, 건포도, 초콜릿, 구스베리 잼이 들어간 시폰케이크가 놓인 작은 접시들이 식탁을 달콤한 즐거움으로 가득 채웠다. 그 순간 아그네스는 마음속에 밀려오는 흥분과 기쁨을 감출 수 없었다. 제임스 맥브라이드의 『트롤 사냥 이야기』 같은 기상천외한 모험에 관한 책을 읽을 때도 1899년의 엄격한 유행에 따른 옷을 완벽하게 차려입은 영국 탐험가들이 진흙투성이에 녹초가 되어 덴마크의 황무지에서 길을 잃은 채 회중시계를 확인하고 처참한 상태의 장화를 보며 더없이 우아한 욕설을 내뱉고 잠시 걸음을 멈춰 차를 마시는 모습을 그리곤 했다.

"마음에 쏙 들어요." 그녀가 말했다. "에드워드 씨가 추천해준 책들에 나온 그대로네요."

"차에 관한 책들인가요?"

아그네스가 고개를 가로저었다.

"영국 고전문학 작품들이에요. 특히 아널드 베넷의 소설이 많은데, 버지니아 울프, D.H. 로런스, 제임스 조이스 시대에 호평받았지만 이제는 거의 잊힌 소설들도 있어요."

"탐정소설은요?"

"탐정소설도 몇 권 있죠." 그녀가 미소를 지었다. "에드먼드 크리스핀, 도러시 L. 세이어스, 나이오 마시 혹은 조젯 헤이어의 소설 같은 거요. 하지만 주로 19세기 말에서 20세기 초중반 사이의 작품들이에요. 코니 윌리스, 팀 파워스, 또는 오슨 스콧 카드의 SF소설을 읽어보라고 주실 때도 있고요. 집에서는 재스민이 필굿 소설을 읽으래요. 이유를 알 수 없는 번뇌, 고뇌에 시달리는 낭만주의 작가들, 변덕스러운 영국식 유머에서 벗어나 잠시 숨을 돌리라면서요."

"필굿 소설이라는 게 정확히 뭐죠?"

"주인공들이 절대 골치 아픈 일을 겪지 않는 소설이에요." 그녀가 친구 덕분에 읽게 된 소설들의 제목을 하나씩 머리에 떠올리며 답했다. "특별한 사건이 거의 일어나지 않고 주인공은 대단한 영웅과는 거리가 멀죠. 사소한 일들과 더없이 일상적인 것들에서 행복을 찾아가는 이야기랄까……"

"런던 최고의 미인과 주빌리에서 차를 마시는 일처럼 말이군요."

아그네스의 양볼이 붉게 달아오르는 것을 본 순간 존은 뱃속에 따뜻한 열기가 일렁이는 느낌이 들었다. 그가 코니 윌리스의 『개는 말할 것도 없고』를 읽었더라면, 주인공 네드 헨리가 베리티를 처음 보았을 때와 완전히 똑같은 모습으로 자신이 한동안 아그네스를 바라보고 있었다는 사실을 깨달았을 것이다. 록우드는 아마 시차증후군에 어떤 증상이 있는지 모르겠지만 헨리에게 설명을 들으면 그 순간 자신에게 일어나고 있던 일을 조금이나마 이해했을 것이다.

"정말 이건……" 아그네스가 손을 들어 눈보라가 몰아치는 런던의 풍경과 살롱 전체, 두 사람 앞에 멋지게 차려진 도자기 세트를 두루 가리키며 속삭이듯 말했다. "마법 같아요."

그날 오후 아그네스는 그와의 시간이 평생 가장 행복한 순간 가운데 하나였다고 생각하며 달빛서점에 도착했다. 그런데 서점 문을 열고 들어오니 리빙스턴 씨가 아주 언짢은 얼굴로 찰리 콜더컷 씨와 논쟁을 벌이고 있었다.

"하늘에서 내린 천벌이라는 건 헛소리지, 헴, 헴." 재단사 노인이 낭만주의 작가 코너에 있는 소파에 앉아 반박했다.

"1666년 대화재 때도 런던 사람들은 그렇게 말했죠. 크롬

웰의 잔학 행위와 찰스 1세의 참수는 그 재난과 아무 관련도 없다는 듯이요."

"그건 아무 관련 없는 일이었어."

"대화재 기념비는 흉물 그 자체예요." 서점 주인이 부루퉁해져 대꾸했다.

"우리 과학 선생님 말로는 후크라는 사람이 그 기념비에 망원경을 설치했대요." 2층에서 올리버가 대화에 끼어들었다. "저는 한 번도 못 봤지만요."

"무슨 일 있어요? 왜 그렇게 웃음기가 싹 사라진 얼굴이에요?" 아그네스가 물었다.

콜더컷 씨가 그녀에게 고갯짓으로 인사를 건네며 말했다.

"우리 영국인들은 유머라는 걸 모르지, 헴, 헴. 자랑거리라곤 실용주의 정신과 보온용 물주머니밖에 없어."

"오늘은 늦었군요." 리빙스턴 씨가 꿍얼거렸다.

"아그네스 누나, 어서 와서 『피터 팬』 읽어줘." 2층에서 올리버가 그녀를 불렀다.

그녀는 2층으로 올라가 이어서 책을 읽어주고 싶었지만, 트위스트에게 나중에 읽어주겠다고 약속한 후 리빙스턴 씨에게 다시 한번 무슨 일인지 물었다.

"이번에도 스크루지상 후보에 올랐어요." 그가 파이프담배로 얼굴을 가리며 우물거리듯 답했다. "삼 년 연속이죠."

"스크루지상은 그해 가장 까칠한 서점 주인에게 주는 상이야." 콜더컷 씨가 설명했다. "한마디로 런던 서점 주인들 중에 누가 더 괴짜인지 가려내는 상이라고나 할까, 헴, 헴."

"리빙스턴 씨가 전에도 상을 받은 적이 있어요?"

"한 번도 없어." 재단사 노인이 미소를 지었다.

바깥의 차가운 공기가 불어오면서 시오반이 득의만만한 얼굴로 황급히 서점 안으로 들어왔다.

"내가 미쳤나봐!" 그녀가 활짝 웃으며 말했다. "방금 J. R. R. 톨킨의 서한집 저작권을 샀어."

"정말 미쳤구나!" 리빙스턴 씨가 에베네저 스크루지 역할에 충실하게 그녀의 말을 따라 했다.

"완전히 미친 거라니까! 정신 똑바로 차려봐, 에드워드 리빙스턴. 내가 방금 한 말 못 들었어? 아까 사우스뱅크에서 열리는 크리스마스 시즌 도서전에 갔다가, 트롤(여기서의 트롤은 환상 속 존재가 아니라 소설을 증오하는 저질들을 뜻하는 말이다)에 관한 심포지엄이 열리는 홀 입구에서 휴튼미플린하코트 사람이랑 톨킨재단의 누군가가 토론하는 걸 우연히 목격했어."

"미플린이라면 『유령서점』에 나오는 미플린 씨?" 콜더컷 씨가 기대에 찬 목소리로 물었다.

"휴튼미플린은 현재 톨킨의 책을 내는 출판사예요."

"우리 찰리 씨를 용서해줘. 크리스토퍼 몰리*와 워낙 닮은 점이 많아서……"

"자네 서점에 유령이 좀 있어도 나쁘지 않을 텐데, 헴, 헴."

"그래서요?" 아그네스가 물었다. 문학 잡담 때문에 자꾸 이야기가 끊겨서 조금 성가셨다.

"나도 어떻게 된 건지 잘 모르겠어. 워낙 정신이 없던 상황이라…… 아무튼 두 사람이 목소리를 높이며 토론을 벌이는 사이에 크리스토퍼 톨킨과 맨체스앤코에서 일하는 그의 부인 캐슬린 블랙번이 나타났어. 그때 지금 용기를 내지 않으면 다시는 기회가 없을 거라는 생각이 들더라고."

"나의 발키리**여." 리빙스턴 씨가 짐짓 황홀한 표정으로 그녀를 바라보며 속삭였다.

"조용히 해, 심술궂은 서점 주인아."

"저 친구 말은 신경쓰지 마." 콜더컷 씨가 말했다. "올해도 스크루지상 후보에 올랐으니."

"축하해, 자기야."

"으……" 시오반의 축하 인사와 볼키스 덕분에 한층 좋아진 기분을 드러내지 않으려고 에드워드가 투덜거리며 파이프

* 『유령서점』을 쓴 미국 소설가.

** 북유럽신화에 등장하는 아름다운 여전사들.

담배를 입에 물었다.

"그래서 그 사람들한테 뭐라고 했어요?"

아그네스는 톨킨의 서한집에 대해 궁금해하는 사람이 자기 밖에 없다는 사실을 믿을 수 없었다. 시오반이 오전에 겪은 일에 비하면 존 록우드와 주빌리에서 차를 마신 일은 대수롭지 않게 느껴졌다.

"그 사람들 눈을 바라보며 최대한 침착하게 말했어. 내가 출판사 이름을 심벨뤼네라고 정한 건 언젠가 J. R. R. 톨킨의 책을 출간하고 싶었기 때문이라고. 그러자 크리스토퍼의 부인이 이유를 물었어. 그래서 나는 대답했지. 톨킨 없이 영국문학의 신화적 개념을 이해하기란 불가능하고, 2차세계대전 시기의 옥스퍼드와 잉클링스*의 역사를 몰랐다면 베일리얼 칼리지에서 보낸 학창 생활이 지루했을 거라고. 나 또한 더이글앤차일드에서 점심을 먹고 F. R. 리비스**에 대한 상상의 반박문을 큰 소리로 읽고 고대 아이슬란드어로 오페라 〈햄릿〉을 창작하기를 좋아했을 거라고."

"아, 2차세계대전 시기의 옥스퍼드라…… 건축 면에서는 암울했지만 문학적 측면에서는 아주 매력 있는 시기였지." 리

* 톨킨과 C. S. 루이스가 옥스퍼드대학에서 만든 토론 모임.

** 영국 문학비평가. 영국 소설의 전통은 제인 오스틴에서 시작된다고 주장했다.

빙스턴 씨의 장광설이 시작되었다. "연미복을 입고 수많은 리셉션에 참석해야 했던 빅토리아시대와는 전혀 달랐어. 그 시절은 출판업자들에게는 악몽이나 다름없었지. 빅토리아시대의 예술을 변호하려는 게 아니야. 존 베처먼 같은 구식 취향을 제외하면 사실……"

"그랬더니 캐슬린과 크리스토퍼가 말해주더라고. 험프리 카펜터가 선별한 자기 아버지 서한집 저작권을 팔 계획이라고." 시오반은 미리 철저히 계산한 것처럼 그 부분에서 극적으로 말을 끊고 모두들(건축에 대한 여담을 늘어놓던 리빙스턴 씨를 포함해) 숨죽이게 만들더니 잠시 뒤 덧붙였다. "그래서 심벨뮈네의 자금을 모두 긁어모아 그 빌어먹을 서한집 저작권을 샀어. 계약기간은 칠 년. 아직 정하지 못했지만 천재적이고 걸출한 인물의 서문을 실어서 석 달 안에 출간할 생각이야."

"축하해, 시오반." 콜더컷 씨가 박수를 쳤다. "헴, 헴, 이런 일이라면 자네의 구두쇠 애인이 꽁꽁 숨겨놓은 그 스카치위스키를 한 잔씩 마셔야겠군."

"어디 있는지 안 알려드릴 거예요."

"아그네스, 2층 추리소설 코너의 도러시 L. 세이어스 전집 뒤를 찾아봐요. 나는 잔을 챙겨올게요. 콜더컷 씨는 얼음을 가져오시면 되겠네요."

"이건 모욕이야. 빅토리아시대와 톨킨의 옥스퍼드에서라

면……"

"키스해줘, 에드워드. 나는 이제 빈털터리지만 당신을 사랑해."

리빙스턴 씨는 마지못해 그녀에게 키스했다. 하지만 아름다운 발키리의 입술이 자신의 입술에 닿는 순간 떨떠름한 마음이 싹 사라졌다.

"당신 때문에 스크루지상은 아마 평생 못 받을 거야." 그가 그녀의 입술에 대고 중얼거렸다.

10

크리스마스가 일주일 앞으로 다가왔다. 아그네스는 코번트 가든을 돌아다니며 지인들 선물을 고르는 중이었다. 올리버는 서점에서 하룻밤을 보낼 수 있게 해달라고 끈질기게 엄마를 졸랐다. 시오반과 그녀의 동업자는 심벨뤼네출판사의 유동자금을 재차 확인하며 수입이 들어올 데가 없는지 살펴보았다. 존 록우드는 매우 조심스럽게 문을 열고 달빛서점으로 들어왔다. 에드워드가 만약 그 모습을 보았다면 감격했을 것이다.

"리빙스턴 씨." 그는 그림책 탁자 근처에 있는 서점 주인을 발견하고 인사를 건넸다.

"록우드 경감님." 리빙스턴 씨가 찰스 다윈의 『비글호 항해기』를 손에 든 채 대답했다. "제 일지는 찾았나요?"

록우드가 느끼기에 그는 별 관심 없이 질문하는 것 같았다. 사라진 원고들을 찾는 일에 혈안이 된 미치광이한테 예의상 묻는 듯한 말투였다.

"아직 못 찾았습니다. 방금 로젬버그 부부를 만나고 오는 길입니다."

"그분들이 오래된 원고를 암거래하는 것 같은가요?"

"제 생각에 그분들은…… 약간 이상해요. 집안에 소름끼치는 식물들이 심긴 화분이 가득하더군요."

"그분들은 식물학자니까요."

"하지만 그 식물들은……"

록우드의 말이 끝나기도 전에 양복에 넥타이까지 깔끔하게 차려입고 그 위에 짙은 색상의 외투를 걸친 채 커다란 여행 가방을 든 신사가 그들 앞에 나타났다.

"실례합니다만 루이스 캐럴의 『앨리스』를 읽으려고 하는데요." 신사가 리빙스턴 씨에게 깍듯이 예의를 갖춰 말했다.

"'이상한 나라'와 '거울 나라' 중에 어디로 가시죠?"

"저는 집에 가서 읽으려고 하는데요."

"세상에! 두 권 합본으로 나온 걸 당장 찾아오겠습니다. 이 도시에서 캐럴을 읽을 자격이 있는 사람이 있다면 바로 선생님 같은 분일 겁니다."

존은 계산대에 기댄 채 리빙스턴 씨가 앨리스 시리즈를 포장하고 양복 차림의 신사에게 책값을 받을 때까지 가만히 기다렸다.

"저런 사람하고는 언제든지 기꺼이 맥주도 한잔할 수 있죠." 손님이 나간 뒤에 서점 주인이 말했다.

"리빙스턴 씨, 로젠버그 부부 이야기로 돌아가자면……" 경찰이 말했다.

"아, 그렇죠. 로젠버그 부부와 식물을 사랑하는 그분들 취미에 대해 말하는 중이었군요."

"로젠버그 부부가 일지를 훔쳐가지는 않았을 거라고 생각합니다. 혹여나 실수로 가져간 게 아니라면요. 그분들이 달빛서점에 갔었다는 기억을 떠올리는 데만 오 분이 걸렸습니다. 서점에 간 이유를 알아내는 데는 거의 십 분이 걸렸고요."

"그랬을 거예요. 우리 헨젤과 그레텔 씨는 원래 그래요."

"그분들 이름은 그게 아니던데요."

"그분들 이름을 자꾸 까먹게 되더군요. 그리고 헨젤과 그레텔이 더 잘 어울리는 이름 같고요."

"두 분이 외출했다가 집에 잘 찾아간다는 사실이 놀라울 따름이에요. 그분들이 숲속에서 길을 잃는 건 상상도 하기 싫습니다. 아마 마녀의 집에도 도착 못하시겠죠."

"나도 비슷한 의견입니다." 리빙스턴 씨가 생각에 잠긴 얼굴로 답했다. "로젬버그 부부는 혹시나 일지를 가져갔더라도 그걸 어디 숨겼는지 기억 못할 거예요."

"제 생각에는 일지의 존재도 아예 모르실 것 같아요. 일지를 화분에 심어놓지 않는 한 거들떠보지도 않을 거고요."

에드워드가 『아프리카 남부의 지리, 동물, 식물, 지질 관찰』에 실린 희귀한 식물들에 대한 훌륭한 묘사가 우리의 헨젤과 그레텔의 눈길을 끌었을 수도 있다고 지적하려는 찰나, 드레스덴 부인이 헐레벌떡 서점으로 들어왔다. 부인은 이번에도 실내화를 신고 있었다. 12월 아침의 추위에 맞서기 위해 옷장에 있는 옷을 죄다 껴입은 것 같았다. 헝클어진 보랏빛 곱슬머리가 제멋대로 나풀거렸다. 그녀는 존을 투명 인간 취급하고 리빙스턴 씨에게 다급한 목소리로 말했다.

"저비스 펜 교수님에게 편지를 보내고 싶은데 그분 주소를 좀 알 수 있을까요? 옥스퍼드에 사신다던데요."

리빙스턴 씨는 느닷없이 나타난 단골손님이 인사도 없이 다짜고짜 질문부터 던지는데도 전혀 이상하다는 내색을 하지 않았다. 존은 리빙스턴 씨의 차분한 얼굴을 가만히 지켜보며 감탄했다. 오랜 세월 동안 특이한 고객들을 상대하다보니 이골이 났는지 아니면 애초에 무심한 성격을 타고났는지 궁금했다.

"드레스덴 부인, 저비스 펜은 소설 속 등장인물입니다." 서점 주인이 대답했다.

"그럴 리 없어요. 옥스퍼드에 사신다니까요."

"그러니까 실제가 아닌 가상의 인물이라는 뜻입니다. 에드먼드 크리스핀이 상상으로 빚어낸 인물이죠."

"그런 우스꽝스러운 이름을 가진 사람은 실존 인물이고 저비스 교수님은 가상 인물이라는 게 말이 된다고 생각해요?"

"에드먼드 크리스핀은 로버트 브루스 몽고메리의 필명입니다."

드레스덴 부인은 미심쩍다는 눈으로 그를 쳐다보았다.

"그런데 왜 그분에게 편지를 보내시려는 거예요? 수사를 의뢰할 일이라도 생겼나요?"

"난해하고 골치 아픈 미스터리죠." 그녀의 작고 검은 눈에 장난기가 번득였다.

"아, 그런 일이라면 여기 더할 나위 없는 적임자가 있죠. 이쪽은 스코틀랜드야드 소속 존 록우드 경감입니다."

드레스덴 부인은 건장한 체격의 경찰을 위아래로 훑어보더니 흡족한 얼굴로 고개를 끄덕였다.

"그럼 이분도 소설 속 등장인물인가요?"

"아니요. 런던에 살고 있죠."

"그만해주세요, 리빙스턴 씨." 존이 간청하듯 말했다. 무장을 하고 있는데도 무방비 상태가 된 느낌이었다.

서점 주인은 그에게 한쪽 눈을 찡긋하고 2층으로 사라졌다.

그리고 잠시 후 흰색 표지에 검은색 글자가 쓰여 있고 알록달록한 동물 그림이 인쇄된 두꺼운 책을 가지고 내려왔다.

"『코르푸섬 3부작』. 제럴드 더럴." 드레스덴 부인이 책을 건네받고 제목과 작가 이름을 소리 내어 읽었다.

"시도 때도 없이 비가 내리는 옥스퍼드를 잊고 흥분을 가라앉히는 데 도움이 될 겁니다. 자동차 릴리 크리스틴을 타고 신나는 모험을 즐긴 탓에 부인의 상상력이 약간 과열된 모양이에요."

드레스덴 부인이 새로운 책을 들고 서점을 나서자 에드워드는 무테안경 너머로 경찰의 얼굴을 자세히 관찰했다. 꽤 짜증이 날 법한데도 그럭저럭 잘 견디는 모습이었다.

"일지를 찾는 일을 진지하게 여기시지 않는 것 같군요." 존이 말했다.

"내가 그 원고를 소중히 여기지 않는다고 생각한다면 오산입니다."

록우드는 그를 가만히 바라보다 또 어느 책에 미친 사람이 막스 브라더스의 선실 문을 열고 들어와 『로렘 입숨』을 달라고 하기 전에 그동안의 수사 내용을 보고하기로 했다.*

"오늘 로젠버그 부부는 용의선상에서 제외했습니다. 어제

---

* 막스 브라더스는 미국의 코미디언 가족이며, '로렘 입숨'은 의미 없는 텍스트를 의미한다.

는 이 골목 끝에 있는 CCTV 영상을 확인했습니다. DVD를 찾던 남자가 서점에 들어왔다가 나가는 장면을 찾았죠. 짧은 영상이지만 나갈 때 일지를 들고 있는 것 같지는 않았어요. 그 사람이 가게 안에 머무른 시간으로 보아 아그네스의 눈을 피해 진열장을 열고 일지를 집어가기는 어려웠을 듯합니다."

"용의자가 없다는 뜻이군요." 리빙스턴 씨가 포기하듯 말했다.

"아그네스 마르티에 대해서는 안 물어보세요?"

"아그네스는 왜요?"

"그녀와 대화를 나누었습니다. 함께 차를 마시러 갔죠."

"그녀의 기대에 부응했기를 바랍니다."

"주빌리에 갔었고요."

"당신을 말하는 겁니다, 존 록우드. 차가 아니라."

경찰이 당황한 얼굴로 그를 쳐다보았다. 그리고 잠시 머뭇거리다 물었다.

"왜 그렇게 저를 싫어하시죠, 리빙스턴 씨?"

"오히려 반대입니다. 당신이 마음에 들어요. 아주 많이. 그래서 당신한테…… 그래, 더 깐깐하게 구는 거죠." 그는 적절한 단어를 찾아내 흡족한 눈치였다. "당신이 마음에 들지 않았을 경우에 비해서 말입니다."

존은 서점 주인이 기상천외한 논리를 이어가기를 기다렸다.

"당신 말처럼 내가 당신을 싫어했다거나 당신의 의도가 순수한지 의심했다면 훨씬 너그럽게 당신을 대했을 겁니다. 이야기 속 누군가를 악당으로 점찍으면 그의 못된 행동이나 배신이 놀랍지 않으니까요. 하지만 나는 당신이 이 이야기의 주인공이라고 생각하기 때문에 많은 것을 기대하는 겁니다. 물론 한편으로는 나를 실망시키지는 않을까 걱정스럽기도 하죠. 그래서 당신은 훌륭한 수사경찰답게 나의 의구심을 감지한 거고요."

"그런데 제가 어떤 부분에서 실망을 끼칠까 걱정하시는 거죠?"

"무슨 말인지 이미 스스로 아주 잘 알고 있잖아요, 존. 내가 비록 현실 감각도 없고 시력도 나쁜 가난한 서점 주인이지만 당신이 우리 직원을 어떤 눈으로 바라보는지는 알고 있지요."

록우드는 리빙스턴 씨의 말을 듣고 놀랐지만 겉으로 내색하지 않았다. 그는 상대방의 푸른 눈을 마주보며 애써 어색한 미소를 지었다.

"제가 그녀를 어떤 식으로 바라보던가요?"

"존 키츠가 패니 브론*을 바라보는 것 같은 눈빛이었죠. '당신을 다시 만나야 한다는 생각 외에는 모든 걸 잊었습니다.'"

---

* 영국 낭만주의 시인 존 키츠의 약혼녀이자 뮤즈.

"제가 괜찮은 남자라고 생각하시면 직원분 걱정은 하실 필요 없겠네요."

"세상에 그런 건 없습니다, 록우드 경감." 에드워드가 미소를 지었다. "그 자체로 괜찮은 남자는 없어요. 불순하지 않은 목적이 있는가가 중요하죠."

존은 깊은 잠에서 깨어난 듯 혼란스럽고 얼떨떨한 상태로 리빙스턴 씨의 서점에서 나왔다. 그는 템플지구의 산뜻한 골목을 지나 이너템플가든스를 건너 임뱅크먼트로 향했다. 세라와 저녁 약속이 있는 시티 중심부까지 걸어가며 머리를 식힐 요량이었다. 서점을 방문해서 딱히 얻은 성과도 없는데다 일지에 대한 수사도 답보 상태였다. 그는 템스강을 따라 런던타워 쪽으로 걸어가다가 블랙프라이어스다리를 통해 강을 건넜다.

오길비앤매더 광고 회사 사무실에 도착한 그는 우울한 눈으로 런던아이를 바라보았다. 그 거대한 관람차가 왠지 불길한 상징처럼 느껴졌다. 사라진 원고 사건을 영영 해결 못하리라는 막연한 예감이 들었다. 세라는 정시에 오길비 건물에서 나와 그에게 짧게 입을 맞추고 자기가 가장 좋아하는 식당인 임페리얼전쟁박물관의 카페테리아로 그를 데려갔다.

"대체 왜 이곳을 그렇게 좋아하는 거야?" 존은 한때 베들레헴병원이 있던, 서더크지구의 흉측한 건물을 바라보며 투덜댔다.

로마식 열주와 그 위의 회녹색 돔으로 이루어진 웅상한 건물 전면부와 우중충한 갈색 벽돌로 지어진 뒤쪽 직사각형 건물 본체가 빚어내는 부조화에 도무지 익숙해지지가 않았다.

"게살 샐러드 때문이지."

두 사람은 작은 플렉시글라스 탁자를 사이에 두고 불편한 흰색 플라스틱 의자에 앉아 게살 샐러드가 나올 때까지 가벼운 대화를 나누었다. 존은 음식을 입에 넣기 전, 만약 카페테리아의 가구들도 메뉴에 오른 음식이었다면 샐러드의 게살 조각과 같은 맛이 날 거라고 생각했다.

"공식 발표가 났어." 세라의 말에 그는 음식에 대한 잡생각을 멈추었다. "나 1월 중순에 홍콩으로 가."

"축하할 일인지 모르겠네."

"당연히 축하할 일이지. 승진이니까. 얼마나 흥분되는지 몰라."

세라와 그가 헤어진 지 어느덧 석 달을 훌쩍 넘긴 시점이었다. 그들 사이가 소원해진 건 세라가 홍콩으로 가게 되었기 때문이기도 했다. 그래서 그는 그녀의 승진 소식이 기쁘면서도 들뜬 옛 애인을 보며 한편으로는 못마땅했다. 두 사람이 헤어진 이유를 세라의 출세욕 탓으로 돌리는 건 옳지 않다는 것도 알고는 있었다. 두 사람의 관계는 이미 일 년 넘게 지지부진한 상태였다. 그러던 어느 날, 두 사람 사이의 감정적인 문제를 인정하는 데 언제나 록우드보다 훨씬 용감했던 세라가 이번에도 상황을 명확히 정리하기로 마음먹고 먼저 이야기를 꺼냈다.

"존, 우리는 함께 있어도 행복하지 않아." 어느 찬란한 일요일 아침에 그녀가 말했다. 코번트가든의 테라스에 앉아 신문을 읽으며 아침을 먹기로 했던 날이었다. "그리고 서로가 먼저 그 이야기를 꺼내주기만을 기다리고 있지."

"우리가 겉으로만 행복한 척한다는 거야?" 그가 그녀에게 미소를 지으며 물었다.

"당신은 나와 결혼할 생각이 없잖아. 더이상 나를 사랑하지도 않고."

"왜 그런 말을 해?"

"나도 같은 마음이거든."

그날 결별을 의미하는 긴 포옹을 나누고 헤어지면서도 세라는 미련을 버리지 못했다. 결국 그녀는 존을 설득해 몇 달 동안 관계를 다시 이어가며 한번 더 기회를 가져보기로 했다. 그녀는 그들이 잘 어울리는 한 쌍이 된다는 생각 자체를 좋아했고 그 생각대로 이루어지면 완벽할 거라고 믿었지만, 끝내 두 사람은 각자의 길을 가게 되리라 예감하고 있었다. 두 사람은 말도 잘 통하고 공통점도 많은 서로에게 좋은 친구였다. 하지만 그들 사이에는 연인 관계라는 건축물을 지탱해주는 돔 지붕 중심의 쐐기돌 같은 것이 빠져 있었다. 즉 서로를 사랑하지 않았고, 사랑한 적도 없었다. 둘이 한창 사이가 좋았을 때도 겉으로는 아닌 척 애를 썼지만 서로에게 호감을 넘어선 감정을 느끼지 못했다. 데이트를 즐기고 결혼을 고민하고 가족 식사에 참여하는 것은 즐거웠다. 그러나 두 사람 모두 관계를 진지하게 받아들인 적은 한 번도 없었다. 그래서 그 일요일 아침 코번트가든에서 만난 이후 몇 주가 지나고 오길비앤매더 홍콩 지사장에 임명될 기회가 생기자, 세라는 존과 이상적인 커플이 되겠다는 계획을 완전히 폐기해야 하는 순간이 찾아왔음을 인정했다.

게살 샐러드를 앞에 놓고도 존은 별로 식욕이 없었다. 그의 관심이 이제 불씨만 남은 덧없는 옛 연인 관계에서 새로운 시작에 대한 장밋빛 환상으로 이미 훌쩍 옮겨가버린 터였다. 연애 문제에서 고민이나 의심 따위와 거리가 멀었던 그는 리빙스턴 씨의 서점에서 일하는 맨발 요정을 사로잡기 위해 심오하고 매혹적인 원정에 나설 작정이었다.

"나 최근에 알게 된 사람이 있어." 그가 불쑥 말을 꺼냈다.

세라에게 그런 이야기를 털어놓을 계획은 없었지만, 그때까지 훌륭하게 작동하던 머리를 거치지 않고 곧바로 말이 튀어나와버렸다.

"그런 말에 내가 질투라도 느낄 것 같아?" 그녀가 농담을 던졌다.

"사귀는 사람이 생긴 건 아니야. 혹시 당신이 생각하는 게 그거라면 말이야."

"일일이 설명 안 해줘도 돼, 존. 잘 지내는 것 같아서 다행이야. 그런데……"

존은 그녀가 말을 잇기를 기다렸다.

"크리스마스 연휴가 지날 때까지만 기다렸다가 그 이후에 각자 가족에게 소식을 전해도 괜찮을까?"

"우리가 이미 몇 달 전에 헤어졌다는 걸 가족들이 몰랐으면 하는 거지?"

"정확히 말하면 우리가 결혼하지 않을 거라는 소식이지. 우리 엄마는 미친듯이 화를 낼 거야. 당신을 진심으로 사랑하거든."

"참 재밌군."

"부모님에게는 홍콩 전근이나 우리 사이에 대해 한마디도 안 꺼냈어. 크리스마스 연휴를 조용히 보내고 싶어. 앞으로 몇 년간은 집에서 크리스마스를 보내지 못할 테니까."

존은 세라의 부탁에 대해 잠시 생각해보았다. 얼토당토않은 부탁은 아니었다. 그의 부모님은 두 사람의 관계가 순탄치 않다는 걸 분명 이미 눈치채고 있었을 것이다. 세라가 몇 달째 집에 놀러오지 않았고, 그동안 그에게서 세라 이야기를 전혀 듣지 못했으니까. 하지만 그의 아버지는 자식의 연애사에 대해 물어보느니 차라리 자기 손을 자를 사람이었고, 어머니는 하나뿐인 아들이 상처받았을까 걱정하며 아예 언급을 피했다.

"크리스마스이브에 우리집에 저녁 먹으러 와." 존이 제안했다. "부모님이랑 나까지 우리 네 사람밖에 없을 거야. 아마 아버지랑 나는 음식이나 다음주 비 예보 이야기나 할 거야."

"고마워. 그럼 당신은 새해에 우리집으로 와. 늦어도 1월 2일에는 가족끼리 긴급 모임을 열어서 당신 없이 홀로 영국을 떠나게 돼서 슬프다고 이야기할게."

"아까는 떠나게 돼서 엄청 흥분된다고 하지 않았어?"

"한번 낭만적인 느낌을 내볼까 했지."

"한때 군병원이었던 곳 카페테리아에서 플라스틱 포크를 들고 지금 낭만을 이야기하는 거야?"

세라는 원하는 바를 이뤘을 때 항상 그랬듯 만족스러운 미소를 지으며 문제의 그 플라스틱 포크로 그를 가리켰다.

"당신 머릿속에 가득한 그 여자에 대해 말해봐."

"전 여자친구한테 그런 이야기를 하고 싶진 않은데?" 그는 미소로 화답하며 눈 내리는 하이드파크에서 파란색 우산을 쓰고 경험한 일과 템플지구의 어느 서점에서 만난 특이한 사람들에 대해 한동안 생각나는 대로 말을 이어갔다.

11

달 없는 밤이었다. 구름 한 점 없는 런던 하늘에 별들이 환하게 반짝였다. 리빙스턴 씨는 그런 밤에 시오반과 함께 달빛서점의 커다란 피라미드 천창 아래서 심야 데이트를 즐기던 때를 떠올리며 향수에 젖었다. 그들은 모에에샹동 샴페인을 마시면서, 서로에게 좋아하는 책 구절을 읽어주고 신비로운 우주와 별에 대한 철학을 논하며 피곤할 틈도 없이 밤 새워 놀던 이십대 시절로 돌아갈 수 없음을 아쉬워했다. 때때로 별자리의 기운이 좋고 그녀가 『맥베스』의 기막힌 구절에 넋이 나간 것처럼 보이면 리빙스턴 씨는 재차 그녀에게 청혼을 했다.

"'생명의 와인은 모두 말라버리고 와인 저장고에 자랑할 것이라곤 찌꺼기뿐이니.'* 사랑하는 그대여, 나와 함께 포도주 저장고로 내려가 우리의 결혼을 축하하며 술잔을 돌립시다. 당신의 남편이 되어 세상에서 가장 행복한 건배를 제안하게 해주오."

"그런 구절은 기억이 안 나는데."

"나와 결혼해주오, 아름다운 출판인이여."

에드워드가 청혼할 때마다 시오반은 자유와 독립, 무조건적인 사랑, 시시한 맥베스 부인이 될지도 모른다는 두려움 등에 대해 얘기하며 거절했다. 특히 결혼을 택한 자매나 친구들이 얼마나 불행해 보이는지 에드워드에게 설명했다.

"다들 생각하는 게 할머니처럼 변했어. 화장실에 던져놓은 양말 때문에 불평을 늘어놓고 유머 감각이라는 걸 거의 잃어버렸지. 다들 싱글이었을 때 훨씬 재밌는 사람들이었는데. 이제는 술을 마시지 않으면 웬만해선 웃지도 않아."

"남편이 마시는 차에 투구꽃을 달여넣어서 독살하라고 말해봐."

"왜?"

"출중한 검시관한테 운 나쁘게 걸리지만 않으면 검출되기 힘든 성분이거든."

---

* 윌리엄 셰익스피어, 『맥베스』 2막 3장.(원주)

"내 말은, 왜 그런 짓을 해보라고 말해야 하느냐고."

"일종의 유머지…… 블랙 유머. 장 퇼레의 기막힌 소설 『파리의 자살 가게』에서처럼 말이야."

"내 말을 제대로 안 들었구나, 에드워드. 아예 유머 감각을 다 잃어버렸다니까. 블랙 유머든 뭐든 다."

"내가 장담하는데 우리한테 그런 일은 없을 거야. 우리는 계속 행복하게 문학을 만끽하면서 달 없는 밤에 여기에 올라오고, 둘 중 하나가 늑대인간이 되지 않는 이상 차 마실 때 투구꽃 같은 건 떠올리지도 말고, 프랑스인들의 경멸스러운 문화 산물 중에서 하나만 예외적으로 즐기자."

"『레 미제라블』?"

"아니, 샴페인."

하지만 이날 밤은 별이 총총한 하늘 아래서의 추억과 19세기에 대한 걷잡을 수 없는 향수 사이에 법이 끼어들었다. 트위스트 부인이 그의 신경을 긁어대기 시작한 것이다. 2층에 있던 올리버는 망원경에서 눈을 떼지 않은 채 1층에서 들려오는 자기 엄마의 목소리에 귀기울이고 있었다.

"당신은 서점에 있지 않을 거라는 말이군요." 무시무시한 금발 변호사가 질문이라기보다는 확인하듯 말했다.

"이미 없는 거나 마찬가지죠." 에드워드가 참을성 있게 나직한 목소리로 말했다. 방학을 맞은 학생처럼 보이는 십대 소녀 둘이 버지니아 울프의 책들 옆에서 소곤거리는 모습이 그의 시선을 끈 터였다.

"하지만 올리버는 혼자 있지 않을 거라 하던데요."

"올리버는 2층에서 별을 아주아주 사랑하는 이들과 있거든요. 이를테면 로스 경과 허셜 같은…… 그들이 망원경 제작의 선구자였다는 사실은 아시나요?"

"우리 아이에게 그렇게 친구가 많은 줄 몰랐네요."

서점 주인은 눈살을 찌푸렸지만 그녀의 생각이 잘못되었다고 지적하지 않았다. 트위스트 부인은 아이가 찰스 디킨스의 소설을 읽으면서 느낄 기쁨을 앗아갔을 뿐만 아니라—그건 문학과 조국에 대한 모욕 행위였다—아이가 또래들과 전혀 어울리지 못한다는 사실도 전혀 모르고 있었다. 그는 그녀에게 올리버가 이번 학기에 친구 생일 파티에 몇 번이나 초대받았는지 아느냐고 물어보려다가 그냥 말을 아끼기로 했다. 모난 구석이 있기는 해도 잔인한 사람은 아니었기 때문이다.

"밤새도록 서점에 아이들만 놔둘 순 없어요."

"그럼 보육원에 맡기는 게 좋을까요?"

"비꼬는 투로 말하지 마세요."

에드워드는 숨을 깊게 들이마시며 마지막 남은 인내심을 짜냈다.

"올리버에게 이미 들으셨겠지만 어엿한 성인 여성 두 분이 밤새 아이와 함께 있을 겁니다. 혹시 부인도 함께하고 싶으시다면……"

"됐습니다." 트위스트 부인이 서둘러 그의 말을 끊었다. "클라라가 내일 오전 열시 전에 아이를 데리러 올 거예요."

그녀가 작별인사도 없이 떠나는 모습은 어느덧 익숙한 풍경이었다.

"이 책 주세요." 십대 독자 둘이 계산대에 E. M. 포스터의 『전망 좋은 방』을 올려놓으며 말했다.

리빙스턴 씨는 무테안경 너머로 매우 심각하게 그들을 바라보았다.

"다른 방은 어쨌어요?" 그가 버지니아 울프의 소설이 꽂힌 책장을 가리키며 물었다. "『자기만의 방』이 아니라 『전망 좋은 방』?"

여자아이들은 눈빛을 교환했다. 그중 한 아이가 금발머리의 모근까지 빨개진 채 수줍어하는 친구를 질책하듯이 가리키며 말했다.

"얘가 작가가 꿈이래요. 그래서 생각을 고쳐먹게 만들려고요. 이 책 뒤표지에 여자 주인공이 삶을 변화시킬 용기를 찾게 된다고 쓰여 있어서요."

"작가가 되기 위해서도 엄청난 용기가 필요해." 다른 아이가 기어들어가는 목소리로 말했다.

리빙스턴 씨는 파란색 스탠드가 있는 구석을 흘낏 쳐다보고 상주 작가가 하루의 작업을 마무리했다는 것을 확인했다.

“용기와…… 자기만의 방이 필요하죠.” 그가 말했다. “물론 갈 곳 없는 작가를 위해 빈티지 탁자와 편안한 의자, 와이파이를 제공하는 서점도 있지만.”

“작가는 돈을 못 벌잖아요. 저는 치과의사가 될 거예요.”

“특이한 선택이네요.” 에드워드가 매우 진지한 얼굴로 말했다. “하지만 사람들의 입을 떡 벌어지게 만드는 직업이긴 하죠.”

“위대한 책도 마찬가지죠.” 수줍음 많은 소녀가 거들었다.

“『레 미제라블』처럼.” 리빙스턴 씨가 여전히 향수에 잠긴 채 말했다.

“하! 『레 미제라블』이라니. 보나마나 작가에 관한 소설이겠군요.”

“제 친구 말에 신경쓰지 마세요.” 수줍음 많은 소녀가 말했다.

“네가 쓴 소설이 영화로 만들어지지 않는 이상 200파운드도 못 벌걸.” 다른 소녀가 대꾸했다.

지난 크리스마스의 유령들이 찾아오는 게 끔찍이 싫었기 때문일까? 아니면 달 없는 밤의 행복한 기억에 마음이 관대해졌기 때문일까? 리빙스턴 씨는 버지니아 울프의 책을 가져와 계산대 위에 놓았다.

"산타 할아버지의 선물이에요." 그가 소녀들에게 말했다. "한 권 값만 받고 두 권을 줄게요."

"와, 정말 감사합니다." 두 소녀가 동시에 미소를 지었다.

"하지만 조건이 하나 있어요. 서로 책을 바꿔서 꼭 두 권 다 읽어봐요."

"그럴게요."

"'운 좋게 발견한 좋은 책 한 권이 한 사람의 운명을 바꿔놓을 수 있다.'" 서점 주인이 마르셀 프레보의 문장을 나직이 읊조리다 두 젊은 손님을 보내며 큰 소리로 덧붙였다. "그리고 부모님께는 절대로 작가가 되고 싶다고 말씀드리지 마요! 가정에 큰 풍파가 일어날 테니까!"

그는 잠시 서점 안쪽 사무실에 들렀다가 계단 중간에서 올리버와 마주쳤다. 아이는 화들짝 놀라며 조막만한 손에 들고 있던 무언가를 황급히 등뒤로 감추었다. 시치미를 뚝 떼는 아이의 얼굴을 보며 리빙스턴 씨는 웃음을 참느라 숨이 막힐 뻔했다.

"무슨 일이니, 올리버?" 서점 주인이 물었다.

"아그네스 누나를 찾고 있어요. 보여줄 게 있거든요."

"저녁 먹으러 나갔는데 곧 돌아올 거야. 누나한테 보여줄 게 뭔데?"

"아무것도 아니에요." 아이가 잽싸게 계단을 마저 오르며 대답했다.

리빙스턴 씨는 아직 자신이 세상의 덧없음과 인간의 본성을 조금이나마 이해할 수 있는 것 같았다.

아그네스가 다크니스앤섀도에 도착했을 때 재스민은 이미 평소처럼 벽난로 옆 탁자에 앉아 메뉴를 고르는 중이었다. 이곳에 오긴 전 리빙스턴 씨는 아그네스에게 서점 문을 닫기 전에 퇴근해서 짐을 챙기고 저녁을 먹으라고 권했다.

"그러고 와서 자면 되겠네요." 그녀가 대답했다.

"당신이 그렇게 낙천적인 줄 몰랐군요."

"제가 뭘 잘못 생각하고 있나요? 별을 보면서 하룻밤 자는 게 다잖아요."

"올리버가 밤새 별자리에 대한 설명을 늘어놓을 텐데요."

"겨우 여덟 살이잖아요. 어느 순간 지칠 거예요."

"그애는 우주와 사랑에 빠져 있어요. 사랑하는 이들에게 시간은 영원이라고 셰익스피어가 말한 바 있죠."

아그네스는 다크니스앤섀도에 들어와 잠시 카운터 앞에 서서 외투와 모자, 장갑, 그리고 올리버가 선물해준 그리핀도르 목도리—25일까지 도저히 기다리지 못하고 먼저 선물한 것이다—를 벗었다. 재스민이 있는 쪽으로 몸을 돌리는 순간 그녀는 그대로 얼어붙었다. R. 캐드월러더가 찬란한 붉은 머리를 뽐내며 재스민의 탁자 옆에 서 있었다. 두 사람은 즐겁게 수다를 떠는 것처럼 보였다. 그리고 정말 믿기 힘들지만, 이글이글 타오르는 벽난로의 어슴푸레한 불빛 속에서 거구의 웨일스 요리사가 미소를 짓는 모습을 본 것만 같았다.

"이게 무슨 일이죠?" 한 손에 럼주 병을, 다른 손에 잔 두 개를 들고 카운터 뒤쪽에서 모습을 드러낸 이곳의 주인 솔로몬 드레이크에게 아그네스가 물었다.

"내가 직접 가서 물어보고 싶지는 않네요." 그가 대답했다.

아그네스는 캐드월러더의 목덜미에 새겨진 문신을 바라보며 그가 카트라에스 전투에서 커다란 칼을 휘두르는 모습을 상상했다. 술집 북쪽 벽에 걸려 있는 것들 중에 가장 큰, 집 앞에서 햇볕을 쬐는 광부들의 아내들과 자식들의 사진 위쪽에 걸린 칼 말이다. 재스민의 간드러지는 웃음소리에 그녀는 공상에서 깨어났다.

"일주일 내내 저랬어요." 마이클이 카운터 뒤 아버지 곁에 서며 그녀에게 설명했다.

"재스민이 매일 여기 왔다고요?"

"네. 하루도 빠지지 않고 왔어요."

"저 남자가 웃을 수 있는지 처음 알았네요."

"단음절로 대답만 하는 게 아니라 대화를 나눌 수 있다는 것도요."

아그네스는 거구의 웨일스 요리사가 주방으로 돌아가기를 기다렸다가 잽싸게 재스민 옆에 앉았다.

"다 봤어." 그녀가 말했다. "아주 화기애애하던데."

아그네스는 재스민이 웃음을 감추려고 흑맥주 잔을 들어 입에 대는 순간 반짝이던 그녀의 두 눈을 놓치지 않았다.

"설마! 너랑 R. 캐드월러더가?" 아그네스가 경악했다.

재스민이 그녀의 듬직한 덩치와 털털한 성격에 어울리지 않게 히히히 하고 빅토리아시대 사람처럼 웃었다.

"그런데 알게 된 지 일주일도 안 됐잖아!"

"사랑이 시간과 무슨 상관이니?"

"사랑! 방금 '사랑'이라고 한 거야?"

"네가 살던 곳에서는 어떤지 모르겠지만 말이야, 우리 고고학자님, 셰익스피어의 나라에서는 사랑에 관한 한 중간을 허용하지 않아. 사랑하거나 사랑하지 않거나 둘 중 하나지. 약간 임신하는 게 말이 안 되는 것처럼 약간 사랑에 빠질 수는 없는 거야."

"그래서 이니셜 R은 뭐래?"

"그건 아직 못 물어봤어."

재스민은 그동안 남자친구를 여럿 사귀었고 그중에 오래 만난 사람도 둘이나 있었지만 누군가를 집에 데려온 적은 한 번도 없었다. 집주인과 친밀함의 문턱을 넘는 데 성공한 사람은 없는 것 같았다. 아그네스가 이에 대해 물어보자 그녀는 그저 어깨를 으쓱하며 동거에 대한 자신의 철학을 늘어놓았다.

"동거는 자연스럽게 이루어져야 하는 거야." 그녀가 설명했다. "굳이 한쪽에서 노력하지 않아도 말이야. 그래서 내가 고양이를 한 마리 입양할까 고민하는 건지도 몰라."

마이클이 탁자로 다가와 저녁식사 주문을 받고 재빨리 카운터로 돌아갔다.

"크리스마스에 무슨 계획 있어?" 재스민이 물었다.

"책 읽으려고."

"아주 훌륭한 계획이군. 우리 할머니는 네가 서리에 와서 며칠 머물면서 책이나 읽다 갔으면 하시던데."

"너는?"

"굳이 말 안 해도 알겠지만 나한테는 그리 끌리지 않는 계획이야." 그녀가 웃으며 말했다. "할머니와 프루던스 이모할머니는 시골 한구석에 있는 작은 집에 함께 사시는데, 세 가지 취미에 빠져 계시지. 브릿지, 얼토당토않은 핑곗거리를 찾아내 전원주택을 관리해주는 정원사 쫓아내기, 그리고 특이하게 생긴 모자 수집하기. 벌써 스물둘이던가?"

"모자가?"

"아니, 쫓아낸 정원사가."

"글쎄." 아그네스가 머뭇거렸다. "괜한 불청객이 되기는 싫은데."

"가까운 가족들끼리 있을 때나 그러셔. 혼자 있지 말고 같이 가자. 우리 할머니가 정말 너를 만나고 싶어하시거든. 게다가 나한테도 도움이 될 거야. 캐드월러더랑 편하게 있을 수 있으니까."

"그 사람도 서리에 가기로 했어?"

재스민은 고개를 끄덕였다. 캐드월러더는 새해를 웨일스에 있는 가족과 보낼 예정이지만 크리스마스가 낀 주는 거의 매일 일을 해야 하기 때문에 특별한 계획이 없다고 했다. 두 사람은 연말연시의 전통과 소중한 사람들과 떨어져서 홀로 휴일을 보낼 때 느끼는 그리움에 대해 이야기했고, 재스민은 결국 유혹을 이기지 못하고 크리스마스 만찬에 그를 초대했다. 그리고 캐드월러더는 제안을 선뜻 받아들인 것이다.

"낮 열두시 삼십분 기차로 둘이 같이 오면 될 거야."

"내가 책을 잔뜩 들고 가서 그 사람한테는 다행이겠다. 굳이 나한테 말 걸지 않아도 될 테니까." 아그네스가 농담을 던졌다.

"과장하기는. 그가 낯을 가리는 편이기는 하지만 좀 편해지면 말을 얼마나 재밌게 하는데. 게다가 목소리는 또 얼마나 좋은지." 그녀는 잠시 말을 멈추고 다정한 눈으로 친구를 쳐다보더니 맥주를 들어 건배를 제안했다. "새로운 출발을 위해."

"스물두 명의 정원사를 위해." 아그네스가 답했다.

두 사람은 침낭과 베개, 잠옷, 그리고 비상식량으로 준비한 비스킷, 파운드케이크, 코코아가 든 커다란 보온병을 싸들고 마감 시간 조금 지나 달빛서점에 도착했다. 손에 열쇠를 든 채 그들을 기다리던 리빙스턴 씨는 맛있는 간식 이야기를 듣자 파티에 동참하고픈 유혹에 흔들렸다. 물론 헨리 제임스의 작품을 모두 낭독해야 하는 고문으로 위협해도 그는 그런 생각을 입 밖에 내지는 않았을 것이다. 하지만 그는 자신의 서점이 침낭과 유쾌한 탐험가들로 가득차는 걸 보며 내심 흐뭇해졌다. 아그네스가 그에게 재스민을 소개했고, 재스민이 그의 회중시계가 멋지다며 감탄을 늘어놓자 리빙스턴 씨는 곧바로 그녀에게 호감을 느꼈다.

에드워드는 자신이 서점을 나간 뒤에 꼭 확인해야 할 세 가지, 즉 자물쇠와 경보시스템, 셔터를 제대로 잠그는 법을 아그네스에게 알려주고 별이 총총한 맑은 밤이 되기를 기원하며 서점을 나설 준비를 했다.

"아, 그리고 올리버가 아리스토텔레스의 저작들에 가까이 가지 못하게 해요." 그가 마지막으로 주의를 주었다.

"올리버가 아리스토텔레스를 이해하기엔 아직 어리다고 생각하시나요?"

"아무래도 책장 선반을 좀 손봐야 할 것 같아서요. 아이 머리 위로 떨어지면 큰일이잖아요."

아그네스는 눈을 치뜨며 리빙스턴 씨를 문까지 배웅했다.

"무슨 일이 생기면 언제든지……" 서점 주인이 말했다.

"걱정 마세요. 사장님 전화번호를 알고 있으니까요."

"스코틀랜드야드에 전화하라고 말하려던 참이었는데."

"하하. 아주 재밌네요, 리빙스턴 씨."

"굉장히 자상한 요원들을 보내준다던데요. 주빌리에서 차를 대접하기도 하고."

"스코틀랜드야드 소속 경찰들을 안 좋아하시는 줄 알았는데요."

"방탄조끼를 안 입고 있으면 그나마 괜찮더군요."

에드워드는 한쪽 눈을 찡긋해 보이고 머리 위로 손을 흔들며 재스민에게 인사를 건넨 뒤에 자리를 떠났다.

"'안녕, 안녕! 작별은 참으로 달콤한 고통이라 날이 샐 때까지 계속 안녕이라고 말하겠어요.'*" 줄리엣의 대사를 암송하는 그의 목소리가 거리에서 들려왔다.

"스코틀랜드야드 경찰이 차를 대접한다는 건 대체 무슨 소리야?" 재스민이 흥미를 보였다.

"존 록우드가 어제 주빌리에서 차를 사줬어."

"그런데 나한테 아무 말도 안 한 거야?"

---

* 윌리엄 셰익스피어, 『로미오와 줄리엣』 2막 2장.(원주)

"너도 나한테 캐드월러더 얘기 안 했잖아."

"무슨 소리야? 다 말해줬는데."

"삼십 분 전에 벽난로 옆에서 둘이서 서로 쓰다듬고 시시덕거리다가 나한테 들켜서 말해놓고는."

그때 올리버가 계단 위에서 수줍게 고개를 내밀었다.

"이리 와, 우리 우주비행사를 소개해줄 테니까." 아그네스가 말했다. "그런 다음에 다시 내려와서 잠옷으로 갈아입자."

"그러면 록우드랑 무슨 일이 있었는지 다 말해주기다?"

"알았어." 아그네스가 미소 지으며 대답했다.

아그네스는 존과 팔짱을 끼고 눈을 맞으며 산책을 하다 피커딜리에서 함께 차를 마셨던 그날 오전에 대해 아무에게도 이야기하고 싶지 않았다. 그 파란 우산 아래에서 런던이 하얀 눈으로 뒤덮이는 모습을 지켜보던 순간이 너무 좋아서 여전히 꿈만 같았다. 세상이 멈춘 듯했다. 두 사람은 둘만의 침묵 속에서 완벽한 순간을 보냈다. 재스민에게든 누구에게든 그 순간 그녀가 느낀 감정을 말로 정확히 표현할 방법이 없었다. 포트넘앤메이슨 입구에서 헤어지던 순간 차마 발걸음이 떨어지지 않는 듯하던 모습. 머뭇거리며 손을 내미는 그녀의 볼에 입을 맞출 때 그의 몸에서 풍기던 애프터셰이브 향기. 그들의 머리칼을 헝클어뜨리던 바람, 펼쳐진 채로 구석에 버려진 우산, 바로 그 순간에 멈춰버린 시간. 새하얀 눈송이들이 흩날리는 가운데 시끄럽고 혼잡한 차도로부터 멀리 떨어진 둘만의 세상에서 서로의 숨소리를 느끼던 순간.

그녀는 세심히 단어를 선택해가며 감정이 드러나지 않도록 덤덤한 말투로 이야기했지만 재스민은 친구가 시작에 대해 말하려 한다는 것을 바로 알아챘다. 세상 모든 사랑 이야기의 불안정하고 경이로운 시작 말이다.

"다시 만나기로 했어?"

"어쩌면."

"분명 다시 만날 거야."

"점술가세요?"

"나에겐 여러 모습이 있어. 너와 존처럼. 그리고 너와 존이 함께 있을 때 또다른 모습이 되는 것처럼 말이야. 이 이야기는 저번에도 충분히 했던 것 같은데." 재스민이 미소를 지었다. "내가 엄청난 현자는 아니지만 누군가가 여기 서점 직원한테 홀딱 반했다는 사실쯤은 쉽게 알아볼 수 있지."

두 사람은 각자 분홍색과 흰색 잠옷을 우아하게 차려입고 꼬마 신사를 만나러 올라갔다. 서점의 왁스 칠 된 마루에 익숙하지 않은 재스민은 두꺼운 양말을 신은 채 자꾸 미끄러졌다. 아그네스는 집에 있는 것같이 편안했다. 올리버는 배트맨 잠옷과 그에 어울리는 진중해 보이는 회색과 검은색 실내화를 신고서 두 사람이 오기만을 애타게 기다리고 있었다. 그들은 달빛서점의 천창 아래에 침낭과 베개를 펴고 서점의 조명을 모두 끈 다음 한 명씩 돌아가며 망원경을 들여다보았다.

올리버는 두 사람에게 별이나 별자리의 이름을 가르쳐주고 토성의 밀도나 목성의 위성에 대해 말해주었다. 그리고 12월에는 오리온자리와 황소자리를 다른 때보다 더 쉽게 찾을 수 있다는 것도 알려주었다. 별똥별을 좋아하는 재스민은 블랙홀과 운석에 대해 물었다. 올리버는 그녀의 관심에 신이 나서 태블릿 피시로 검색해가며 대답해주고, 그리스신화에 등장하는 신들과 별자리의 관계에 대한 아그네스의 이야기에 흥미롭게 귀를 기울였다.

투명한 천창 아래 함께 앉아 코코아를 마시며 커다란 파운드케이크를 나눠 먹는 일, 마루에 놓인 침낭 위에 올빼미처럼 앉아 그들을 둘러싼 수많은 책들의 침묵에 귀를 기울이는 일에는 마법 같은 느낌이 있었다. 별이 총총한 밤하늘 아래 문 닫힌 서점 안에 있는 책들이 언제일지 모를 독자와의 만남을 조용히 기다리는 그 순간이 바로 영원이 아닐까 싶었다. 코코아가 묻은 코로 새어나오는 웃음, 어린 시절의 추억, 완벽한 행복이 손끝에 스치는 느낌. 올리버 트위스트의 망원경을 통해 보는 카시오페이아자리처럼 완벽한 순간. 마법 같은 밤.

무한한 우주에서 자신들은 그저 분홍색, 흰색, 배트맨 잠옷 차림의 자그마한 점에 불과하다는 걸 떠올리며 그들은 노곤

한 상태로 각자의 침낭 속에 들어갔다. 그리고 이번에는 망원경 없이 맨눈으로 아득한 밤하늘을 바라보며 달콤하고 포근한 잠 속으로 빠져들었다.

"아그네스 누나." 어둠에 싸인 정적 속에서 올리버 트위스트의 나지막한 목소리가 들렸다. "달링 부인의 숨겨진 키스 기억나?"

"당연하지." 그녀가 올리버에게 대답하고는 재스민에게 설명해주었다. "지금 『피터 팬』 얘기하는 거야."

"금성을 보면 항상 이런 생각이 들어. 금성은 웬디가 약속처럼 기다리는 보조개 같다고 말이야. 가까이 있는 것 같지만 사실은 결코 닿을 수 없잖아."

"숨겨진 키스라니." 아그네스가 미소를 지었다.

"언젠가는 금성에 갈 수 있을지도 몰라." 재스민이 말했다.

"나는 차라리 못 갔으면 좋겠어." 트위스트가 말했다. "그러면 모든 신비가 사라질 테니까. 리빙스턴 아저씨의 고조-고조-고조 할아버지가 칼라하리사막을 발견해서 지도로 만들고 잠베제강을 따라 올라가서 거기 있는 폭포에 빅토리아 폭포라는 이름을 붙여준 뒤로는 더이상 탐험하거나 조사할 게 없잖아."

아그네스는 미래의 우주비행사의 의견에 맞장구를 쳤다.

"거대한 미지의 공간으로 남아 있기를."

"이제 19세기 탐험가들 같은 삶은 더이상 불가능하지 않을까." 재스민이 말했다.

아그네스도 동의했다. 잠시 뒤에 그녀가 나지막한 목소리로 물었다.

"올리버, 데이비드 리빙스턴이 칼라하리사막에서 길을 찾은 유일한 수단이 하늘을 관찰하는 것이었다는 사실 알아?" 아이는 몰랐다고 답했다. "19세기의 가장 뛰어난 천문학자인 로스 경이 그에게 망원경 사용법과 별자리를 읽고 지도를 그리는 법을 가르쳐주었어. 윌리엄 허셜이 누구인지 알지?"

"천왕성을 발견한 천문학자?"

"맞아. 천문학자이면서 음악가이자 발명가이기도 했어. 최초로 망원경을 고안한 사람이지. 로스 경은 허셜의 작업을 참고해 자신만의 망원경을 만들었어. 그가 그린 도안은 거의 다 사라지고 없지만. 그리고 리빙스턴 씨의 고조-고조-고조 할아버지에게 바로 그 망원경 사용법을 가르쳐준 거야."

"그래서 이 서점에 별을 보는 곳이 있는지도 몰라. 피는 못 속이잖아. 오늘 너무 좋았어." 아이가 하품을 하며 말했다. "조만간 또 밤에 이렇게 모이자."

"이제 그만 자야겠다, 올리버." 그녀가 속삭였다.

아그네스와 재스민은 꼬마 천문학자의 깊고 고른 숨소리를 자장가삼아 잠시 말없이 별들을 바라보았다.

"여러 의문점이 풀린 것 같아. 이 서점은 정말 멋진 곳이야." 재스민이 속삭였다.

"올리버와 리빙스턴 씨, 시오반과 콜더컷 씨도."

"네가 이곳에 영원히 남는다고 해도 이해할 것 같아."

"영원은 기나긴 시간이야."

"사랑은 시간과 상관없다고 했던 거 기억 안 나?" 재스민이 전에 아그네스가 한 말을 다시 떠올렸다. "어떻게 이런 곳을 사랑하지 않을 수 있겠어. 네가 다시 고고학자로서 경력을 이을 수 있는 날이 오더라도 과연 이곳을 쉽게 떠날 수 있을지 모르겠네."

아그네스는 침묵을 지켰다. 그날 밤은 작별에 대해 생각하고 싶지 않았다. 그들은 하늘을 가로지르는 별똥별을 동시에 보았다. 재스민은 캐드월러더의 완전한 이름을 알게 해달라고 소리 내어 소원을 빌었다. 두 사람은 올리버를 깨우지 않기 위해 숨죽여 웃으며 사랑과 사랑의 시작에 대해 이야기했다.

"누군가를 사랑하고 있다는 생각 자체와 사랑에 빠질 뿐 더 나아가지 못하고 머릿속에만 머무는 친구들이 있어." 재스민이 어둠 속에서 곰곰이 사색에 잠겨 말을 이어갔다. "그리고 혼자 있는 시간을 견디지 못하고 새로 누군가를 사귈 때마다 매번 이번에는 정말 완벽한 마지막 사랑일 거라고 믿는 친구들도 있지. 하지만 사랑에서 완벽한 건 사랑이 시작되는 순간

뿐일 거야. 서로의 눈을 바라보며 드디어 그토록 찾아 헤매던 사람을 발견했단 걸 깨닫는 순간, 기나긴 기다림이 끝나고 모든 게 해결되지."

"리빙스턴 씨라면 이렇게 말했을 거야. 사랑하는 이들이 서로 만나며 여행은 끝이 난다고."

재스민은 낮 동안 쌓인 피로와 상서로운 밤의 조화에 취해 어느덧 말이 없어졌다. 아그네스는 재스민이 잠꼬대처럼 던지는 질문을 들었다.

"대체 뭐가 두려운 거야, 아그네스? 모든 시작은 아름다운 거야."

그녀는 대답을 미루었다. 자신의 불안에 이름을 붙이기가 두려웠다. 대신 올리버와 재스민 사이의 따뜻한 침낭 안에서 행복하게 웅크린 채 자세를 편하게 고쳤다. 그리고 서점의 낡은 마루가 삐걱거리는 소리를 들으면서 책으로 가득한 책장을 배경으로 우주를 탐험하는 환상적인 모험을 상상하며 잠을 청했다. 그녀는 마지막으로 달이 없는 아름다운 하늘을 바라보고 눈을 감으며 한숨을 내쉬었다.

"이 모든 게 허상일까봐 두려워." 그녀가 서글픈 목소리로 속삭였다.

12

크리스마스이브 저녁이었다. 달빛서점의 아름다운 파란색 나무문에는 떡하니 닫힘 푯말이 걸려 있었지만, 서점 안은 설렘이 느껴지는 즐거운 분위기로 가득했다. 서점 식구들은 모두 옷을 빼입고 매년 리든홀마켓에서 열리는 서점인 및 출판인 협회 시상식에 참석하기 위해 모여 있었다. 시오반은 시상식장까지 타고 갈 차를 기다리는 사람들에게 거품이 인 샴페인잔을 돌렸다. 그녀는 리빙스턴 씨의 재킷 주머니에 꽂힌 손수건과 같은 버건디색 우아한 실크 드레스를 입었다. 아그네스는 앞자락이 교차되는 스타일의 검은색 브이넥 롱드레스를 입고 풍성하게 올림머리를 했다. 찰리 콜더컷은 그 모습을 보고 감탄을 내뱉었다.

"꼭 〈샤레이드〉의 오드리 헵번 같아요!" 그가 작은 눈을 반짝이며 외쳤다.

회색 스리피스 정장이 불편한 듯 자주 회중시계를 확인하던 에드워드는 반대 의견을 표했다.

"아그네스는 머리색이 그렇게 짙지 않아요."

미스터 마구는 그의 말을 들은 척도 하지 않았다.

"자네가 영화에 대해서 뭘 안다고! 분위기, 에드워드, 분위기를 말하는 거야. 저 친구 말에 신경쓰지 말아요, 아가씨. 자기가 캐리 그랜트*를 안 닮아서 질투하는 거니까."

재미있는 건 사실 리빙스턴 씨가 캐리 그랜트와 비슷한 분위기를 풍겼다는 점이다. 아그네스는 콜더컷 씨의 말을 듣기 전까지는 전혀 그런 생각을 못했다. 콜더컷 씨보다 시력이 훨씬 좋은데도 말이다.

"그냥 놔둬요. 스크루지상 후보에 올라서 예민해져서 그래요." 시오반이 입가에 미소를 머금은 채 말했다.

"말도 안 되는 소리." 리빙스턴 씨가 어이없다는 듯 대꾸했다. "올해도 세바스천이 받을 거야."

"그분은 누구예요?" 아그네스가 호기심을 보였다.

"손님의 질문에 대답이 막히면 투덜거리기나 하는 무식한

* 〈샤레이드〉의 남자주인공 역을 맡은 배우.

서점 주인이지."

"에드워드!" 시오반이 통을 놓았다.

"내가 틀린 말 했어? 무식함이 탄로날까봐 늘 퉁명스러운 얼굴을 하고 멋이라고는 하나도 없는 인간이지."

"퉁명함에도 멋이 있을 수 있는지 몰랐는걸." 콜더컷 씨가 아그네스에게 속삭이듯이 말했다.

어쨌든 퉁명함에도 멋이 있다면 리빙스턴 씨는 한 손에 불 꺼진 파이프담배를 들고 다른 한 손에는 회중시계를 든 채 자신만의 독특한 멋을 뽐내는 중이었다. 그는 양복 차림에 시계를 들고 무테안경을 쓴 자기 모습이 『이상한 나라의 앨리스』 속 흰토끼를 좀 닮은 것 같다고 생각했다.

"그 친구가 매년 스크루지상을 받는 건 문학에 대해 하나도 모른다는 걸 스스로 증명하는 일이야. 다른 것도 아닌 문학 관련 시상식에서 그 친구가 상을 받는다는 게 참 우습지."

"정확히 말하면 문학이 아니라 출판 시장 관련 행사야." 시오반이 지적했다.

"보들리언도서관 서가에 데려다놓아도 세바스천은 문학작품하고 출판 관련 도서를 구분 못할 거야."

"시상식이 어디서 열리죠?" 샴페인을 한 잔 더 마시라는 권유를 거절하며 아그네스가 물었다. 술에 잔뜩 취한 오드리 헵번처럼 보이고 싶진 않았다.

"리든홀마켓이야."

"맙소사! 지긋지긋한 빅토리아시대!"

"에드워드는 그 시대 건축을 극도로 싫어하지."

"세인트팬크러스역은 예외지만." 리빙스턴 씨와 아그네스가 한목소리로 외쳤다.

그들은 존중과 애정이 어린 눈빛으로 서로를 바라보았다. 그리고 아그네스가 처음 서점에 찾아왔던 때를 떠올렸다. 그녀는 세인트팬크러스역에서 차를 마시고 오는 길이었고 에드워드는 존 베처먼의 노력에 감탄을 표하는 그녀의 모습에 마음이 끌려 달빛서점에서 일해보라고 제안했다. 그 이후로 겨우 두 달이 지났지만 그들은 오래전부터 서로를 알고 지낸 느낌이었다. 오후가 되면 에드워드는 그녀에게 가게를 맡기고 볼일을 보러 나가거나 서점 순례를 다녔다. 그는 다섯시에 아그네스와 올리버와 함께 차를 마시며 책에 대한 담소를 나누고 세인트제임스에 있는 해처드서점이나 베리플레이스에 있는 런던리뷰오브북숍처럼 좋아하는 서점을 향해 걸음을 옮겼다.

"언제 같이 헤이우드힐서점에 가요." 그는 가게 문을 나서서 자신이 아끼는 서점으로 향하기 전에 문득 생각이 난 듯 아그네스에게 말하곤 했다. "낸시 밋퍼드가 2차세계대전 때 그 서점에서 일했죠. 일주일에 3파운드씩 받고."

"노팅힐서점은 어떤가요?" 그녀가 그의 속마음을 떠보듯이 물었다.

리빙스턴 씨는 화를 내며 꿍얼거렸다.

"영화를 찍고 관광객들로 득실대기 전까지는 훌륭한 서점이었죠. 제인 오스틴, 바이런 경, 오스카 와일드가 해처드서점의 단골손님이었던 거 알아요? 언제 오후에 서점 문을 닫고 런던의 다른 훌륭한 서점들을 한 바퀴 돌아봅시다."

"서점 문을 닫는다고요?" 올리버가 두 사람의 대화에 귀를 기울이다가 깜짝 놀라며 물었다.

"미안하지만 너는 천문관에 가서 놀아야겠다."

"혼자 가면 들여보내주지 않는걸요."

"놀라운 일은 아니지만 그들이 큰 실수를 저지르는 것 같구나. 하지만 서점인으로서 여기 이 숙녀분이 꼭 가봐야 할 서점들이 있단다."

"저도 따라갈래요. 서점 주인이 될 생각은 없지만 저도 책 읽는 걸 좋아하잖아요."

"아, 우리 똑똑한 트위스트." 리빙스턴 씨가 무대에서 햄릿을 연기하는 로런스 올리비에처럼 꿈꾸는 듯한 목소리로 말했다. "'꿈을 꾸기 위해서 굳이 눈을 감을 필요는 없다. 책을 읽는 것으로 충분하다.'*"

---

* 미셸 푸코.(원주)

아그네스는 그가 시도 때도 없이 21세기 이전의 문학에 대해 장광설을 늘어놓거나 작가들과 관련한 이런저런 사소한 일화들을 들려주거나 읽을 만한 책을 추천하는 데 어느덧 익숙해져 있었다. 그녀가 아직 탐험하지 못한 무한하고 소중한 보물들의 연결망이 있기라도 한 듯 그의 책 추천은 또다른 추천으로 이어지곤 했다. 리빙스턴 씨를 만나기 전까지 그녀는 거의 소설을 읽지 않았다. 주로 고고학과 역사학, 인류학 학술서를 읽고 소설이나 시에는 시간을 할애하지 않았다. 하지만 달빛서점에서 일하게 된 후로는 워즈워스, 셸리, 밀턴, 키츠의 시에 흠뻑 빠져들었다. 미지의 땅에서 헤매지 않도록 방향을 알려주는 에드워드의 훌륭한 조언과 그가 넌지시 던져주는 단서를 길잡이 삼아서.

특히 재스민과 저녁을 먹고—친구의 근무 시간과 포트넘앤메이슨에서 팔고 남은 제품의 양에 따라 집, 세인트팬크러스역 또는 다크니스앤섀도로 매번 장소가 달라졌다—템플스트리트의 정원들을 지나 언제든 찾아갈 수 있는 멋진 공간이 있다는 흐뭇한 설렘을 느끼며 서점까지 산책을 즐기는 게 일상으로 자리잡았다. 리빙스턴 씨의 단골손님들, 올리버와 함께하는 오후의 티타임, 낭만주의 작가 코너에서 즐기는 독서, 파란색 스탠드 아래서 말없이 자리를 지키는 상주 작가, 자주 서점을 찾아오는 시오반…… 이 모든 게 어느덧 그녀의 소박한 런던 생활의 일부가 되어 있었다. 반복되는 사소한 일상에서 그녀는 잔잔한 행복을 느꼈다. 전혀 예상치 못했기에 낯설게만 느껴지는 행복. 존 록우드 또한 달빛서점의 문턱을 넘은 바로 그 순간에 이제 막 시작된 그녀의 새로운 삶 속으로 들어온 것이었다.

런던의 독자들이 모두 빅토리아시대 숭배에 빠진 것 같다며 불평을 쏟아내는 서점 주인의 이야기—그는 사람들이 프랑스 작가의 글을 많이 읽어서 그렇다는 둥 복잡한 음모론을 주워섬겼다—를 듣다가 지친 찰리 콜더컷의 목소리에 아그네스는 상념에서 깨어났다.

"그럼 로열앨버트홀이면 만족하겠나?"

"그에 대한 의견은 아끼는 편이 좋겠군요." 서점 주인이 투덜댔다.

"리든홀마켓에 가본 적 있어요?" 시오반의 물음에 아그네스는 고개를 저었다. "마음에 들 거예요. 올리버도 좋아할 테고. 영화 〈해리 포터〉 속 다이애건 앨리 신 몇 개를 거기서 찍었죠. 일곱시면 행사가 다 끝나고 집에 갈 수 있을 거예요."

거리 쪽에서 커다란 실루엣의 누군가가 서점 문을 열다 실패하고는 유리를 똑똑 두드리며 도와줄 사람이 오기를 기다렸다. 독특한 보랏빛 머리로 보아 느닷없는 방문객의 정체는 드레스덴 부인이 틀림없었다.

"어서 조명을 끄게." 콜더컷이 말했다.

"늦었어요. 다들 영감님처럼 눈이 침침하진 않거든요." 리빙스턴 씨가 문으로 다가가며 말했다. "드레스덴 부인, 푯말에 적혀 있듯이 서점은 문을 닫았고 저희는 막 나가려는 참입니다."

"비상 상황이에요."

"저도 『현자의 두려움』을 다 읽고 나서 패트릭 로스퍼스*에게 크보스 이야기의 다음 권을 써달라고 부탁하며 그렇게 말했죠. 그런데 보시다시피 그는 들은 척도 안 했어요."

"이건 달라요. 『휘파람의 계절』**을 방금 다 읽었거든요." 순박한 부인이 한숨을 내쉬었다. "꼭 고아가 된 기분인데 곧 크리스마스잖아요."

리빙스턴 씨는 그녀의 인조가죽 점퍼와 털 실내화, 병아리들이 그려진 끔찍한 양말을 보며 측은한 마음이 들었다. 곧 크리스마스의 무시무시한 유령이 찾아와 손가락질할 듯했다.

"알겠습니다. 여기서 잠시 기다리세요."

"샴페인 한잔하시겠어요, 드레스덴 부인?" 그녀가 마음을

---

* 미국의 판타지 소설가.

** 미국 작가 이반 도이그의 소설. 원제는 'The Whistling season'이다.

가라앉힐 수 있도록 시오반이 술을 권했다.

"네, 고마워요. 독자들이 이런 비상 상황에 처할 때 얼마나 애가 타는지 잘 아실 테죠."

"그럼요. 저도 출판사를 운영하고 있거든요."

"며칠 전에 어떤 출판사 사장과 대화를 나누었죠."

"지인인가요?"

"누가 소개해주지 않았다면 먼저 말도 걸지 않았을 거예요." 부인이 혀를 차며 말했다. "곧 책을 한 권 출간할 거라는데, 너무 지루해서 독자에게 자살 충동을 불러일으킬 만한 책이래요."

"왜 그런 책을 출간하겠다는 거죠?"

"환경보호론자거든요."

그의 가장 특별한—리빙스턴 씨는 절대 '아낀다'라고 표현하지 않았다—손님을 구원할 책을 즉흥적으로 선택하기에 적절한 밤은 아닌 듯했다. 하지만 며칠간 서점 문을 닫게 될 거라는 사실을 미처 염두에 두지 못한 스스로에게 실망감을 느꼈다. 부인이 휴일 동안 읽을 책들을 미리 충분히 챙겨두었어야 하는데 『슬리피 할로의 전설』의 새로운 일러스트 판본 때문에 머리가 구름 속에 있듯 판단력이 흐려진 것이다. '머리가 구름 속에 있다'는 표현과 슬리피 할로가 묘하게 연결된다는 느낌에 피식 웃음이 나왔다.* 나름 기발한 발상이라고 생각하던 순간 올리버 트위스트의 목소리에 퍼뜩 정신이 들었다.

"리빙스턴 아저씨."

아이는 양복점에서 맞춘 턱시도를 입고 금발머리에 포마드를 진득하게 발라 뒤로 빗어 넘긴 모습이었다. 삼십 분 전에 트위스트 부인의 일을 돕는 클라라와 함께 서점에 도착할 때는 평소처럼 청바지와 〈빅뱅이론〉 셔츠 차림이었는데 그사이 2층에서 옷을 갈아입은 모양이었다.

"손에 든 건 뭐니? 너 꼭 미셸 게가 그린 그림책 속 '아기 펭귄 비분데' 같구나."

"드릴 말씀이 있어요."

에드워드는 안경을 벗고 별안간 애정이 넘쳐나는 눈으로 아기 펭귄을 바라보았다. 올리버는 입을 삐죽거리며 박엽지로 정성들여 포장한 꾸러미를 건네더니 서럽게 울기 시작했다.

"용서해주세요, 리빙스턴 씨."

에드워드는 아이가 건네는 꾸러미를 받아들고 나중에 심각한 집중력 부족 탓이었다며 둘러댈 행동을 취했다. 아이를 다정하게 꼭 껴안았던 것이다.

"사랑하는 우리 올리버." 서점 주인이 익숙지 않은 상황에 목소리를 떨면서 말했다. "용서하고 말고 할 게 뭐 있니."

---

* 워싱턴 어빙의 소설 『슬리피 할로의 전설』은 머리 없는 유령이 등장하는 이야기다.

"진작 돌려드리려고 했는데." 올리버가 흐느꼈다. "항상 사람들이 들락거리는 바람에 기회를 놓쳤어요. 아그네스 누나랑 재스민 누나와 밤새 여기 있었던 날에는 그만 깜박했고요."

"아, 별자리 관측 말이지. 네 머릿속에는 우주 생각밖에 없지, 트위스트?"

리빙스턴 씨는 아이를 품에서 놓아주고 멋진 버건디색 손수건을 건네주었다. 손수건을 꺼내 쓸 수밖에 없었던 숭고한 이유를 설명하면 시오반도 이해해줄 것이었다. 아이가 눈물을 닦으며 마음을 추스르는 동안 포장지를 벗기고 내용물을 확인했다. 『아프리카 남부의 지리, 동물, 식물, 지질 관찰(1849~1851)』. 조상님의 일지 원본이었다.

"별로 놀라신 것 같지 않네요." 올리버가 코를 풀며 말했다.

"네가 가져갔을 거라고 생각했어. 완벽하게 물건을 훔칠 만한 사람은 너밖에 없으니까. 진열장의 자물쇠는 긁힌 자국 하나 없이 말끔했고."

"유튜브에서 클립으로 자물쇠 여는 법을 봤어요."

"유튜브가 있으니 누가 셜록 홈스를 부를까." 에드워드가 말했다.

"제가 물건을 훔치는 나쁜 사람이라고 생각하세요?"

"나는 네가 비상한 머리를 갖고 있다고 생각해. 아무쪼록 그 머리를 좋은 데 썼으면 좋겠구나. 너희 어머니와 같은 직업을 갖지는 말아야 할 텐데."

"그냥 일지를 읽어보고 싶었어요."

"나도 안다."

"진열장이 너무 높아서 볼 수가 없었거든요. 그림책 탁자에 올라가 자물쇠를 강제로 열어야 했어요. 하지만 책은 절대 밟지 않았어요." 리빙스턴 씨가 경악하는 표정을 짓자 아이가 서둘러 덧붙였다.

"왜 나한테 부탁하지 않았니?"

"예전에 말씀드린 적 있어요. 그치만 그건 어린아이들이 볼 책이 아니라고 하셨어요."

"하지만 그건 벌써 오래전이잖아. 내가 너를 잘 알지 못할 때 말이야."

"제가 서점에 머무는 걸 좋아하지 않으셨고요."

"그래도 세상 모든 건 변하기 마련이잖니?"

아이가 기대에 찬 눈빛으로 그를 바라보았다.

"내 생각엔……" 리빙스턴 씨가 말을 이었다. "누구든 너를 잘 알고 아끼는 사람이라면 네가 더 유익하게 시간을 보내길 바랄 거야. 하루종일 책과 어른들밖에 없는 서점 안에 갇혀 있지 말고."

"저는 책이 좋아요."

"그래, 어른보다는 책이 덜 따분하지."

"어른이 다 따분하진 않아요. 아그네스 누나는……"

"아그네스는 예외로 쳐야지. 요정이니까. 아그네스가 『피터 팬』을 어떻게 낭독하는지 너도 알지?"

지극히 이성적인 올리버는 그런 엉뚱한 생각에 반기를 들고 싶었지만, 주인의 허락도 없이 거의 이 주 동안 물건을 가지고 있었으니 무어라 따질 입장이 아니었다. 쥘 베른의 『지구 속 여행』을 도서관에 반납하는 걸 깜빡하고 여덟 날하고도 일곱 시간 동안 무단으로 가지고 있었을 때도 그렇게 심한 죄책감이 들지는 않았었다.

"내가 제안을 하나 할게." 갑자기 뭔가 생각난 듯 서점 주인이 말했다. "이 일지에 관한 일을 잊어버리는 대신에 서점에 가끔 학교 친구를 데려오겠다고 약속해줄래?"

"저랑 여기 오고 싶어하는 애는 한 명도 없을걸요."

"어디서 이런 곳을 구경이나 한 적 있니, 올리버? 루브르 박물관도 안 부러울 지붕의 투명 피라미드, 망원경, 1층에 있는 수많은 그림책, 간식으로 제공하는 차와 케이크, 흥미진진한 모험으로 가득한 책을 기막히게 낭독하는 맨발의 요정…… 네가 그 똑똑한 머리의 십분의 일이라도 토성의 고리가 아니라 친구를 사귀는 일에 쓴다면……"

1층에서 시오반의 쩌렁쩌렁한 목소리가 들려왔다.

"올리버! 에드워드! 당장 안 내려오면 우리끼리 간다. 차가

기다린다고."

리빙스턴 씨가 아기 펭귄에게 손을 내밀자 아이는 서둘러 손을 맞잡았다.

"일지는 어땠니?"

"굉장했어요! 종교에 관한 부분만 빼면요. 춤과 노래로 신에게 비를 기원하는 건 쓸데없는 행동이라며 바쿠에나족을 설득하는 데이비드의 모습이 좀 거슬렸어요."

"그건 그렇지." 21세기의 리빙스턴이 맞장구를 쳤다. "아마 당시 스코틀랜드 사람에게는 이해할 수 없는 의식처럼 보였을 거야."

에드워드는 일지에 대한 대화를 나중에 이어가기로 약속하고 시오반이 안심할 수 있도록 아이를 먼저 차가 있는 곳으로 보냈다. 그리고 드레스덴 부인을 위한 책 두 권을 서둘러 고른 다음 1층으로 내려가니 다들 밖으로 나가고 그녀 혼자 서점에 남아 있었다.

"자, 크리스마스 선물입니다." 그가 최대한 환하게 미소를 지으며 말했다. "오랫동안 저희 서점을 애용해주신 손님께 드리는 작은 선물이죠. 이제 부인과 티격태격 대화를 주고받지 않는 제 모습은 상상도 할 수 없습니다."

드레스덴 부인은 단골 서점 주인에게서 조심스레 책을 받아들고 소리 내어 제목을 읽었다.

“로한 오그레이디의 『삼촌 죽이기』, 에드워드 고리의 『평하고 산산조각난 꼬마들』.” 그녀는 감동해서 고개를 들고 황홀한 표정으로 리빙스턴 씨를 바라보았다. “고마워요. 근사한 책들 같군요.”

“부인도 마찬가지십니다.”

그녀가 ‘오오오오오’ 소리처럼 들리는 아주 높고 가냘픈 숨을 길게 내쉰 것 같았다. 그녀는 애지중지 아끼는 물건처럼 소설책 두 권을 품에 꼭 안은 채 크리스마스의 조명을 모두 켠 듯 반짝이는 눈으로 그를 바라보았다.

“즐거운 크리스마스 보내세요, 리빙스턴 씨.”

“행복한 연말 보내세요.”

그는 그녀가 나간 뒤 문을 닫고 조상의 일지를 다시 조심스럽게 진열장 안에 넣은 다음 가게의 조명을 모두 껐다. 그는 어둠에 잠긴 자신의 서점을 둘러보았다. 그에게 툭하면 한숨을 쉬는 버릇이 있다면 그 순간 내쉰 것은 분명 만족의 한숨이었을 것이다. 세상이 질서를 되찾은 것 같았다.

그는 서둘러 외투를 걸치고 또 한번 회중시계를 확인한 다음 거리로 나와 셔터를 내렸다. 시오반이 잔뜩 흥분해서 자동차 경적을 울려대고 있었다.

“굳이 뛰어봤자 무슨 소용인가!” 리빙스턴 씨는 빅토리아 시대 양식의 건축물로 가는 길이라는 것도 잊고 더할 나위 없이 유쾌한 기분으로 외쳤다.

"제시간에 떠나야 하는 법이니!" 시오반이 라퐁텐의 시구를 인용하며 맞받아쳤다. 템플스트리트의 한적한 크리스마스이브 밤거리에 그녀의 경쾌한 웃음소리가 울려퍼졌다.

13

16세기 중반 그레이스처치스트리트에서 처음 영업을 시작한 리든홀마켓은 런던에서 가장 오래된 시장이었다. 그렇지만 건축과 장식 면에서 19세기 영국 양식을 준수하며 여러 번 개축되고 대대적인 복원 작업을 거치면서 현재와 같은 빅토리아시대 건축물의 외관을 갖추었다. 그곳에는 시간 여행을 하는 듯한 독특한 매력이 있었다. 페인트칠된 목재로 테두리를 장식한 가게 진열창들의 마력에 홀려 아케이드를 거닐다 보면 마치 과거로 돌아간 것만 같았다. 강철과 유리로 된 빌딩이 늘어선 시티 속의 이 시장은 21세기 최첨단 건축 한복판에 있는 기이하고 놀라운 오아시스였다.

빅토리아시대의 분위기만 빼면 리빙스턴 씨는 리든홀을 좋아했다. 특히 가을날 해질녘에 유리 지붕 사이로 스며들어오는 잔잔한 햇살에 감싸인 모습이 마음에 들었다. 과거의 숱한 기억과 영광으로 가득한, 아주 향락적이고 낭만적인 장소로 느껴졌다. 그래서 자신도 모르게 리비아의 게롤트*가 그곳 어느 자그마한 카페에서 차를 마시는 모습이 떠오르곤 했다. 그는 영화 〈해리 포터〉 시리즈에서 리키 콜드런과 다이애건 앨리가 그 아케이드 어딘가에 위치하는 것으로 설정되었다는 사실에 내심 흡족해했다. 한 달에 두어 번 평소보다 이른 시간에 퇴근해서 호기심에 사로잡힌 채 이 특별한 시장 안 서점과 문방구와 기념품점을 돌아다니는 그를 보는 건 낯설지 않은 일이었다.

크리스마스이브 밤, 유리 지붕 아래로 쏟아지는 아름다운 빛이 리든홀마켓의 독특한 분위기를 따스하게 물들였다. 네 갈래의 아케이드가 하나로 모이는 지점인 시장 중앙광장의 '더 펜 숍' 앞에서 매년 이 '부커스bookers'상 시상식이 거행되었다. 낙관적인 행사 조직위원회에서는 작은 연단과 수십 개의 접이식 의자를 펴놓았다. 하지만 시상식 시작 시간이 임박했는데도 자리에 앉아 있는 사람은 드물었다. 올리버와 아그네스만 그렇게 사람이 없다는 사실에 놀란 것 같았다.

---

* 폴란드 작가 안제이 사프콥스키의 판타지소설 『위처』 시리즈 주인공.

"올해는 사람이 엄청 많이 온 건데." 리빙스턴 씨가 말했다.

"크리켓 시상식보다 더 많지." 콜더컷 씨가 작은 두 눈을 깜빡이며 말했다.

봄날 아침처럼 아름다운 시오반은 밝은 얼굴로 광장을 돌아다니며 지인들과 인사를 나누었다. 사람들이 톨킨의 서한집을 출간하게 된 것을 축하하면 그녀는 오랫동안 간절히 원했던 꿈이 곧 이루어지리라는 생각에 얼굴이 살짝 붉어지고 손끝이 떨렸다. 리빙스턴 씨는 막판에 점수를 따려는 듯 오만상을 찌푸린 채 사람들의 시선을 피하며 업계 동료들의 인사에도 투덜거리며 답했다.

부커스상 시상식이 책과 서점을 좋아하는 이들 사이에서 비밀스럽게 이어져온 유서 깊은 행사라는 걸 모르는 사람에게는 그런 시상식 자체가 생뚱맞게 느껴질 터였다. 섭정시대에 미래의 조지 4세—당시 웨일스 왕자이자 병석에 누워 있는 아버지 조지 3세의 섭정이었다—의 주도로 인쇄업과 출판업을 장려하기 위해 시상식이 시작되었다. 처음에는 궁정의 고위관리가 성대한 만찬을 베풀고, 수익이 나지 않아 입에 풀칠하기도 어려운 업자들에게 약간의 돈과 하사품을 수여하는 단순한 의식에 불과했다. 시간이 흐르면서 고위관리가 더이상 행사를 집전하지 않게 되고 군주적이거나 관료적인 흔적이 모두 사라지면서 런던 서점인 및 출판인 협회의 선의에 의

존하는 형태가 되었다. 19세기 후반에는 정부에 호의적인 언론과 출판사를 암암리에 경제적으로 지원하는 통로로 이용되기도 했다. 20세기 들어서, 특히 광란의 1920년대에—리빙스턴 씨는 과도한 샴페인과 찰스턴* 때문에 그렇게 변한 게 아닌가 생각했다—행사는 흥청망청한 난장판으로 변해버렸다. 이제 그러한 방탕의 흔적은 영국 문명사의 특정 시기를 풍미하다 희미한 과거의 기억 속으로 사라진 지 오래였다.

시상은 네 분야로 이루어졌다. 그해의 가장 엉뚱한 출판인에게는 모자장수상, 가장 요정 같은 책들(시오반 말로는 '가장 안 팔린 책들'을 시적으로 표현한 것이라고 했다)을 펴낸 출판사에는 에아렌딜상, 가장 낭만적인 서점에는 폭풍의언덕상, 그해의 가장 까칠한 서점 주인에게는 스크루지상이 수여되었다. 리빙스턴 씨는 이 스크루지상의 단골 후보였지만 한 번도 수상자로 선정된 적은 없었다.

에드워드를 제외하면 시상식 진행자에 대해 아무도 몰랐다. 에드워드는 그가 1980년대에 티브이 문화 프로그램을 진행하던 언론인이라고 알려주었다. 지난해 수상자가 올해 수상자에게 시상을 했다. 아그네스는 멍한 눈으로 연단에 오르락내리락 하는 낯선 사람들의 행렬을 지켜보았다. 그녀 옆에

* 미국 동부 찰스턴에서 시작된 경쾌한 리듬의 사교춤.

앉아 있던 올리버가 귓속말로 물었다.

“누나, 지겨워 죽겠어. 리빙스턴 아저씨 차례는 언제야?”

“그렇게 오래 기다리지는 않을 거야. 시오반 씨가 일곱시면 행사가 끝날 거라고 했거든.”

아이가 전자시계를 확인했다.

“나는 에드워드 아저씨가 까칠하다고 생각하지 않아. 겉으로는 그렇게 보이려고 애쓰지만.”

“쉿.” 아그네스가 주의를 주었다. “아저씨가 들으면 큰일 날 소리야. 아저씨는 자기가 까칠하게 보이는 데 성공했다고 생각하며 좋아하신단 말이야.”

“이제 오늘 이 즐거운 밤의 대미를 장식할 시간이 되었습니다.” 사회자가 지쳐 보이는 얼굴로 미소를 지으며 말했다. “올해의 가장 까칠한 서점 주인에게 수여하는 스크루지상입니다. 시상은 지난해 수상자인 다이애나 트룰라니 부인께서 해주시겠습니다.”

트룰라니 부인은 까칠한 성격과는 거리가 먼 듯한 매우 사랑스러운 표정으로 연단에 올라가 사회자가 건네는 봉투를 받아들었다. 아그네스는 리빙스턴 씨를 슬쩍 바라보았다. 그는 빅토리아풍의 격자 천장을 관찰하느라 여념이 없었다. 시오반이 그의 손을 잡고 가볍게 미소를 지었다.

“올해 가장 까칠한 서점 주인에게 수여하는 스크루지상 수

상자는…… 달빛서점의 에드워드 리빙스턴!" 트룰라니 부인이 흥분하며 외쳤다.

서점 식구들이 동시에 자리에서 일어나 박수갈채를 보냈다. 에드워드는 애써 놀란 표정을 지으며—나름 올빼미를 따라 한 표정이었다—그를 아끼는 사람들의 포옹과 키스에 잠자코 몸을 맡겼다(그 악명 높은 인간혐오 성향도 불구하고 말이다). 세상에서 가장 좋아하는 네 사람이 자신을 둘러싸고 즐거워하는 모습을 보며 그는 문득 이런 생각을 했다. 스크루지상을 받은 것보다 그날 밤 그들과 함께 시상식에 참가했다는 게 서점 주인으로서의 노고에 대한 진정한 보상이라고. 그는 연말에 한 해를 돌아보며 자기성찰을 하는 타입이 아니었지만 친구들에 대해 진실한 애정을 느끼지 않을 수 없었다. 사람들과 계속 거리를 두며 살아가기에는 나이를 너무 많이 먹은 게 아닌가 싶었다. 그는 다소 근엄한 표정으로 자리에서 일어나 시오반에게 키스를 하고 연단에 올라 트룰라니 부인에게 에베네저 스크루지 형상의 트로피를 건네받았다.

행사가 끝나고 참석자들과 작별인사를 나누고 나서 찰리 콜더컷을 매년 12월 24일에 그의 가족들이 모두 모여 저녁 만찬을 즐기는 식당 앨맥스 앞에 먼저 내려준 뒤 올리버를 집으로 데려다주었다. 트위스트 변호사는 튜더양식으로 지어진 집의 커튼 뒤에서 밀라디 드윈터* 역을 완벽하게 수행하며 잠깐 밖으로 나와 즐거운 크리스마스를 보내라는 인사조차 하지 않았다.

“저 사람한테는 ‘그냥 크리스마스’겠지.” 차가 다시 움직이자 리빙스턴 씨가 무심코 혼잣말을 내뱉었다. “‘즐겁지’ 않은.”

“오늘밤에 특별한 계획 있어요?” 그가 쓸데없는 상상의 나래를 펴지 못하게 시오반이 아그네스에게 물었다.

“아니요. 내일 서리로 가서 재스민이랑 그애 가족들이랑 며칠 있을 거예요.”

“아, 전설적인 영국의 시골이지요! 마치 D. E. 스티븐슨의 책 속에 있는 것 같은 기분일 겁니다.”

“그럼 더 바랄 게 없을 것 같아요.”

“크리스마스이브 밤이잖아요. 같이 록우드네로 가서 저녁을 먹는 건 어때요?”

“당연히 가야지.” 멋지게 차려입은 스크루지상 수상자가 대화에 끼어들었다. “크리스마스이브를 혼자 보내는 건 말도 안 돼.”

“누가 들을지도 모르니 조심해. 심사위원들의 판정이 뒤집힐 수도 있으니까.” 시오반이 말했다.

---

* 프랑스 작가 알렉상드르 뒤마의 소설 『삼총사』의 등장인물. 리슐리외 추기경의 스파이로 버킹엄 공작을 암살한다.

"같이 가요, 아그네스. 늙은이 넷과 저녁 내내 제프리 초서 작품에 대해 이야기하지 않아도 되겠다며 존이 좋아할 겁니다."

"앤의 남편 데이비드는 의사야. 그런 주제에 과연 흥미를 느낄까?"

"왜? 초서가 살던 시대에는 전염병이 흔했잖아."

아그네스는 존과 함께 저녁을 먹게 되리라는 생각에 갑자기 두근거리는 심장박동을 느끼며 고개를 끄덕였다. 눈이 펑펑 내리던 그날 낮에 주빌리에서 차를 마신 뒤로는 마주친 적이 없었다. 리빙스턴 씨가 사라진 원고의 수사 진행 상황을 계속 알려주었지만 며칠 전부터는 소식이 끊겼다. 아무리 봐도 답이 없을 것 같은 수사가 종결되면 경찰은 곧 그녀의 삶에서 사라질 것 같다는 생각이 들었다.

자동차가 인적이 뜸한 홀본의 거리를 지나 블룸즈버리로 이동하는 동안—시오반에게 듣기로 록우드 가족은 디킨스박물관 근처에 산다고 했다—아그네스는 두 사람의 대화를 자장가처럼 들으며 경찰의 파란 눈을 떠올렸다. 눈보라 속에서 우산을 든 채 그녀의 팔을 부드럽게 잡고서 하얀 눈송이에 젖은 그녀의 머리카락 한 가닥을 섬세히 떼어내던 강인한 손을 떠올리니 마음이 따뜻해지는 느낌이었다. 그의 세심한 손길, 많은 것을 약속하는 듯한 눈빛, 생각하는 바를 정확히 말로 옮길 줄 아는 남자들 특유의 깊고 차분한 목소리와 다시 마주하기가 두려웠다. 모든 게 한갓 신기루는 아니었을까?

"사랑과 기침은 숨길 수 없다." 언젠가 리빙스턴 씨가 오비디우스의 말을 인용한 적 있었다.

아그네스는 두 사람이 눈이 쏟아지던 어둑한 런던 하늘 아래에서 함께 보냈던 그 특별한 날 존 록우드의 두 눈과 손길에서 읽었던 약속은 기침 같은 것은 아니었을 거라는 생각이 들었다.

세 사람이 탄 차는 록우드 가족의 집 앞에 멈춰 섰다. 맨 벽돌과 크림색 창틀의 아치형 창문이 인상적인 아름다운 에드워드양식 건물이 눈앞에 있었다. 초인종을 누르자마자 앤이 따뜻한 미소로 그들을 맞이하러 나왔다. 리빙스턴 씨는 자그마한 스크루지 트로피를 안전줄처럼 꼭 쥔 채 앤이 방문객들에게 인정사정없이 퍼붓는 포옹 세례를 말없이 견뎌냈다.

"어서 들어와요." 그녀가 달빛서점의 출입문에 달려 있던 종과는 전혀 다른 즐거운 목소리로 말했다. "오늘밤은 정말 춥네요! 아그네스, 이렇게 찾아와줘서 얼마나 기쁜지 몰라요. 시오반에게 이야기 많이 들었어요."

그들은 현관 옷걸이에 외투를 걸었다. 시오반은 아무도 훔쳐가지 않을 테니 트로피를 외투 주머니에 넣어두라고 에드워드에게 말했다. 아그네스는 그가 애절한 눈빛으로 외투를 쳐다보고 록우드 가족의 식당으로 들어가는 모습에 절로 웃음이 나왔다.

"존은 다들 구면이죠? 이쪽은 내 남편 데이비드예요." 앤이 방금 도착한 그들에게 남편을 소개했다. "그리고 이쪽은 세라." 그녀가 프라이니 피셔*의 분신 같은 젊은 여자의 허리를 감싸안으며 말했다. "우리 아들 존의 약혼녀죠."

크리스마스 인사와 입맞춤과 축하의 말이 잠시 정신없이 이어졌다. 데이비드 록우드 박사는 크리스마스 만찬에 빠질 수 없는 펀치를 한 잔씩 돌렸다. 리빙스턴 씨는 아그네스가 사색이 된 채 떨리는 얼굴로 억지 미소를 짓고 있고 존이 금방이라도 폭발할 화산처럼 얼굴이 빨개졌다는 사실을 놓치지 않았다. 격분한 그는 시오반이 사람들의 관심을 독차지한 틈을 타 경찰에게 속삭였다.

"이야기의 주인공 역할을 하겠다고 약속한 줄 알았는데요."

그는 아그네스에게서 눈길을 떼지 못한 채 어깨를 으쓱했다. 그녀는 맞은편 구석에서 런던 생활에 대한 데이비드의 질문 공세에 시달리고 있었다. 요즘 런던에서 많이 쓰이는 표현들에 익숙하지 않은 티가 최대한 나지 않도록 대답하느라 애를 먹는 중이었다.

---

* 호주 작가 케리 그린우드가 쓴 탐정소설 시리즈 '프라이니 피셔 미스터리'의 주인공. 〈미스 피셔의 살인 미스터리〉라는 드라마로도 알려졌다.

"젠장, 나를 보라고요. 지금 얘기하고 있잖아요." 리빙스턴 씨가 그를 다그쳤다.

"생각하시는 그런 게 아니에요."

"당신 어머니께 존이라는 이름의 아들이 또 있나요?"

"당연히 없죠."

"그런데도 내가 생각하는 그런 게 아니라고요? 대체 무슨 생각이죠? 그것도 상대가 프라이니 피셔라니! 보나마나 저 여자도 무장을 했겠군요."

"세라예요." 경찰이 말했다. 그는 프라이니 피셔가 누구이며, 왜 리빙스턴 씨는 그녀가 자기 부모님 집에 권총을 차고 왔을 거라고 생각하는지 도무지 감이 잡히지 않았다. "그리고 제 약혼녀가 아닙니다."

"당신 부모님 생각은 다른 것 같던데."

"약혼녀였죠. 하지만 이제 아니에요."

"서술어 시제 변형 능력이 기가 막히는군요. 언제부터죠? 이 분 전부터? 이 집에 들어와 샬럿 부인*보다 더 창백해진 아그네스 얼굴을 보고 나서부터?" 리빙스턴 씨는 자신의 과장된 표현에 몸서리쳤다. "내가 장갑을 끼고 있었더라면 지금 당장 당신에게 결투를 신청했을 거예요, 록우드 경감." 그가 목소리

---

* 영국 빅토리아시대 계관시인 앨프리드 테니슨의 동명의 시에 나오는, 저주에 걸린 인물. 19세기 화가 존 워터하우스의 그림으로도 유명하다.

를 높였다.

"저는 이 이야기 속 악역이 아니에요."

"프라이니의 약혼자가 도살장의 어린양 같은 애절한 눈으로 맨발의 요정을 보면서 이렇게 말했다."

"에드워드." 앤과 세라가 애피타이저를 가지러 잠시 자리를 뜨자 시오반이 그의 말을 끊었다. "왜 불쌍한 존을 괴롭히는 거야? 금방이라도 심장이 멎을 것 같은 얼굴이잖아."

"하! 그에게 과연 심장이란 게 있을까 의문이야!"

"리빙스턴 씨, 아그네스와 잠시 이야기하고 싶은데요……"

"내 서점이 불타서 사라지지 않는 한 절대 그런 일은 없을 겁니다!"

"에드워드, 존의 아버지가 아그네스를 붙잡고 놓아주려고 하질 않아. 아무래도 존이 나서서 구해줘야겠어. 영 안색이 좋지 않은걸."

"심장에 깊게 박힌 검 때문이지."

"당신, 대체 무슨 일이야? 그 대단한 영국인 특유의 냉철함은 어디 내다버린 거야?"

"이 몸에 흐르는 스코틀랜드인의 핏속에 녹아 흔적도 없이 사라졌지, 에라!"

"지금 스크루지상을 받았다고 이러는 거야? 심술쟁이 노인 놀이는 그만해."

"리빙스턴 씨……" 존이 해명하려고 입을 열었다.

"내가 사람을 잘못 봐도 한참 잘못 봤어요." 그가 탄식을 내뱉었다. "당신 같은 경찰이 있으니 스코틀랜드야드가 살인마 잭 사건을 해결 못한 것도 무리가 아니죠. 오히려 그놈과 한패가 아니었다는 사실이 놀라울 뿐."

"자, 다들 식탁으로 모이세요, 여러분!" 앤이 그린 소스를 얹은 조개 요리와 카나페가 담긴 접시를 든 채 명랑한 목소리로 말했다.

세라가 그녀 옆에 서서 잘게 저민 햄과 소시지를 비롯한 온갖 영국식 별미를 식탁 위에 내려놓았다.

"존……"

"'그대는 내 심장이 얼마나 아픈지 모릅니까!'*" 리빙스턴 씨가 꿍얼거렸다.

"냄새가 기가 막히네요." 시오반이 웃는 얼굴로 식탁에 앉으며 리빙스턴을 잡아끌어 불쌍한 경찰에게서 떼어놓았다.

"'덴마크에서처럼 악취가 진동하는구나.'**" 리빙스턴은 계속 말을 이었다.

존의 아버지 옆자리에 앉은 아그네스는 금방이라도 울음을

* 윌리엄 셰익스피어, 『햄릿』.(원주)

** 원문은 "덴마크왕국에 무언가 썩어가고 있다"이다. 『햄릿』 1막 4장.(원주)

터뜨릴 듯한 얼굴이었다. 리빙스턴 씨는 그게 데이비드 록우드의 지루한 이야기 탓만은 아니라고 생각했다.

"존, 어서 앉아. 음식 좀 덜어줄까?"

"아니요, 그러니까 사실……"

"몇 년 전에 외과 모임 때문에 바르셀로나에 간 적이 있지요." 데이비드 록우드 씨가 지치지도 않고 말을 이었다. "아가씨 고향 도시가 참 맘에 들더군요. 특히 시티에 있는 것과 비슷하게 생긴 탑이 참 멋지던데. 그거 이름이 뭐였죠?"

"올해는 조개가 맛이 좋네요. 참, 시상식은 어떻게 되었어요?" 앤이 물었다.

"'지금 이곳 사람들의 미소 속에 단검이 숨겨져 있다.'*"

"당신, 정말 자꾸 이럴 거야?"

"『햄릿』에 나오는 구절 맞죠?"

"군주를 바꾸었지만 배신은 그대로인 것."

"에드워드!"

이어서 동시에 여러 가지 소동이 일어나며 록우드 씨네 크리스마스 만찬은 한순간에 난장판으로 변했다. 리빙스턴 씨는 시오반이 탁자 아래에서 그를 발로 차자 큰 소리로 비명을 질렀다. 쉴새없이 쏟아지는 인용구과 바보처럼 자리에도 앉

---

* 윌리엄 셰익스피어, 『맥베스』 2막 3장.(원주)

지 못하는 아들 때문에 신경이 날카로워진 앤은 건축에 관한 망상에 빠져 있던 남편의 옷에 조개 요리에 넣은 그린 소스를 조금 쏟았다. 아그네스는 두통이 심해서 아름다운 식탁보 위에 쓰러져 죽기 전에 당장 자리를 뜨는 게 좋겠다고 중얼거렸다. 존은 부모님 집에서의 크리스마스 만찬이 지옥이나 다름없다고 생각하며 자리에 앉으라는 세라와 어머니의 재촉에도 불구하고 그대로 서 있었다.

"정말로 가야겠어요."

"제발 조심 좀 해, 앤! 비싼 재킷이란 말야!"

"지금 당신이 폭력으로 나를 억누르고 있지만 당신의 분노가 향해야 할 대상은 따로 있다고."

"『리처드 3세』인가요?"

"소인 에드워드 리빙스턴의 말입니다."

"조개 요리 먹어볼 사람 없어요?"

"당신이 머리에 쏟을까봐 다들 조마조마해하고 있잖아."

"죄송한데 머리가 터질 것 같아요."

"이게 다 그놈의 빌어먹을 상 때문이야!"

"다들 조용히 해주세요!" 존이 정신없이 오고가는 소란스러운 대화를 뚫고 소리쳤다. "잠시만요! 제발! 아버지, 젖은 수건으로 닦으면 지워지니까 불평 그만해요. 어머니, 진정해요, 오늘 저녁을 먹으러 온 사람들은 친구들이지 체임벌린스

멘*이 아니잖아요. 리빙스턴 씨가 미친 사람처럼 마구 문학작품을 인용해도 겁먹지 마세요. 평소에는 상당히 지각 있는 분이니까요. 오늘밤 일은 다 제 잘못이에요. 아그네스……"

경찰은 그녀에게 다가가 손을 잡고 자리에서 일으켜 세웠다. 그녀의 두 눈에 무한한 슬픔이 배어 있었다. 하이드파크의 서펜타인호수에 있는 그녀를 찾아 함께 눈을 맞으며 거리를 거닐던 그날은 보이지 않았던 환멸이 느껴졌다.

"아그네스, 이런 일을 겪게 해서 미안해요. 괜찮으면 잠시 함께……"

"우산 속 그 여자구나!" 세라가 불현듯 모든 걸 깨닫고 소리쳤다.

"아그네스와 전 이만 가보겠습니다." 존이 더없이 차분한 목소리로 말했다. "세라가 모든 걸 설명해드릴 거예요."

"하지만 아들아, 크리스마스잖아……"

"둘이 어디로 가겠다는 거야?"

다들 갑작스러운 전개에 넋을 잃고 리빙스턴 씨가 기적적으로 침묵을 지키는 상황을 틈타 존은 자리를 벗어났다. 그리고 현관에서 자신과 아그네스의 외투를 집어든 다음 그녀를 끌고 잽싸게 집 밖으로 나섰다. 거리를 뒤덮은 짙은 밤안개 속

* 윌리엄 셰익스피어가 이끌던 극단 이름.

으로 걸음을 내딛기 전에 세라의 목소리가 들려오자 그는 옅은 미소를 지었다.

"여러분께 드릴 말씀이 있어요."

그리고 이렇게 훌륭한 만찬은 정말 오랜만이라고 말하는 에드워드의 목소리도 들려왔다.

"아직 조개 요리를 먹어보지도 않고 그런 말씀을!" 평소의 자신감을 되찾은 앤의 목소리가 거리로 울려퍼졌다.

14

에드워드는 자리를 박차고 일어서는 록우드 경감의 모습이 꽤 멋있었다는 것을 인정하지 않을 수 없었다. 존과 아그네스가 자리를 뜬 뒤에 세라는 심각한 오해가 있었다며 급히 설명을 늘어놓았다. 자신은 승진해서 홍콩으로 가게 되었다, 두 사람의 사랑은 식은 지 오래다, 결혼 계획은 취소되었다 등등. 록우드 부부가 미스 피셔의 이야기에 정신이 팔린 틈에, 시오반은 식탁 옆 무화과 화분에 끔찍하게 맛없는 펀치를 쏟아버렸다. 그녀는 커다란 유리잔을 물로 헹구고 그걸 다시 화분에 버린 다음 화이트와인으로 잔을 가득 채웠다. 지금 거실에서 일어나는 일을 은밀히 즐기는 듯한 에드워드를 보며 상황을 대충 짐작할 수 있었다.

"존이 아그네스한테 홀딱 반했다는 걸 알고 있었어?" 그녀가 집주인들의 주의를 끌지 않기 위해 소곤소곤 물었다.

"쉿, 가장 중요한 부분을 놓치면 안 된단 말이야." 리빙스턴 씨가 와인잔을 건네받으며 말했다.

"어떤 부분? 저 여자는 자기가 오길비앤매더에서 승진했다는 이야기만 반복하고 있잖아. 제대로 듣지도 않았는데도 벌써 그 이야기만 세번째라고."

"살인 사건이 해결되는 순간이라고 할 수 있지."

"저 여자는 진짜 미스 피셔가 아니잖아."

"대체 언제부터 낭만을 잃어버린 거야?"

"작가들을 상대하고 나서부터."

흥미진진한 이야기가 끝날 기미가 보이지 않자 시오반은 그린 소스를 곁들인 그 대단한 조개 요리를 맛보았다. 앤이 말한 대로 정말 맛이 기가 막혔다. 앤이 며느리가 될 뻔했던 아가씨에게 질문 공세를 끝내면 꼭 그 말을 해주어야겠다고 생각했다.

"존이랑 아그네스가 어디로 갔을 것 같아?" 그녀가 조금 상한 듯한 카나페 접시를 에드워드에게 건네며 물었다.

"트로이?"

"시치미떼지 마. 아름다운 헬레네의 납치에 대해 뭔가 알고 있잖아. 아까부터 어딘가 이상했어."

"나는 책 읽는 법을 배운 뒤로 항상 이상한 사람이었어." 리빙스턴 씨는 자신이 괴팍한 사람이라는 사실을 종종 잊어버리는 시오반이 너무 귀여웠다. 그게 그녀가 자신을 사랑하고 있다는 증거인 것 같았다. "그렇지만 경감이 우리 직원의 감정을 갖고 논다는 생각에 내가 펄펄 뛰며 화를 냈던 일을 말하는 거라면……"

수수께끼의 마지막 퍼즐이 맞춰지면서 따뜻한 망토가 그녀의 심장을 감싸는 느낌이었다. 까탈스러운 서점 주인이자 광적인 그림책 수집가이자 일 년 내내 달에서 거주하는 유일한 지구인인 에드워드가 세상을 다른 시선으로 바라보고 있었던 것이다. 그는 아그네스를 향한 존의 마음을 눈치챘을 뿐만 아니라—문학으로 다져진 특별한 감수성을 지니고 있다고 자부하던 시오반도 알아채지 못했는데—셰익스피어식 열정으로 한 여자의 편에서 분노했던 것이다. 아주 오랜 세월을 함께하며 괴벽스럽고 내향적인 인간혐오자라고 생각했던 그가 정의로운 사랑을 지키기 위해 깃발을 휘두르며 또 한번 그녀를 놀라게 만들었다. 그의 행동에 크게 감동한 사실을 숨긴 채 그녀는 탁자 아래에서 그의 손을 잡았다.

"왜 그래?" 리빙스턴 씨가 놀라며 물었다.

"아무것도 아니야." 그녀가 답했다. 그리고 속으로 '사실은 이 모든 것 때문에. 다 좋아서' 하고 생각했다.

세상모르고 술에 취해 있는 데이비드 옆에서 화이트와인 한 병을 다 비우고, 앤과 미스 피셔가 쏟아내는 사과의 말을 질리도록 듣고야 에드워드와 시오반은 록우드 가족의 집에서 나와 밖에서 대기하던 택시를 타고 그녀의 집으로 향했다. 택시가 짙은 밤안개를 헤치며 인적이 뜸한 거리를 천천히 지나가는 동안 시오반의 심장은 룸바춤을 추며 요동쳤다. 패딩턴역을 지나 노팅힐 쪽으로 접어들었을 때 그녀는 갑작스러운 충동에 사로잡혀 기사에게 켄싱턴가든스 앞에서 내려달라고 요청했다. 그녀는 에드워드의 손을 꽉 붙들고 그를 공원 입구 쪽으로 끌고 갔다.

"이 아름다운 정원에서 안개에 휩싸인 채 얼어죽는 낭만적인 생각에 반대하는 건 아니지만, 1부터 10까지 단계가 있다면 대체 지금 얼마나 취해 있는 거야?" 리빙스턴 씨가 평소처럼 침착하게 물었다.

"조용히 해, 에드워드. 취해서 이러는 거 아니니까."

시오반은 하이힐을 벗어 그에게 맡기더니 검은색으로 페인트칠된 쇠살문을 놀라울 만큼 쉽게 타고 올라가기 시작했다. 건너편에 도착한 그녀는 구두를 다시 건네달라고 하며 그에게도 문을 넘어오라고 재촉했다. 리빙스턴 씨는 난색을 표했다. 낭만주의에 심취한 영국의 서점 주인이 하이게이트 묘지의 쇠살문을 넘어가 부정한 관계를 맺고 있던 연인의 무덤에서 몰래 눈물을 흘리는 건 이해할 수 있었지만, 딱히 식물학적으로 흥미로운 구석도 없는 공원에 들어가기 위해 12월 밤의 습기와 추위에 몸을 노출시킨다는 것은……

"어떤 법의 수호자가 우리의 범법행위를 적발할 수도 있어. 기억할지 모르겠지만 내가 요즘 스코틀랜드야드와 그리 좋은 관계가 아니잖아."

"겁쟁이처럼 굴지 마."

"그래, 모든 연인은 전쟁에 나선 병사와 같지."

"넘어올 거야, 아니면 밤새 거기서 오비디우스를 인용하고 있을 거야?"

리빙스턴 씨는 밤도둑들이나 빅토리아시대 시인들의 출입을 막기 위해 세워둔 켄싱턴가든스의 높은 쇠살문을 애인과는 달리 끙끙대며 타고 올라갔다. 무사히 문을 넘은 그는 옷매무새를 가다듬고, 터져나오는 웃음을 참느라 꽤 애를 먹고 있는 그녀를 득의만면해서 바라보았다.

"피터 팬이 길을 잃은 게 이 정원이었나?" 그녀가 물었다.

그녀는 에드워드의 팔짱을 끼고 공원의 중심을 향해 걸음을 옮겼다.

"정확히 말하면 길을 잃은 건 아니야. 피터는 길을 잃은 어린아이가 아니었어. 어른들이 그가 성장하기를 기대한다는 걸 깨닫고 유모차에서 뛰쳐나와 유모를 따돌리고 떠난 거지.

하지만 어쨌든 여기가 맞아. 내 기억이 틀리지 않다면 남쪽에 피터 팬 동상이 있을 거야."

시오반은 그가 말을 이어가도록 놔두었다. 다른 사람의 별난 행동을 존중해주는 그가 좋았다. 그는 누군가의 지도에서 탐험되지 않은 땅을 발견하면 진심으로 흥분했다. 그는 고지도에서 '히크 순트 드라코네스'* 지점에 손가락을 올리고 거기 어떤 경이로운 것들이 숨겨져 있을지 상상하기를 좋아했다. 그래서 시오반이 느닷없이 길 한복판에서 택시를 멈춰 세우고 함께 공원에 무단 침입하자고 제안했을 때 그가 아무런 질책도 하지 않았던 것이다.

금발의 출판인은 유난히 오래되고 단단한 떡갈나무를 골라 드높은 가지 아래에 양털 숄을 펼치고 에드워드를 끌어당겨 자기 옆에 앉혔다.

"우리가 오늘밤에 앞으로 더이상 성장하지 않겠다고 결심해도 동상을 세워줄 사람은 없을 거야." 그녀가 그에게 얼굴을 바싹 댄 채 속삭였다.

갑자기 감정이 복받쳤던 걸까. 아니면 겨울 추위가 날카로운 손가락으로 그를 움켜쥔 탓이었을까. 그가 그녀의 몸을 살짝 감싸 안았다.

---

* Hic sunt dracones. '여기에 용이 있다'는 뜻으로, 중세 지도에서 미지의 영역에 용이나 바다 괴물을 그려놓았던 것에서 유래했다.

"에드워드 리빙스턴." 시오반이 그의 귀에 대고 또박또박 말했다. "당신을 남편으로 맞이하는 커다란 영광을 내게 허락해주겠어?"

그 순간 켄싱턴가든스에 거대한 운석이 떨어졌다고 해도 리빙스턴 씨는 눈썹 하나 까딱하지 않고 공룡의 멸종이나 서펜타인다리의 붕괴에 관한 흥미진진한 설명을 늘어놓았을 것이다. 하지만 시오반의 말은 그 어떤 거대한 운석과도 비교할 수 없을 정도로 커다란 충격이었다. 에드워드는 목이 메고 행복에 겨워 심장이 터질 것 같았다. 상황에 걸맞은 인용문을 생각해내지 못한 건 성인이 되고 처음이었다. 어떠한 문학작품에서도 그의 기쁨을 묘사할 만한 문장을 찾을 수 없었다.

"오히려 나의 영광이지." 그가 그녀에게 입을 맞추며 답했다.

눈물로 촉촉해진 볼을 닦기 위해 손을 든 순간 그는 자신이 손을 떨고 있다는 것을 깨달았다. 달빛과 별빛에 비친 그녀의 환상적인 두 눈을 바라보며 문득 올리버가 안됐다는 생각이 들었다. 녀석이 아무리 망원경을 들여다본들 우주에서 이토록 아름다운 광경은 보지 못할 것이었다.

에드워드는 그녀에게 왜 생각을 바꾸게 됐는지 물었다.

"내가 당신을 얼마나 사랑하는지 깨달았어." 그녀가 대답했다.

"그럼 그동안 그걸 몰랐다는 거야?"

"당신을 사랑하고 있다는 건 알았지만, 얼마만큼인지는 몰랐다는 말이야."

"그래서 얼마만큼인데?"

"결혼에 대한 내 모든 편견을 극복할 수 있을 만큼."

시오반은 록우드네의 이상한 크리스마스 만찬에서 그가 아그네스를 비호하려 했던 마음에 감명을 받았다고 설명했다.

"나는 당신이 웬만해서는 서점 진열창 밖에서 일어나는 일에 관심을 못 갖는다는 걸 알아. 오늘 저녁 당신 행동의 진정한 가치를 아는 사람은 나뿐이야."

"내가 셰익스피어를 무지막지하게 인용하며 록우드 경감을 못살게 굴어서?"

"아니." 시오반이 그에게 오랫동안 입을 맞추고 답했다. "당신은 내가 아는 사람들 가운데 불의에 맞설 수 있는 몇 안 되는 사람이라서."

그들은 한참 입을 맞추며 서로에 대한 약속과 시시한 농담을 주고받았다. 그러다 사방에 밤의 정적이 내려앉자 서서히 이전 모습으로 돌아갔다. 그렇지만 둘은 예전과 다른 사람이 되어 있었다. 어쩌면 마음속에 네버랜드를 아로새긴 덕분에 조금 더 나은 사람이 되었는지도 몰랐다.

"설마 톨킨의 서한집 때문에 파산 직전이라 내게 청혼한 건 아니지?"

“아주 정확히 알고 있네.” 시오반의 그의 어깨에 머리를 기대며 웃었다.

“감사합니다, 존 로널드 루얼 톨킨.” 리빙스턴 씨가 두 사람의 머리 위 떡갈나무 우듬지를 올려다보며 더없이 흡족한 미소를 지었다.

존은 집에서 나올 때 너무 긴장한 탓에 추위와 습기, 도시를 뒤덮은 짙은 안개를 전혀 의식하지 못했다. 고워스트리트에 접어들고 나서야 그의 손에 이끌려 따라오는 사람이 떨고 있다는 것을 알아챘다. 그는 잠시 걸음을 멈추고 파란색 양모 목도리를 벗어 아그네스 마르티의 목에 세심히 둘러주었다.

“목도리가 당신 눈과 같은 색이네요.” 그녀가 오들오들 떨며 어색한 침묵을 깨기 위해 입을 열었다.

“서둘러야겠어요. 이러다 당신 입술 색이 제 눈동자 색과 똑같아질지도 모르니까요.”

“그런데 어디로 가는 거예요?”

존은 상황을 해명해야 하는 험난한 임무를 세라에게 맡겨두고 부모님 집 거실에서 빠져나오면서 그녀를 어디로 데려갈지 전혀 생각하지 못했다. 리빙스턴 씨의 일시적인 광기와 자책감에서 벗어나는 게 급선무였기 때문이다. 운명의 여신들은 하필이면 그날 밤 달빛서점의 괴짜 주인과 마주치게 만들어놓고도 불안한 갈색 눈을 한 맨발의 요정과 오해를 풀 만한 장소는 미리 정해주지 않았다. 고워스트리트에서 블룸스버리스트리트로 접어든 순간에야 그는 어디로 발길을 향해야 할지 깨달았다. 그는 평시에도 즉흥적으로 작전계획을 세우는 데 재주가 있었다.

"깜짝 놀랄 만한 곳이에요." 그가 여전히 그녀의 손을 꼭 잡고서 말했다. "오늘 저녁의 소동을 해명할 수 있을 조용한 곳이고요."

"저한테 해명할 필요는 없어요."

"부탁이에요. 해명하게 해줘요. 당신에게 설명해야겠어요. 어디서부터 시작해야 할지 모르겠지만. 남을 속이기는 쉬워도 진실을 이야기하기는 어렵다는 말이 이제야 이해되네요."

"나쁜 일일수록 더 쉽게 믿는 법이니까요."

아그네스는 존의 손에 이끌려 지옥 같은 저녁식사 자리에서 벗어나던 순간 그러한 사실을 깨달았다. 록우드 가족의 거실에서 약혼 이야기를 처음 듣고 당황했던 마음이 조금 가라앉나 싶다가, 데이비드의 견디기 힘든 질문 공세가 이어지자 폐부를 찌르는 듯한 고통이 느껴졌다. 숨막히는 슬픔이 순식간에 그녀를 엄습했다. 존과 그녀의 관계가 어떤 식으로든 발전할 거라는 환상을 품었기 때문은 아니었다. 정직하다고 믿었던 사람의 전혀 그렇지 않은 행동을 보고 환멸을 느꼈기 때문이었다. 실망스러운 결과를 마주하느니 아무런 모험도 하지 않는 편이 낫다고 생각하던 아그네스는 그 원칙을 깨고 일상을 벗어나 새로운 직장을 찾아 런던에 정착했다. 하지만 그런 용기에도 불구하고 재스민이 미지의 모험을 향해 그녀를 떠밀 때마다 여전히 거부감을 드러내왔다.

"그렇게 단단한 껍데기 안에 계속 갇혀 있으면 흥미로운 사람들을 만날 기회를 많이 잃게 될 거야." 재스민은 자기 친구들과 함께 어울리자는 제안을 아그네스가 거절할 때마다 그렇게 말했다.

"흥미로운 사람은 흔치 않아. 다 시시한 사람들뿐이야."

"리빙스턴 씨도 너처럼 그런 식으로 생각하시지. 그러다 그분이 어떻게 사는지 봐."

"그분이 어떻게 사는데?"

"책에 파묻혀 살잖아."

"그건 최고의 인생 아냐?"

재스민은 잠시 골똘히 생각에 잠기더니 패배를 인정했다.

"네 말이 맞네. 적절한 예는 아니었어. 하지만 너는 좀더 모험을 할 필요가 있어. 이 방에 꼭꼭 숨어 있다고 인간의 악의에 상처받을 일이 없을 줄 아니? 안타깝게도 우리는 세상과 단절될 수 없어."

"숲에 가서 살면 되지. 헨리 소로처럼."

"도끼를 들고?"

"필요하다면 도끼 사용법을 배워야지."

재스민은 세차게 고개를 가로저었다. 섬세한 고고학자 친구가 도끼로 나무를 자르는 모습이 도저히 머릿속에 그려지지 않았다.

"이제 그런 삶은 불가능해." 그녀가 말을 이었다. "정부에서 너를 가만두겠니? 우선 오두막을 지으려면 세금을 내야 할 거야. 그리고 인증받지 않은 농약으로 농사를 지었다며 벌금을 물리겠지. 그뿐이야? 사회적으로 소외될 우려가 있는 사람들을 전문적으로 상대하는 건강관리사, 심리학자, 사회복지사가 무더기로 찾아올 거야. 네 삶은 지옥으로 변하겠지. 숲에서 취사하면 산불 유발 위험이 있어서 경찰에 체포될 거야. 그러면 존 록우드가 너를 찾아가 감옥에서 꺼내주겠지. 이야기를 계속하다 보니 출발점으로 돌아오게 됐네."

"무슨 출발점?"

"그 잘생긴 경찰관을 네 삶에 맞이하는 거."

"존 이야기를 하던 게 아니잖아."

"하지만 모든 건 관련되어 있는 법이야."

"뭐하고?"

"사랑."

남을 잘 믿는 성격 때문이었을까, 재스민의 굳건한 낙천주의에 살짝 물들었기 때문이었을까, 아니면 다른 걸 다 떠나서 한밤중에 존 록우드와 손을 잡고 거리를 걸었기 때문이었을까? 아그네스는 경찰과 아름다운 전문 광고인의 놀라운 약혼 소식을 기정사실로 받아들이기 전에 그에게 몇 가지 물어봐야겠다고 생각했다. 그녀는 평소의 현명함을 발휘해 존이 적당한 순간과 장소를 찾아 자신의 궁금증을 풀어줄 때까지 완전히 희망을 버리지 않고 기다리기로 마음먹었다. 주빌리에서 함께 차를 마셨던 그날 그가 고백 같은 걸 하지는 않았지만 분명 많은 것을 약속하는 듯한 푸른 눈으로 그녀를 바라보았다…… 그녀의 기대와 달리 조용한 크리스마스 연휴를 보내기는 틀렸다 싶었다. 하지만 영국 가정의 저녁식사 자리에서 도망쳐나와 전혀 생각지도 못한 사람과 함께 런던의 짙은 안개 속을 헤치고 다니는 것도 그리 나쁘지 않았다. 그녀는 차가운 밤공기를 깊게 들이마시며 떠오르는 생각들을 마음속 깊은 주머니에 꼭꼭 넣어두었다. '지금 이 순간을 즐기자. 정 안 되면 언제든 숲으로 이사해서 건강관리사들의 골칫거리가 되면 그만이니까.'

두 사람은 추위와 경주하는 것처럼 차량도 거의 보이지 않는 인적 없는 거리를 뛰다시피 걸어갔다. 러셀스트리트 끝에 이르러 왼쪽으로 방향을 꺾는 순간 아그네스는 숨을 멈췄다. 어디에 와 있는지 정확히 알아차린 것이다. 존은 아름다운 신고전주의식 회랑 앞에 펼쳐진 거대한 사각형 회색 시멘트 광장을 지나 건물 동쪽 끝으로 발을 옮겼다. 눈에 잘 띄지 않는 곳에 위치한 철문을 두드리자 잠시 뒤에 야간 경비원이 밖으로 나왔다. 록우드는 자신이 스코틀랜드야드 경감이라고 밝히며 신원 확인용 배지를 내밀었다.

"클라이브 저지에게 제가 찾아왔다고 전해주시겠어요?"

경비는 그들에게 문을 열어주고 무전기로 동료를 불렀다. 아그네스는 벅찬 감정이 가시지 않은 얼굴로 대영박물관의 웅장한 중앙홀과 노먼 포스터가 설계한 유리와 철로 된 궁륭 천장을 바라보았다.

"지금 여기 있다는 게 믿기지 않아요." 그녀가 중얼거렸다.

존은 애써 미소를 참으며 경비의 말에 귀를 기울였다.

"금방 오겠다고 합니다, 록우드 경감님."

클라이브 저지는 제복 차림일 때도, 세상살이에도 아무 걱정도 불편도 없는 통통한 체격의 사내였다. 자신의 삶을 즐기고 타인의 삶에 해를 끼치지 않는 사람 특유의 혈색 좋고 웃음 띤 얼굴을 하고서 짧은 다리로 최대한 빨리 그들에게 다가왔다. 팔이 닿을 만한 거리에 이르자 그는 존을 껴안고 작은 체구답지 않은 강한 힘으로 친구의 어깨를 두드렸다.

"이게 누구야! 즐거운 크리스마스야, 친구." 그가 노래하는 듯한 목소리로 말했다. 마치 산타클로스의 썰매에서 나는 종소리 같았다. "여긴 어쩐 일이야? 가족끼리 식사 안 해?"

"누가 할 소리. 이쪽은 아그네스 마르티야. 이 친구에게 선물로 야간 관람을 시켜주고 싶은데."

클라이브는 더없이 섬세한 감성을 지닌 사람들만 대영박물관 야간 관람 특권을 누릴 수 있다는 듯이 아그네스를 찬찬히 살펴보며 고개를 끄덕였다. 그는 그녀와 악수로 인사를 나눈 뒤 자기를 따라오라고 했다.

"이보다 특별한 크리스마스 선물은 없을 거예요." 그가 매우 진지한 목소리로 말했다.

이어서 두 남자는 서로 가족과 친구들의 안부를 묻고 직업과 관련된 장래의 계획을 이야기하고 과거의 일화를 떠올리며 그동안 밀린 이야기를 쏟아냈다. 어느 정도 회포를 풀고 나서 클라이브는 두 방문객을 아름다운 돔 지붕 아래 중심점에 세워놓고 아그네스에게 건물에 대한 세세한 정보를 몇 가지 말해주었다.

"대영박물관은 1759년에 처음으로 대중에게 문을 열었습니다." 그가 엄숙하게 말을 이었다. "위치는 바로 블룸즈버리에 있는 몬터규 하우스였지요. 하지만 믿을 수 없이 빠른 속도로 늘어나는 방대한 양의 민족학 및 자연사 자료와 도서관 장서 때문에 금세 공간이 부족하게 되었어요. 그래서 로버트 스머크가 설계한 이 신고전주의양식 건물을 1852년에 완공했습니다. 건물 입구를 장식하고 있는 조각은 리처드 웨스트매콧의 작품이지요.

1857년이 되어서야 지금 우리가 서 있는 원형 홀을 포함한 건물이 완공되었습니다. 시 당국은 공간을 확보하기 위해 따로 자연사박물관을 만들고 대영박물관에 있던 소장품들을 옮겼죠. 그리고 아마 두 사람도 알겠지만, 방대한 장서는 세인트팬크러스역 옆 대영도서관으로 이관시켰죠. 2000년에 확장공사를 하면서 박물관 중심에 건축가 노먼 포스터가 설계한 그 유명한 '엘리자베스 2세 여왕 대정원'을 지었습니다. 유럽에서 규모가 가장 클 뿐 아니라 가장 아름다운 실내 광장이죠. 철제로 지은 멋진 궁륭에는 천오백 개 이상의 유리판이 끼워져 있답니다. 루브르박물관하고는 비교가 되지 않죠."

아그네스는 리빙스턴 씨라면 클라이브의 마지막 말에 동의를 표했을 거라고 생각했다. 대영박물관의 빅토리아양식 건축에는 이의를 제기하더라도 말이다.

"어디서부터 둘러볼래요? 어느 전시실에 먼저 들를지 알려주시면 미리 움직임 감지 센서를 꺼둘게요."

존은 아그네스에게 선택권을 넘겼다.

"로제타석부터 보러 갈게요." 그녀가 조금도 주저하지 않고 말했다. "그리고 그다음에는 파르테논신전 조각물이 있는 전시실이요."

클라이브는 또 한번 경탄의 시선으로 그녀를 바라보며 저녁식사에 곁들일 와인을 적절히 선택한 손님을 말없이 칭찬하는 소믈리에처럼 고개를 끄덕였다.

"그럼 나는 여기서 이만 자리를 비켜줄게." 그가 샹폴리옹이라는 고고학자에 의해 표면의 상형문자가 해독된 유명한 비석이 있는 전시실 입구를 가리키며 말했다. "그리고 파르테논신전 조각물은……"

"듀빈 전시실에 있죠." 아그네스가 그의 설명이 끝나기도 전에 말했다. "지금 여기 1층에 있는 아시리아관을 지나서 있죠."

"맞습니다." 클라이브가 말했다. "원래 존 러셀 포프가 설계한 전시실인데 2차세계대전 때 독일군 공습으로 파괴되었다가 1960년대 초에 복원되었죠."

"두 사람의 말을 듣고 있으니 머리가 지끈거린다." 존이 말했다. 크리스마스 선물을 잘못 선택한 게 아닐까 조금 후회가 밀려오던 참이었다.

클라이브는 짧게 폭소를 터뜨리고 친구의 어깨를 두드린 후 두 사람에게 좋은 시간을 보내라고 인사했다.

"천천히 둘러보세요." 그가 마지막으로 덧붙였다. "내일은 휴관일이니까. 그래도 작별인사는 꼭 하고 가요. 안 그러면 하워드 카터의 저주에 걸릴지도 모르니까."

존은 대영박물관에 있는 모든 이집트 전시물을 걸고 절대 그런 도리를 벗어나는 일은 없을 거라고 약속했다.

"즐거운 관람이 되기를."

높다란 대리석들이 끝없이 펼쳐진 엄청난 규모의 박물관 안에서 아그네스와 존은 마치 개미가 된 듯한 기분을 느끼며 로제타석이 있는 곳으로 걸어갔다. 건물 안에도 눈이 내려 부드러운 하얀 양탄자처럼 쿠션 역할을 하는지 매끈한 바닥을 따라 걷는 두 사람의 발소리는 거의 들리지 않았다. 두 사람은 차마 그 압도적인 정적을 깰 생각조차 하지 못했다.

몇 분 뒤 유리 진열장 안의 로제타석을 구경하고 아시리아관을 지나 듀빈 전시실에 들어선 아그네스는 파르테논신전의 프리즈*들과 조각상들을 본 순간 탄성을 내뱉었다. 전에도 몇 번 와본 적이 있지만 아무도 없는 전시실은 처음이었다. 작품을 관람하기에 더할 나위 없이 좋은 고요한 분위기였다.

"여기 몇 번이나 와봤어요?" 존이 그녀의 생각을 헤아리며 물었다.

"꽤 많이 와봤죠."

아그네스는 경건한 침묵 속에서 낮 동안 사람들로 북적일 때와는 다른 새로운 시선으로 엘긴 대리석 조각군을 꼼꼼히

---

* 서양 고전 건축에서 기둥과 지붕 사이의 부조 장식.

감상했다. 비상등의 은은한 불빛 덕분에 조각 하나하나가 더 선명하게 부각되는 것 같았다. 그녀는 아테네, 제우스 같은 신들을 묘사한 페이디아스의 동쪽 전면 조각 앞에서 걸음을 멈추었다. 인류 역사상 가장 아름답고 복잡한 조각군일 터였다.

존은 그녀가 마음껏 전시실을 돌아다니도록 적절한 거리를 유지한 채, 마치 처음 방문한 사람처럼 조각들을 감상하는 그녀를 지켜보았다. 부모님 집에서 뛰쳐나온 순간부터 그는 한시라도 빨리 자신의 행동을 해명하려고 기회만 엿보았다. 세라와의 관계는 이제 과거일 뿐이며, 당분간 가족에게는 알리지 말자고 합의했을 뿐이었다고 어서 설명하고 싶었다. 오해를 불러일으킨 것과—비록 한순간일지라도—눈 속에서의 산책이 신기루에 불과하다고 생각하게 만든 것에 대해 용서를 구하고 싶었다. 존은 자신이 사랑에 빠졌다고 속 시원하게 털어놓고 싶었지만, 아까는 추위와 안개를 뚫고 걸음을 재촉하느라 또 지금은 대영박물관 야간 관람의 엄숙한 분위기 때문에 적당한 기회를 찾을 수 없었다. 그는 아그네스가 해명을 요구하거나 저녁식사 때의 일 때문에 언짢은 기색을 내비치지 않고 침묵을 지키는 데 감동했다. 겉으로 환멸과 의심, 실망을 드러내 존에게 속마음을 들키는 건 도저히 용납할 수 없다는 듯 말이다.

아그네스는 그가 무슨 생각을 하는지 모른 채 인류 공통의 유산인 그 조각 앞에서 옥시링쿠스에서 보낸 여름의 기억이 물밀듯이 밀려오는 느낌을 받았다. 파르테논신전이라는 감동적인 과거로의 문 앞에서 카터, 클라크, 피트리가 어떤 심정이었을지 짐작할 수 있었다. 그 유구한 역사의 증거물 앞에서 스스로가 얼마나 보잘것없는 존재처럼 느껴졌을까. 그녀가 고고학자로서의 꿈을 계속 이어가기로 결심한 건 바로 그러한 순간들 때문이었다. 비록 지금은 템플지구 한복판의 자그마한 서점에서 일하는 것이 유일한 생계 수단이었지만.

잠시 뒤에 그녀는 페이디아스의 동쪽 전면 조각 앞에 여전히 선 채로 감동에 휩싸여 존을 돌아보면서 수줍게 미소를 지었다.

"이렇게 멋진 크리스마스 선물을 줘서 고마워요."

록우드 경감은 인간이 저지르는 사소한 불의에 맞서 싸우려는 마음, 그리고 언젠가는 그럴 필요가 없는 날이 올 거라는 희망과 함께 매일 아침 잠에서 깨어나곤 했다. 그날은 그런 기적이 일어날 것 같은 날은 아니었다. 하지만 현재까지 보존된 인류 문명사상 가장 훌륭한 고대 신전의 돌로 된 신들이 말없이 지켜보는 가운데 그의 또다른 꿈이 이루어지려 하고 있었다.

조바심이 나서 리빙스턴 씨의 맨발 요정과 더이상 거리를 유지할 수 없었던 존은 전시실을 가로질러 그녀에게 바싹 다가섰고, 전직 군인다운 투박한 손으로 희고 섬세한 얼굴을 감쌌다. 살짝 놀란 표정으로 그와 시선을 마주한 그 커다란 갈색 눈은 그 건물에 있는 어떤 보물과도 비교할 수 없을 터였다.

"내가 더 고마워요." 존이 떨리는 목소리로 그녀에게 입을 맞췄다.

15

세상 모든 것을 멈추게 만드는 키스가 있다. 주변의 공기, 시간, 그리고 생각까지. 혹여 그 진기한 만남의 마법이 깨져버릴까 두려워 삶 전체가 숨을 참는다. 어린 시절에 요정의 존재를 믿고 열렬히 박수를 쳐본 적 있는 이들만이 어른이 되어 시간을 멈추는 그런 키스가 있다는 것을 이해할 수 있다.

근처에 위치한 세인트마틴스교회의 자정을 알리는 종소리가 대영박물관의 시계를 다시 돌아가게 만들었다.

"메리 크리스마스." 존이 매력적인 요정에게서 살짝 입술을 떼며 말했다.

아그네스도 메리 크리스마스라고 답했지만 차마 몸을 움직일 수가 없었다. 다리가 떨리고 속이 울렁거렸다. 피부에 닿던 그의 손길이 생생하게 느껴졌다. 그녀는 첫 키스의 마법에 사로잡혀 록우드 경감의 품안에서 빠져나올 수 없었다. 존은 그녀의 경이로운 갈색 눈을 들여다보며 나지막이 말했다.

"사람들 말이 맞아요. 크리스마스 아침만큼 아름다운 건 없어요."

"아직 밤이에요."

"하지만 내게는 아침이나 다름없어요. 당신이 곁에 있는 한 어둠은 없거든요."

그는 다시 한번 천천히 말없이 그녀에게 입을 맞추었다. 대영박물관이 마치 손으로 흔들자 안쪽에 작은 마법의 거품들이 일어나면서 눈발이 흩날리는 커다란 스노글로브로 변한 듯했다. 머리가 잘린 페이디아스의 신들은 그 경이로운 순간을 볼 수 있는 눈을 갖지 못한 것을 한탄했다.

존은 외투를 집어 파르테논신전 동쪽 전면 조각 아래에 펼치고 그녀의 손을 잡았다. 두 사람은 파란색 목도리를 베개 삼아 임시로 만든 침대에 누웠다. 부드러운 폭포처럼 물결치고 초콜릿과 캐러멜 빛을 띤 그녀의 긴 머리카락이 파란색과 대비를 이루었다. 그렇게 누워 있으니 도리아양식 천장이 눈에 훤히 들어왔다.

"별을 보는 것만큼 낭만적이진 않군요." 경감이 말했다

"대영박물관에는 지붕이 없어요. 무한하거든요."

아그네스는 전시물들을 더 나은 각도에서 감상할 수 있도록 머리 아래에 놓인 목도리와 외투를 접었다. 다시 그걸 베고 눕자 인상적인 그리스 조각상과 부조가 눈에 잘 들어왔다.

"저건 서쪽 프리즈, 저건 동쪽 프리즈, 그리고 저건 남쪽 프리즈예요." 고고학자가 조각물들을 가리키며 말했다. "기원전 443년과 438년 사이에 페이디아스와 그의 제자들이 조각한 작품들이죠. 제 지도교수님은 고대 이집트제국 전공자이신데도 인간의 손으로 만들어진 가장 아름다운 조각이라고 인정하셨어요."

존은 그녀를 향해 고개를 돌리고 희미한 비상등에 비친 그녀의 고운 옆모습을 지켜보며 교수의 의견에 동의할 수 없다고 생각했다. 정확히 따지면 지금 그의 눈앞에 있는 건 하얀 대리석 조각품은 아니었지만, 그때까지 살면서 본 중에 가장 아름다운 형상이었기 때문이다.

"저 조각상들은 '엘긴 대리석'이라고 불러요. 저 조각군을 1801년에 아테네에서 런던으로 옮기도록 지시한 사람이 바로 토머스 브루스 엘긴 백작이기 때문이죠. 야외에 무방비로 노출되는 것을 막을 필요도 있었지만, 당시에는 인 시투* 보존 의지가 없었거든요. 20세기 말부터 그리스는 조각군을 반환하라고

* In situ. '그 자리에서' '현장에서'라는 뜻의 라틴어 표현.

여러 번 요구했지만 영국은 미적지근한 반응을 보이고 있죠."

"아, 그 빌어먹을 제국주의 때문이군요."

"역사적으로 따지면 한 번도 비난받을 짓을 하지 않은 나라는 없죠."

"아테네로 다시 반환해야 한다고 생각해요?" 존이 조각들 쪽으로 살짝 고갯짓을 하며 물었다.

"글쎄요. 수많은 이집트 유물들도 마찬가지죠. 영국과 프랑스 출신의 고고학자들이 발굴한 유물을 그들의 고국으로 가져가지 않았더라면 오늘날 그 귀중한 유산들은 거의 다 사라지고 없었을 거예요. 도굴꾼과 고대 유물 암시장, 테러리스트들의 파괴 행위, 전쟁, 이집트 정부의 무지막지한 부패 때문에 말이죠. 당시는 야만의 시대였고 19세기에는 유럽이 상대적으로 그 보물들을 보존하기에 안전한 장소였죠."

"야만적이지 않은 시대는 없어요." 존이 군대에서 보낸 시간과 방탄조끼 차림으로 공항에서 경비를 서던 자신의 모습을 떠올리며 말했다. "이제 그 유물들은 세상 어디에서도 안전하지 않아요."

"그것들은 단순한 유물이나 보물이 아니라 과거 문명을 증언하는 문화 산물이에요. 인류 공통의 유산이고 바로 그러한 보편성 때문에 어느 국가나 박물관에 전시되어 있든 큰 상관이 없는 거죠."

"그렇다면 오늘까지도 여전히 우리가 인종, 종교, 성별, 이데올로기의 차이 없이 서로를 있는 그대로 이해하지 못한다는 게 문제겠네요."

"이제 세상에 확실한 것은 없어요." 아그네스가 슬픔에 잠긴 목소리로 속삭였다

존이 한쪽 팔꿈치를 짚고 몸을 일으켜 그녀를 향해 고개를 기울였다. 그리고 자유로운 한쪽 손으로 그녀의 길고 부드러운 갈색 머리칼을 쓸어내리다가 볼에서 손을 멈췄다.

"다 그런 건 아니에요." 그는 그녀에게 다정히 입을 맞췄다.

아그네스는 사랑은 시간이 아니라 확신의 문제라는 재스민의 말을 떠올렸다. 그리고 날이 밝자마자 그가 사라져버릴지도 모른다는 두려움을 떨치고 처음으로 용기를 내어 존을 어루만졌다.

어디선가 들려오는 헛기침 소리에 두 사람은 동작을 멈추었다. 전시실 천장이 높고 관람객이 아무도 없었던 탓인지 유난히 소리가 크게 들렸다.

"존, 방해해서 미안해." 클라이브 저지가 파르테논 전시실 입구에 서서 말했다. "그런데 사방에 CCTV가 있다는 건 알지?"

록우드는 카메라에 찍히지 않는 유일한 사각지대를 발견했다고 말한 뒤에 자리에서 일어나 친구를 따라갔다.

"금방 올게요." 그가 아그네스에게 약속했다. "도망가버리지 말아줘요."

"점수 좀 땄어?" 대화 소리가 들리지 않도록 충분히 떨어진 거리에 이르자 클라이브가 농담을 던졌다.

"저 조각상들 덕분에."

"고고학자니까 희미한 비상등 때문에 잘 보이지도 않는 대리석 조각들 사이로 무리해서 달아날 일은 없겠네."

"내가 생각해도 딱히 도망갈 방법이 없긴 하겠어."

찻잔, 김이 모락모락 나는 찻주전자, 시나몬 롤빵, 크림 머핀, 토스트, 버터, 살구와 오렌지 잼이 준비된 자그마한 카트를 밀며 존이 파르테논 전시실로 돌아왔다. 그리고 음식을 입에 대보지도 못한 채 부모님 집에서 빠져나왔다는 사실을 상기시키며 대영박물관 관람은 항상 케이터링 서비스로 마무리된다고 덧붙였다. 그는 찻잔에 차를 따르고, 거대한 대리석으로 둘러싸인 공간에서 따뜻한 섬을 이루는 외투 끝에 커다란 냅킨을 펼쳐놓고는 그 위에 간단한 간식을 늘어놓았다.

"꼭 〈티파니에서 아침을〉 같네요." 아그네스가 눈앞에 차려진 소박한 만찬을 보며 농담을 했다.

"고고학자라면 티파니보다 여기를 더 좋아하겠죠."

그녀는 장밋빛 도자기에 파란색 꽃문양이 장식되어 있는 예쁜 찻주전자와 그에 딸린 찻잔을 감탄어린 눈으로 지켜보았다. 비현실적이었다. 마치 그 모든 게 흐릿한 꿈과 가혹할 정도로 선명한 현실의 중간쯤 있는 신기루 같았다.

존은 책상다리를 하고 바닥에 앉아 아그네스의 갈색 눈에 시선을 고정한 채 설탕을 넣지 않은 찻잔을 멍하니 휘저었다. 그러다 마침내 세라와의 관계에 대해 설명하기 시작했다.

"우리는 일 년 넘게 사귀고 약혼까지 했어요. 하지만 몇 달 전부터 우리 사이가 끝났다는 걸 느끼고 있었죠. 그 사실을 인정하는 데 오랜 시간이 걸렸던 것 같아요. 양가 가족들은 결혼 날짜만 기다렸고 세라는 우리 관계를 이상화했죠. 어떻게 설명하는 게 좋을지 모르겠지만 그녀는 현실과 다른 이상적인 커플로서의 우리 모습에 집착했던 것 같아요. '너희는 잘 어울리는 한 쌍이야'라는 사람들 말에 홀렸던 거죠."

아그네스는 토스트를 베어물며 고개를 끄덕였다. 곧 새로운 날이 밝고 웅장한 궁륭 천장 사이로 스며들어온 새벽 햇살에 거대한 대리석 기둥이 하얗고 눈부시게 빛날 것이다. 밤새 어둠에 휩싸여 있던 환상적인 건축이 서서히 윤곽을 드러내면서 파르테논의 신들을 둘러싸고 있던 신비로운 분위기도 사라져갈 것이다. 어떻게 주빌리에서의 티타임을 능가할 만한 순간은 다시 없을 거라고 생각했을까?

고고학자이자 새내기 서점 직원은 헝클어진 머리에 볼이 상기되고 입술이 평소보다 빨갰다. 존 역시 머리가 엉망이었고 잔뜩 구겨진 검은 양복을 입고 있었다. 하지만 겨울밤에 사랑을 시작한 풋풋한 연인들답게 두 사람의 눈은 영롱하고 생생하게 빛났다.

"세라가 연휴가 끝날 때까지만 기다렸다가 우리 사이가 이미 몇 달 전 끝났다는 걸 알리자고 부탁했어요. 곧 홍콩에 가서 살게 될 테니 가족과 조용한 크리스마스를 보내고 싶었던 거죠. 폭탄선언을 하기 전에 말이에요."

"나도 조용한 크리스마스를 보내고 싶었어요."

존이 손바닥을 위로 향한 채 들어올리며 즐거운 표정으로 주위를 둘러보았다.

"이보다 더 조용한 크리스마스가 있을까요?"

아그네스는 그의 한쪽 손을 잡아 자기 가슴 위에 갖다댔다.

"이게 조용한 건가요?" 그녀가 그의 눈을 쳐다보며 말했다. 빠르게 뛰는 자신의 심장 박동을 그와 함께 느끼면서.

록우드는 몸을 기울여 다시 그녀에게 입을 맞추었다. 그녀와의 거리를 지키자고 마음먹을 때마다 자신의 결단력이 약하다는 사실을 새삼 깨닫게 되었다.

"나는 이제 어떻게 해야 할지 모르겠어요, 아그네스 마르티." 그가 그녀의 입술에 대고 말했다. "그날 밤 서점에서 맨발에 긴 머리를 휘날리고 있는 당신을 보는 순간 사랑에 빠졌어요. 당신은 그때도 지금 같은 눈으로 나를 바라보고 있었죠."

"내 눈이 어땠는데요?"

"마치 세상의 미래가 내게 달려 있다는 듯한 눈이었죠."

박물관을 빠져나와 존은 거의 텅 빈 도시의 유령 같은 거리를 따라 천천히 차를 몰았다. 두 사람은 평화로운 고요와 차 없는 도로, 수줍은 아침햇살을 만끽했다. 날씨마저도 그 크리스마스 아침에는 사랑스러운 얼굴을 보여주고 싶었는지 간밤의 짙은 안개는 흔적도 없이 사라졌다. 시작하는 연인들과 함께 밤을 새운 나비가—아침으로 먹은 롤빵과 잼을 바른 토스트 위로—그들 뱃속에서 날아다니는 느낌이었다.

"아, 맞다." 경감이 얼굴을 찌푸리며 한숨을 내쉬었다.

"왜요?"

"리빙스턴 씨에게 사과해야 한다는 사실이 막 떠올랐어요. 지금 하는 말 듣고 웃지 마요, 하나도 재밌지 않으니까. 사실 그분은 내가 맘에 든대요."

"그런데 뭐가 걱정이에요?"

"그래서 기대를 많이 품고 있대요."

아그네스는 좌석에서 몸을 돌리고 웃음기어린 눈으로 그를 바라보았다.

"우리 모두 당신에게 많은 기대를 품고 있죠." 그녀가 말했다. "다 당신이 자초한 일이에요. 폭풍이 몰아치는데 한바탕 난리를 피우며 서점에 들어오는 모습을 봤으니 당신에 대한 기대치가 높아진 건 당연하죠."

"아주 재밌네요."

"당신이 리빙스턴 씨의 종을 완전히 망가뜨렸잖아요."

"그분 회계사를 기겁하게 만들었고요."

"그 사람 넥타이도 사람을 기겁하게 만들지만요."

"그리고 나는 결국 그 망할 일지를 찾아내지 못했죠." 그가 수심이 가득한 얼굴로 말을 이었다. "서점에 들러서 그분을 만나면 경찰에 정식으로 신고하라고 해야겠어요. 제발 제 말을 들어주면 좋겠네요."

"연휴 동안 며칠 서점 문을 닫기로 했어요." 아그네스가 일러주었다. "하지만 그래도 서점에 가면 만날 수 있을 거예요."

"왜죠?"

"왜냐하면 그곳은 달빛서점이고 그분은 에드워드 리빙스턴이니까요."

아그네스가 알려준 켄싱턴 주소지에 도착하자 존은 맞은편 길에 차를 세우고 그녀를 집 현관까지 바래다주었다. 그녀의 만류에도 불구하고 그는 서리행 기차가 출발하는 워털루역까지 그녀를 배웅하겠다며 고집을 피웠다.

"그럼 집에 가서 여행 가방을 챙겨 바로 내려올게요." 그녀가 말했다.

"좋아요."

"존?"

"네."

"이렇게 계속 붙잡고 있으면 갈 수가 없잖아요."

"아, 참, 그렇죠. 바보 같았네요."

"저 길모퉁이에 다크니스앤섀도라는 펍이 있는데 거기 가서 기다릴래요? 어차피 R. 캐드월러더와 거기서 만나기로 했으니까요."

아그네스는 웨일스 요리사와 인사를 나누게 된 계기, 그리고 재스민과 그 사이에 싹튼 흥미로운 관계에 대해 이미 그에게 이야기해주었다. 존은 두 사람을 역으로 데려다주겠다고 고집했다.

"안 그래도 커피가 필요한 참이었어요." 그가 말했다. "더 늦기 전에 인생의 방향을 정해야 한다는 아버지의 훈계와 어머니의 질문 공세를 맞닥뜨리기 전에 생각을 좀 정리하려고 했거든요."

"이미 인생의 방향을 정한 줄 알았는데요."

"하지만 아버지는 그렇게 생각하지 않죠."

아그네스는 그의 입술에 짧게 입을 맞추었다.

"조금 이따 봐요."

"다크니스에서 기다리고 있을게요."

"존?"

"왜요?"

"계속 날 안 놔줄 거예요?"

차마 말은 하지 못했지만 록우드 경감은 맨발 요정의 손을 놓아주면 그녀가 런던의 지붕들 위로 날아올라 오른쪽에서 두번째 별을 지나 새벽까지 직진해버릴까봐 두려웠다.

존은 다크니스앤섀도의 어두운 실내에 들어서는 순간 검과 광부들 사진으로 뒤덮인 벽을 보며 당황한 표정을 지었다. 카운터를 지키고 있는 수염이 덥수룩한 사내도 그 못지않게 당황한 눈치였다.

"저희는 고기파이를 팔지 않습니다." 마이클 드레이크가 황급히 알렸다. 크리스마스에 민스 파이 판매를 금지하는 법을 어겼다며 1920년대에 경찰이 다크니스앤섀도에 벌금을 물리고 가게를 폐쇄했다는, 오래된 단골들이 들려준 이야기를 잊지 않았던 것이다. "그리고 사실 문을 닫은 거나 마찬가지예요. 재고 정리를 하던 참이거든요."

"그냥 커피 한잔 마시러 왔는데요." 존이 대답했다.

재고 정리를 하면서 고기파이를 팔지 않는다는 말로 크리스마스에 손님을 맞이하는 가게가 대체 어디 있을까 싶었다. 잠시 뒤에 마이클이 김이 모락모락 나는 기막힌 커피와 말랑말랑한 블루베리 머핀을 내려놓았다. 그러자 존은 켄싱턴의 이 펍 주인이 휴일 동안 무슨 기행을 저지르든 신경쓰지 않기로 했다.

머핀은 R. 캐드월러더의 크리스마스 특별 서비스였다. 그는 주방에서 나와 알아들을 수 없는 말을 웅얼거리며 주변 사람들에게 인사를 하고 존 근처에 앉았다. 존은 아그네스가 알려준 인상착의로 미루어볼 때 이 붉은 머리 거구가 서리까지 그녀와 함께 갈 남자일 거라 짐작했다. 말없는 거구의 요리사에게 살짝 기가 눌린 그는 커피를 다 마시고 의지할 곳을 찾기 위해 눈짓을 해가며 마이클 드레이크를 불러보려 했지만 그는 커다란 잔을 일렬로 정렬하느라 정신이 없는 것 같았다.

존의 예상대로 아그네스가 천사 같은 모습으로 커다란 여행 가방을 든 채 가게 안을 바깥의 빛으로 가득 채우며 펍 문 앞에 나타났다.

“아, 다 모였군요. 이제 갈까요?”

록우드와 캐드월러더는 마치 한 사람처럼 동시에 자리에서 일어났다.

“메리 크리스마스, 마이클.” 그녀가 떠나며 인사했다.

“딱하네.” 세 사람이 밖으로 나가자마자 솔로몬 드레이크가 카운터에 있는 아들 곁으로 다가오며 말했다. “저런 야수 같은 남자랑 크리스마스 휴가를 보내야 한다니.”

“하지만 캐드월러더가 만든 블루베리 머핀은 환상적이에요.” 마이클이 말했다.

다크니스의 주인장도 그 말이 맞는다고 인정할 수밖에 없었다.

아그네스와 존은 워털루역에서 거창한 말 없이 짧게 작별 인사를 나누었다. 이동하는 차 안에서도 서로 말이 없었다. R. 캐드월러더가 역 대합실에서 두 사람이 단둘이 시간을 가질 수 있도록 자기가 표를 사러 가겠다고 무뚝뚝하지만 예의 있게 말했다. 두 사람은 전화번호를 교환하고 어떤 식으로 작별 인사를 해야 할지 모른 채 서로를 바라보았다. 친밀한 관계가 된 지 겨우 몇 시간밖에 지나지 않은 터였다. 사랑을 확인하고 못 다 한 말을 나누기에는 너무 짧은 시간이었다.

존은 그 작별이 이별의 전조이고 아그네스가 영영 떠날 것 같은 두려움에 사로잡혔다. 그녀에게 자신의 감정을 털어놓은 건 후회하지 않았다. 세라와 얽힌 오해 덕분에 오히려 속마음을 이야기할 기회를 얻은 셈이었다. 하지만 지금은 그녀를 놓아주지도 못하고 보고 싶을 거라는 말조차 제대로 할 수 없었다. 그는 직업 특성상 사람들을 대할 때 단호하고 다소 거칠었다. 그래서 잠시 후 서리행 직행 열차를 타게 될 그녀에게 자신이 너무 충동적으로 행동한 건 아닌지 걱정되었다. 그는 마지막으로 그녀에게 입을 맞추었다. 그 강렬한 입맞춤에 어떤 말 한마디보다 확실한 약속의 뜻이 담겨 있다는 걸 전혀 모른 채.

존은 긴 회색 외투를 걸친 그녀가 어깨 위로 머리카락을 찰랑거리며 까치발을 하듯 가벼운 걸음으로 놀라우리만큼 차분하게 거구의 웨일스 요리사와 함께 승강장 쪽으로 사라지는 모습을 지켜보았다. 녹색과 빨간색 꽃과 종으로 장식된 기차역 한가운데 홀로 서서 그는 숨을 고른 다음 몸을 돌려 무거운 마음으로 차가운 아침 공기를 맞으러 나갔다.

기차가 출발하자 아그네스는 기분좋은 차체의 흔들림에 몸을 맡겼다. 그녀는 과묵한 동행인이 나눠준 따뜻한 차와 집에서 만든 쿠키에 감사를 표하고, 특별한 밤을 보내느라 뜬 눈으로 보낸 시간을 보충하기 위해 곧 잠을 청했다. 완전히 잠에 곯아떨어지기 전 그녀는 자신이 존과의 든든한 포옹, 그 단단한 손의 촉감, 질문으로 가득한 그의 푸른 눈을 계속 떠올리고 있다는 걸 자각했다. 그와의 입맞춤과 현기증, 감정의 소용돌이에 휩쓸려 아득히 먼 곳으로 떠밀려간 둘을 홀로 말없이 지켜보던 고대의 파르테논 대리석이 떠올랐다. 세상의 기원만큼이나 오래된 그 감정 때문에 발걸음이 경쾌해질 수 있다는 게 참 신기했다. 하지만 그녀는 존의 품에 안겨 있는 순간에만 날아갈 것 같은 기분을 느꼈다.

R. 캐드월러더는 인내심 많은 요리사다운 더없이 섬세한 손길로 아그네스에게 여행용 담요를 덮어주었고 의자에 등을 파묻은 채 빠르게 스쳐지나가기 시작한 풍경에 빠져들었다.

16

열 살 때 에드워드 리빙스턴은 왕실 근위대의 기마포병이 되는 게 꿈이었다. 당시 그는 부모님과 글로스터크레센트에 살고 있었다. 아버지는 리젠츠파크 앞을 지나는 기마포병들을 볼 수 있도록 그를 깨우곤 했다. 포장도로를 울리는 말발굽소리로 근위병들이 가까이 다가오고 있음을 알 수 있었다. 겨울 새벽에 등불을 든 선두를 앞세우고 기마포병들이 어둠과 안개를 뚫고 나타나는 모습은 넋이 나갈 정도로 낭만적이었다.

세인트존스우드에 있던 왕립 기마포병대의 병영이 울리치로 옮겨가고 거부할 수 없는 문학의 소명을 받들게 되면서 에드워드는 영국 사람들이 간직하려고 애쓰는 향수의 한 조각인 그 기마포병들을 점차 잊게 되었다.

하지만 그날 아침에 앨런 베넷의 『밴에 사는 부인』을 읽다가 기마포병대에 대한 동경심이 되살아나면서 리빙스턴 씨는 아주 잠깐 자신의 일에 회의감이 들었다. 일주일간 휴가를 보내기로 했음에도 그는 서점에 나와 있었다. 오랫동안 서점 주인 노릇을 한 탓에 이제 서점을 떠나서는 살 수 없는 몸이 된 모양이었다. 그는 군마에 올라타 제복을 뽐내며 검을 뽑아 든 채 어둠을 헤치고 나아가는 자신의 모습을 머릿속에 그려보려 했다. 생각만 해도 웃음이 나왔다. 운명의 여신들이 그에게 그러한 낭만적인 상상력을 하사했다면 차라리 의회의원이 되는 편을 택했을 것이다.

그는 찻주전자를 불에 올리고 파이프담배에 담뱃잎을 채운 다음에 낭만주의 작가 코너로 도피해 자주색 소파에 편히 누워 책 상자 위에 다리를 뻗었다. 자그마한 탁자 위에 새로 출간된 그림책들이 놓여 있었다. 이루 말할 수 없는 행복감이 심장을 간질이는 듯했다. 하지만 김이 모락모락 나는 찻잔에 담긴 얼그레이를 입술에 대는 순간 누군가 문을 계속 두드리는 소리에 흥취가 깨졌다. 그는 욕설을 내뱉으며 자리에서 일어나 1층으로 내려가서 유리 진열창 밖을 내다보고 문을 열었다. 올리버 트위스트가 자기 이름에 걸맞게 버림받은 아이처럼 서점 앞에 서 있었다.

"서점 문을 닫은 게 안 보이니?" 리빙스턴 씨가 문손잡이에

매달려 있는 푯말을 가리키며 말했다.

"그렇지만 아저씨가 있잖아요."

"말장난하러 온 거니, 이 엉터리 우주비행사야?"

"저 혼자 왔어요."

"하지만 너희 엄마는 네가 여기 있다는 걸 알고 계시지." 그가 안경 뒤로 눈을 찌그리고 아이의 반응을 살피며 말했다. 에드워드는 트위스트 부인이 그를 납치범으로 고발하고도 남을 사람이라고 생각했고 고소장을 읽는 일은 피하고 싶었다.

"네. 저희 집은 바로 근처에 있고 클라라 누나는 휴가예요."

"너랑 나도 휴가중이란다." 리빙스턴 씨가 말했다.

"그러니까 좋아하는 일을 해야죠."

"여기 서점에 있는 것 말이지." 에드워드가 말했다. "알았다. 들어와. 계산대에 초콜릿 쿠키와 캐러멜이 있다."

리빙스턴 씨가 가장 좋아하는 그림책을 읽고 차를 두 잔째 마시려고 할 때 누군가 또다시 문을 두드렸다.

"나 원 참!"

그는 영어로 닫힘이라고 쓰여 있는 걸 분명히 알아볼 수 있도록 푯말이 제대로 걸려 있는지 먼저 확인했다.

"죄송합니다. 문을 닫으셨다는 건 알지만 생각해보니……"

리빙스턴 씨는 방금 현대사회에서 가장 인기 없는 스포츠를 해보았다는 그 인물을 바라보며, 닫힌 서점의 문을 두드린 그에게 과연 생각이라는 게 무슨 쓸모가 있을까 싶었다.

"아하, 우리 상주 작가시군요." 그가 눈살을 찌푸리며 말했다. "파란색 스탠드가 없으니 못 알아볼 뻔했습니다."

"글을 쓸 만한 조용한 공간이 필요해요."

"서점은 문을 닫았습니다."

"그러니 조용할 테죠."

"맙소사."

"허락해주신다면 정말 감사……"

"알았습니다. 들어오세요. 하지만 감사하다는 말은 사절입니다. 하물며 당신 책 마지막 감사의 말에 내 이름을 넣을 생각은 아예 하지도 말아요."

"감사의 말을 읽는 사람이 어디 있나요."

"나는 읽어요." 리빙스턴 씨가 힘주어 말했다. "내 이름이 안 나온다는 걸 확인하려고."

자신의 소중한 파란색 스탠드 아래에 잽싸게 자리를 잡고 앉은 작가에게 차를 한잔 대접하고 독서를 즐기던 보금자리로 돌아가려던 순간 그는 속담 하나를 떠올리며 체념했다.

"두 번 일어난 일은 세 번도 일어난다." 그가 중얼거렸다.

하지만 세번째 방문객이 문 닫은 서점에 나타나기 전, 서점 주인에게 전화 한 통이 걸려왔다. 새해 인사와 함께 심란한 소식 하나를 전하는 그의 훌륭한 친구 앨리스 숀의 전화였다. 그리고 박물관 큐레이터인 친구에게 들은 말을 곱씹어볼 겨를조차 없이 누군가 문을 두드렸다. 수줍게 두드리는 올리버의 노크 소리나 작가가 자판을 치던 날렵한 손가락으로 리듬감 있게 두드리는 노크 소리와 달랐다. 단단한 주먹으로 힘을 잔뜩 실어 푸른 나무문을 두드리는 묵직한 소리였다.

"록우드 경감." 에드워드가 문을 열며 인사를 건넸다.

"리빙스턴 씨."

"들어와요. 부탁 하나만 합시다. 저 닫힘 푯말을 떼어내 그때 그 종처럼 밟아서 부숴버릴 수 있어요? 아무짝에도 쓸모가 없는데……"

존은 그 지긋지긋한 종을 망가뜨린 일에 대해 다시 사과해야 할 상황이 생길 거라곤 예상치 못했다. 그리고 서점 주인 옆을 지나가며 걱정스러운 눈으로 그를 쳐다보았다. 그가 차를 권했지만 마다하고 계산대 옆에 그냥 서 있기로 했다. 차라리 그곳이 분화 직전의 화산 분출구였으면 좋겠다 싶은 표정이었다.

"드릴 말씀이 있는데요……"

하지만 리빙스턴 씨에게 더는 아무 말도 들려오지 않았다. 경감이 그림책 탁자 위 진열장 안에 놓여 있는 빅토리아시대 탐험가의 일지를 발견하고 말을 잇지 못했기 때문이다.

"찾으셨군요."

"뭘요?" 에드워드가 짐짓 모른 척하며 말했다. "아, 일지 말이군요."

"어디 있었나요?"

"나는 진즉에 시오반에게 말했었죠. 도둑맞은 게 아닐 수도 있다고."

"어떻게 찾으셨나요?"

"당신한테 묻고 싶은 질문입니다."

존이 어리둥절한 얼굴로 그를 쳐다보았다.

"당신은 잃어버린 것을 어떻게 되찾았나요?" 리빙스턴 씨가 물었다.

"무슨 말씀이죠?"

"아그네스 말입니다."

록우드 경감은 초등학교 3학년 이후 처음으로 얼굴이 빨개졌다.

"지금 아그네스가 아니라 일지에 대해 이야기하는 중이잖습니까."

"'잃었다가 되찾았다.'*"

"정말 못 말리는 분이군요, 리빙스턴 씨."

"워낙 못 말리는 인간이라 런던에서 가장 탁월한 출판사 사

* 「누가복음」 15장 32절.(원주)

장과 결혼하기로 약속했답니다."

"축하드립니다." 존이 의심을 거두지 않은 듯한 억양으로 말했다.

"내 말을 안 믿는 눈치군요."

"사실 저는 시오반 씨를 각별하게 생각하거든요."

"그럼 그녀가 먼저 청혼했다는 사실을 알면 마음이 좀 놓이겠군요."

"누구에게나 운 나쁜 날이 있기 마련이죠."

서점 주인은 가슴에 손을 갖다대며 치명타를 맞은 시늉을 했다.

"아이고, 경감님. 나에게 복수하러 오신 거군요."

"선생님으로 인해 저는 크리스마스 만찬도 못 즐기지 않았습니까?"

에드워드는 크리스마스에 찾아온 스코틀랜드야드 경찰의 잔인함에 기가 막혀 고개를 가로저으며 소파로 돌아갔다. 경감은 하릴없이 그의 뒤를 따라갔다.

"일지를 어떻게 찾았는지 말씀해주지 않을 건가요?"

"당신이 먼저 아름다운 헬레네를 납치한 일에 대해 말해주면 생각해보죠. 그녀의 키스로 당신이 불멸의 존재가 되었다고 한다면 당신에게 경의를 표할 겁니다."

"저는 이제 총알을 맞아도 끄떡없게 되었죠." 존이 서점 주인의 계속된 농담에 결국 두 손을 들고 말았다.

"아주 재치 있는 대답이군요! 일지에 대해 간단히 설명하면, 어떤 친구가 내게 말하는 걸 깜빡하고 일지를 가져다가 며칠간 자세히 살펴보았던 겁니다."

"언제 돌려받으셨습니까?"

"당신이 불멸을 얻게 된 바로 그날 밤에요."

"그런데도 제 부모님 집에 왔을 때 아무 말도 안 하셨던 겁니까?"

"그때는 당신과 명예를 건 결투를 벌이느라 정신이 없었죠."

"아, 그랬죠." 경찰이 괴로워하며 말했다. "그 일은 잊으려고 했는데."

"존." 잠시 생각에 잠겨 있던 리빙스턴 씨가 진중한 목소리로 말했다. "당신에게 맡길 일이 있습니다. 당신을 그리 신뢰하는 건 아니지만……"

"감사하군요."

"방탄조끼를 입은 사람이 빈정대는 말을 하니까 영 어색하네요."

"제가 입은 게 평복이라는 걸 눈치채셨을까 모르겠군요."

"흠, 당신은 항상 총을 들고 다니는 위험한 사람이죠."

"원하시는 게 뭔가요?"

"세계 평화?"

"리빙스턴 씨…… 방금 저를 그리 신뢰하진 않는다고……"

"그 말에 기분 상했어요?"

"그런데도 일을 맡긴다는 건지……"

"아이고, 저런. 애거사 드레스덴 부인이 저 지긋지긋한 문을 두드리기 전에 빨리 말해야겠군요."

"그건 또 무슨 말씀인지……"

"드레스덴 부인이 진열창 너머로 우리를 지켜보고 있거든요."

굳이 더 듣지 않아도 존은 서점 주인을 따라 마음이 조급해졌다.

"말씀해보세요."

"아그네스한테 전할 말이 있는데……"

그때 생쥐가 문을 두드리는 것 같은 희미한 소리가 서점에 울려퍼졌다.

재스민의 할머니와 이모할머니 밀러선트와 프루던스는 파넘 외곽에 있는 아담한 장밋빛 전원주택에 살고 있었다. 서리 서쪽 햄프셔주와 인접한 곳에 위치한 작은 마을에 18세기 조지 양식의 집들이 모여 있었다. 할머니들이 정원사를 들볶는다는 사실에 마음이 쓰이긴 했지만 아그네스는 세심히 관리된 그 전원주택을 보는 순간 꿈을 꾸는 것만 같았다. 한겨울에 그렇게 아름다운 정원은 난생처음이었다. 비록 과실수와 장미나무, 금작화는 꽃과 과일이 떨어진 채 바람에 흔들리고 있었지만 향기로운 식물들이 계절의 혹독함에도 끄떡없이 녹색, 갈색, 바닐라색으로 생명력을 뽐냈다. 아담한 장밋빛 집의 어두운 지붕 위로 기어오른 담쟁이덩굴과 장미나무가 진득하게 봄이 오기를 기다리고 있었다.

밀리는 손녀와 거의 비슷한 큰 키에 짙은 피부색과 대조되는 흰 곱슬머리의 몸집 좋은 노부인이었다. 유독 양모 원피스를 좋아해서 색깔별로 갖고 있었는데 색맹이라 거기 어울릴 만한 옷을 받쳐 입지 못하는 경우가 많았다. 광택이 있는 보라색 테 안경을 쓴 그녀는 생각에 잠긴 듯 사람을 꿰뚫어보는 듯한 커다란 눈을 깜박이곤 했다. 프루는 언니보다 약간 키가 작았고 색에 대한 언니의 광적인 집착과는 대조적으로 회색 바지와 크림색 톤 스웨터만 고집했다. 그녀는 지금은 고인이 된 남편—동네 선술집에서 돈 한 푼 쓴 적 없는 남자였다—과 반백년을 사는 동안 절약하는 습관이 몸에 밴 탓에 미용실 비용을 아끼려고 어두운색 가발을 쓰고 다녔다. 재스민이 가발을 쓴 그녀를 보며 더 마블레츠의 멤버들이 생각난다고 말할 때마다 프루는 〈플리즈 미스터 포스트맨〉 한 소절을 흥얼거리곤 했다.

서로를 바라보는 눈길에서, 그리고 거리낌없이 가벼운 말을 주고받으며—하루에 스무 번 정도—함께 깔깔대고 웃는 모습에서 두 사람 사이의 깊은 우애가 담뿍 느껴졌다. 할머니들은 합심하여 매정한 정원사에게 맞서고 특이하게 생긴 모자를 수집했다. 그리고 일요일에만 그 모자를 쓴 채 조지양식 건물이 늘어선 파넘의 거리를 돌아다니며 지인들과 인사를 나누고 일주일 동안 밀린 수다를 떨었다.

밀리와 프루는 아그네스의 볼을 꼬집고 얼굴 여기저기에 쪽쪽 입을 맞추며 눈에 넣어도 아프지 않을 손녀의 친구를 다정하게 맞이했다. 그리고 그 자그마한 전원주택 안에서 엄청난 공간을 차지하는 R. 캐드월러더의 덩치에 놀라움을 금치 못했다. 처음 며칠 동안 두 할머니는 요리사가 커다란 손으로 깨지기 쉬운 도자기 접시를 만질 때마다 숨을 죽인 채 지켜보았고 현관을 지나갈 때마다 그의 커다란 부츠에 발이 걸려 비틀거렸다.

하지만 할머니들은 성격이 관대한데다 신체적으로 남다른 사람들이 등장하는 서커스를 끔찍이 좋아했기 때문에—두 할머니는 젊은 시절에 각각 곡예사와 사자 조련사에게 홀딱 반한 적이 있었는데, 그때 아버지가 결정적으로 개입해서 한밤중에 창문으로 빠져나가려던 그녀들을 발견하지 못했다면 분명히 가출에 성공했을 것이다—향수어린 애정으로 거구의 청년을 보듬었고 재스민과 진지한 관계를 유지하려는 그를 긍정적으로 지켜보았다. 두 사람은 곧 그와 함께하는 일에 익숙해졌다. 그래서 장을 보고 마을을 산책할 때 그를 데리고 나가거나 벽난로 옆에 앉혀놓고 웨일스에 사는 그의 가족에 대해 꼬치꼬치 캐묻곤 했다. 그렇지만 그 아담한 전원주택의 점심과 저녁 시간이 돌아올 때마다 캐드월러더는 꼼짝없이 자매의 잔소리를 독차지하게 되었다.

"오리 다리 조림에는 아직 손도 안 댔네."

"오렌지랑 자두 소스에 찍어 먹어야 하는데."

"맞아. 나쁜 기운을 물리치는 데 그것만큼 좋은 게 없지."

"울적한 기분도."

"맞아, 프루. 저애가 어째 약간 기운이 없어 보이네. 불쌍한 것."

"소스 좀 더 주라니까."

"얼마나?"

"건장한 사내가 기운을 차릴 만큼."

"소화불량에 걸릴지도 몰라……"

"그런 다음에 햄과 소시지를 먹으라고 해."

"소화불량에?"

"아몬드 크림을 얹어서 말이야."

재스민과 아그네스는 할머니들이 쉴새없이 주고받는 재치 있는 대화와 고분고분한 R. 캐드월러더의 모습에 배꼽이 빠지도록 웃었다. 그는 조용히 음식을 먹으며 자신을 챙겨주는 두 노부인에게 감사를 표했고 다음에는 자기가 직접 요리한 음식을 대접하겠다고 다짐했다.

아그네스는 따뜻한 할머니 집에서 크리스마스 휴가를 같이 보내자고 초대해준 친구가 고마웠다. 존 록우드의 갑작스러운 고백 때문에 아직도 얼떨떨한 상태에서 그녀의 감정은 양극단을 오가고 있었다. 심장이 뛰고 가슴이 일렁이다가 설명할 길 없는 우울과 슬픔의 늪에 잠기기를 반복했다. 할머니들과 함께 있으면 감정의 심연에서 잠시 빠져나올 수 있었지만 재스민과 R. 캐드월러더의 다정한 모습을 볼 때마다 이마에 달라붙은 머리칼을 떼어주고 섬세하게 얼굴을 쓰다듬던 존의 손과 입술의 감촉이 떠올랐다…… 그러면 그 아담한 집의 벽과 지붕이 몸을 옥죄는 듯해 숨이 막혀왔고 밖으로 뛰쳐나가 빗줄기나 동풍을 맞으며 마음을 달래줄 위안을 찾아 평온한 시골 풍경을 내달리고 싶었다.

재스민은 아그네스가 심란해하는 걸 알고 있었다. 하지만 무슨 일인지 캐묻는 대신 혼자만의 시간과 공간을 주는 편이 좋으리라 생각했고 친구 앞에서는 캐드월러더와 애정 표현을 자제했다. 차분하고 과묵한 캐드월러더는 파넘에서 자신의 이상적인 안식처를 발견했다. 할머니들과 함께 지내는 사이에 자존감이 높아졌고 점차 집안 가구에 부딪히는 일도 줄어들었다. 그는 재스민과 함께 있는 시간이 행복했다. 아그네스가 집

안에 불안을 풍기며 돌아다니다가 하데스에게 쫓기는 페르세포네처럼 밖으로 뛰쳐나갈 때만 주근깨 난 눈썹을 살짝 찡그렸을 뿐이다. 유난히 화창하고 쨍쨍하던 어느 오후에 밀리와 프루가 정원 일을 하다가 우울해하는 고고학자의 이야기를 꺼내지 않았다면 그는 계속 잠자코 있었을 것이다.

"그 아이가 지나가면 로즈마리가 시들어." 밀리 할머니가 말했다.

"어젯밤에 늑대가 우는 소리가 들리더라니까." 프루 이모할머니가 말했다.

재스민은 믿기 힘들다는 표정으로 두 사람을 쳐다보았다.

"서리에 늑대가 어디 있어요?" 그녀가 말했다. "그리고 아그네스는 할머니들 로즈마리를 망가뜨릴 아이가 아니에요."

"아무렴. 그 아이 잘못은 아니지."

"그 아이 마음속을 갉아먹는 슬픔이 문제일 뿐."

"그 아이가 마시는 코코아에 재스민을 넣었다."

"하지만 별 소용이 없었지."

"인동덩굴이 좀 있었더라면……"

재스민은 앞으로 아그네스의 코코아에 약초를 넣지도 말고 남의 일에는 제발 참견하지 말라고 할머니와 이모할머니를 다그쳤다. 하지만 사흘이 지나도 아그네스는 속내를 털어놓으려는 기미를 보이지 않았고 할머니들 말대로 정말 로즈마리가 시든 듯하자—울적함을 낫게 하는 민간요법을 계속 시도하는 할머니들 때문에 급성 식중독에 걸린 환자를 병원으로 실어 나르는 일이 생기지 않기를 바랐다—아그네스가 방으로 들어가기를 기다렸다가 잠시 뒤에 따라갔다.

"들어가도 돼?"

"그럼."

"포트넘앤메이슨의 고급 음식이 그렇게 그리운 거야? 다크니스앤섀도의 음식을 그리워할 리는 없잖아. 우리가 그곳 요리사를 모셔왔으니까."

"며칠 동안 내가 말이 좀 없었지?"

"좀 없는 정도가 아니야. 템플교회의 무덤들이 너보다 더 말이 많을걸? 대체 록우드 경감하고 무슨 일이 있었던 거야?" 재스민이 단도직입적으로 물었다. "궁금해서 미칠 것 같았지만 네가 먼저 말할 때까지 꾹 참고 기다렸어."

"정당한 복수라고 생각해줘. 나도 네가 캐드월러더랑 사귀는지 몰랐잖아. 두 사람이 다크니스에서 함께 있는 걸 발견할 때까지 말이야."

"말 돌리지 말고. 록우드하고 어떻게 된 거야?" 그녀가 재차 물었다. "그가 해적단에 가입해서 사흘 뒤에 남쪽 바다로 떠난다고 했니? 아니면 그에게 차마 말할 수 없는 어두운 과거가 있는 거야? 치과의사였다든지 변호사였다든지."

아그네스는 재스민의 입을 막기 위해 당장이라도 알프레드 테니슨의 시집을 얼굴에 던질 것 같은 표정을 지었다. 하지만 재스민의 호기심에 한편으로는 미안한 마음이 들기도 했고 무엇보다 그동안 일어난 일을 털어놓지 않는다면 분명 파넘의 고요한 밤과 달콤한 잠과는 작별을 고해야 할 것 같았다.

"그의 부모님 집에서 함께 저녁을 먹을 뻔했어. 시오반과 리빙스턴 씨도 그 자리에 있었고. 아무튼 난리도 아니었어." 아그네스가 말했다.

"왜? 유령 셋이 리빙스턴 씨를 찾아오기라도 했니?"

"아니, 그분이 그 역할을 했지."

"유령 말이야?"

"유령 셋의 역할을 한꺼번에 했다고 할까."

아그네스는 저녁식사 때 생겼던 오해와 이후 존의 손에 이끌려 도망치듯 자리를 뜬 일을 친구에게 설명했다.

"서로 전화번호를 교환했어. 런던에 돌아가면 다시 만나겠지."

"대영박물관 야간 관람을 하고 고작 전화번호를 줬단 말이야?"

"키스도 했어."

"이 여우!" 재스민은 아그네스의 눈가가 촉촉해지는 것을 보았다. "그런데 그렇게 최악이었어?"

"아니, 완벽했어." 아그네스가 가녀린 목소리로 답했다.

"네 심정 알 것 같아. 크리스마스이브 밤에 대영박물관에서 완벽한 키스라니! 나라도 절로 눈물이 날 거야. 그 남자는 대체 무슨 생각이었을까? 끔찍한 저녁식사 자리에서 너를 끌고 나와 람세스 2세 미라 앞에서 영원한 사랑을 맹세하다니."

"파르테논신전의 조각군 앞이었어. 영원한 사랑을 약속하지도 않았고."

"하지만 네게 입을 맞췄을 때 이렇게 말한 거나 마찬가지야. '이 사벽에 깃든 십만 년의 역사가 우리를 지켜보고 있어요.'"

아그네스는 친구의 우스갯소리에 마음을 열고 웃으며 고개를 흔들었다. 재스민은 한껏 신이 나서 그녀가 뭐라고 둘러대더라도 쉽게 포기하지 않을 기세로 달려들었다.

"자세히 말해봐. 키스는 어땠어? 〈카사블랑카〉 같은 느낌이었니? 아니면 『바람과 함께 사라지다』? 아니야, 가만있어봐. 그래! 톨킨의 『반지의 제왕』 같은 느낌이었지? 파르테논신전의 아르웬과 아라곤이라니!"

아그네스는 웃으며 재스민을 문 쪽으로 밀었다. 그러면서 수만 가지 감정에 시달린 터라 피곤해서 잠을 좀 자야겠다고 말했다.

"잘 자, 고고학자."

“잘 자.” 아그네스는 미소를 들키지 않으려고 친구의 실루엣이 문턱 뒤로 사라지기를 기다리다 불러 세웠다. “재스민.”

“왜?”

“마치 지오노시스 전투 직전의 아나킨과 파드메*의 키스 같았어.”

“존이 다크사이드로 넘어가기 직전이라서? 아니면 스크루지상 시상식 때 내가 너한테 해준 올림머리가 파드메 같아서?”

아그네스는 말없이 고개를 저었다. 그녀의 아름다운 갈색 눈이 어둠 속에서 반짝였다.

“전투지로 돌아가기 직전 세상에 단둘뿐인 듯한 마법의 순간이었거든.”

---

* 〈스타워즈〉 시리즈의 주요 등장인물.

17

아그네스는 놀라울 정도로 쉽게 시골의 평온한 일상에 적응해갔다. 느지막이 일어나 집안일을 돕거나—무슨 이유에서인지 집주인들은 정원에는 손도 대지 못하게 했다—재스민을 따라 마을로 장을 보러 갔다. 아침식사 후에는 마거릿 애트우드의 『페넬로피아드』를 읽고 오후에는 해가 지기 전까지 서리 서부의 아름다운 경치를 즐기며 홀로 오랫동안 산책을 했다. 아그네스는 눈으로 뒤덮인 평원을 말없이 걸으며 차가운 공기를 한껏 들이마셨다. 몇 달간 탁한 대기와 걱정과 고민 때문에 답답하던 가슴이 시원하게 뚫리는 느낌이었다. 옥시링쿠스에서 잊힌 왕들의 고요한 무덤 사이를 말없이 걷던 여름 이후로 그렇게 자유로운 기분은 오랜만이었다.

해질녘 바람에 흔들리는 드높은 상록수 너머로 끝없는 지평선이 펼쳐져 있었다. 곳곳에 사람의 흔적을 알리는 작은 울타리가 보였지만 기나긴 산책 동안 누군가와 마주치는 일은 드물었고, 고독감 덕분에 오히려 영혼의 평온을 느낄 수 있었다. 슬픔이 밀려올 때면 모든 희망을 잃고 회색 항구로 향하는 아르웬의 모습을 희미하게 떠올리며 향수에 젖어 자작나무와 떡갈나무 숲을 배회했다.

아그네스는 종종 웨이강까지 걸어가 잔잔하게 흐르는 얕은 강물을 바라보았다. 봄이 찾아와 얼음이 녹으면 강물이 불어나고, 눈과 토탄으로 된 부드러운 망토 아래 잠들어 있는 강둑도 온통 녹색으로 물들 것이다. 그녀는 웨이강을 따라 1마일쯤 걷다가 물굽이 부근에서 웨이벌리수도원 잔해를 발견했다. 12세기에 지어진 그 건물터에 현재까지 남아 있는 것은 아치와 기둥, 담쟁이 수초와 이끼로 뒤덮인 높은 벽의 영혼뿐이었다. 그곳은 영국 최초의 시토회 수도원이었다. 그녀는 그 수도원이 2차세계대전 때 영국의 방어선 구축에 중요한 역할을 했다고 주장하는 논문을 여러 편 읽었었다. 과거의 위용은 거의 다 사라지고 없었지만 유적은 수수께끼에 휩싸인 낭만적인 분위기를 풍기며 향수를 자극했다. 차분히 생각을 정리하고 존 록우드를 떠올릴 때마다 요동치는 마음을 가라앉히기에 안성맞춤인 장소였다.

깊은 사색에 잠긴 채 님프처럼 가벼운 발걸음으로 시토회 수도원 유적지를 거니는 아그네스는 그 어느 때보다 리빙스턴 씨가 상상하던 요정의 모습에 가까웠다. 바람에 흔들리는 머리카락과 물결치듯 길게 휘날리는 하얀 목도리, 시간을 초월한 뾰족한 아치 아래 무너진 기둥들 사이로 땅 위를 스치듯 부드럽게 발을 놀리는 우아한 몸짓까지.

아그네스는 발뒤꿈치에 우울을 달고 반짝이는 작은 빛을 가득 머금은 눈으로 집에 돌아오곤 했다. 그러고는 입고 있던 두꺼운 외투를 벗고 사람들 눈에 띄지 않게 슬그머니 주방으로 들어갔다. 그리고 차를 끓인 다음 집의 유일한 유리벽 앞에 놓인 프루 할머니의 라탄 의자에 앉아 부드러운 뜨개 담요를 덮고 두 손에 찻잔을 든 채 고요한 정원을 멍하니 바라보았다. 고전적인 양식의 주방의 나머지 돌벽과 전혀 어울리지 않는 그 투명한 벽이 좋았다. 캠든 출신의 초보 건축가가 그 장밋빛 전원주택을 자연친화적인 건물로 만들겠다고 손을 댔다가 중도에 포기한 것 같은 느낌이었다. 따스한 주방의 아늑한 향기와 낮에도 태우는 벽난로의 장작 소리가 유리벽 맞은편 정원과 기분좋은 대조를 이루었다.

"내가 이야기 하나 해줄까?" 어느 날 석양을 바라보며 생각에 잠긴 아그네스를 발견하고 재스민이 말했다.

아그네스는 아무 말 없이 친구에게 라탄 의자를 밀어주었다. 재스민은 차를 한 잔 따라서 그녀와 나란히 앉아 정원을 내다보았다.

"빅토리아앤앨버트박물관에 프랜시스 댄비의 그림이 하나 있어…… 제목이 〈실연〉이었던 것 같아." 재스민은 차를 한 모금 홀짝이며 아그네스 무릎에 놓인 담요를 펼쳐 함께 덮었다. "타임머신이 없어서 증명하긴 힘들겠지만 내가 보기에 댄비는 틀림없이 정원을 바라보는 너를 모델로 그 그림을 그렸을 거야. 네가 슬픔에 잠겨 있는 이유를 도무지 모르겠어." 그녀가 나지막한 목소리로 말했다. "또 왜 그렇게 주저하는지도."

"겁이 나거나 두려운 거겠지."

"새로운 삶을 찾아 홀로 대륙을 건너온 사람이 어떻게 겁쟁이야?"

"나는 용기가 부족해."

재스민은 차를 한 모금 더 마시고 할머니의 정원을 다시 물끄러미 바라보았다.

"너 이 유리벽 좋아하지?" 그녀가 물었다. "주방이나 집의 다른 부분과는 전혀 안 어울리지만……"

"흠잡을 데 없이 완벽해."

"사실 그건 실패의 산물이야. 로버트 이모할아버지는 당구를 엄청 좋아하셨어. 거대한 당구대가 마루를 긁는 꼴은 죽어도 볼 수 없다고 프루 이모할머니가 반대하시니까 이모할아버지는 혼자 당구를 즐길 방을 만들게 해달라고 설득했지. 이모할아버지는 건축에 문외한이나 다름없었고 목공일도 익숙하지 않았지만 본인의 취미를 위해 전문가를 고용할 생각은 없으셨나봐. 나도 구체적으로 무슨 일이 일었는지 다 아는 건 아니야. 어쨌든 확장 공사를 시작하고 얼마 못 가 주방 오른쪽 벽이 통째로 무너졌대."

아그네스는 경악하며 탄성을 내뱉었다.

"그래, 바로 이 벽이야. 대실패였지. 이모할아버지는 새로운 방은 물론 돈도 날릴 처지가 된 거야. 건축가는 지반 보강 공사를 하고 북측 담장에 버팀대를 세운 다음 벽을 개축하는 편이 좋겠다고 했어."

"그래서 어떻게 됐어?"

"이모할아버지는 런던의 건축가가 본인의 집에 대해 이래라저래라 하는 걸 용납할 수 없었지. 그래서 공공 건축물을 짓는 친구에게 전화를 걸어 작업하고 남은 건축 자재가 있는지 물었어. 친구분은 최근 몇 주 동안 더 샤드* 보수 작업에만 매달려 있느라 바쁘지만 원한다면 싼값에 자재를 줄 수 있다고 하셨대."

"설마!"

* 영국에서 가장 높은 72층짜리 건물로, 런던브리지타워라고도 불린다.

"그래, 맞아." 재스민이 웃었다. "자연을 노래하는 키츠의 시처럼 네 눈에 낭만적으로 보이는 이 벽은 유럽의 가장 미래주의적인 그 마천루를 짓고 남은 자재로 만든 거야."

"이 주방과 정원은 시티에 있는 그 강철과 유리 건물과 정반대나 마찬가지인데……"

재스민은 친구의 눈을 바라보며 고개를 끄덕였다.

"주방의 벽이 무너진 건 실패였어. 하지만 로버트 할아버지는 자신의 손으로 그걸 아름다운 무언가로 바꿔놓으셨지. 이모할아버지는 두려움에 굴복하거나 실망감에 좌절하지 않으셨어. 자신의 오만 탓에 집이 무너질 지경이고 평생 모아온 재산을 잃는다는 생각에 낙심할 수도 있었지만 말이야."

"삶이 레몬을 준다면 레모네이드를……" 아그네스가 고개를 끄덕였다. "로버트 할아버지는 용기 있는 분이셨구나."

"포기하지 않는 게 바로 용기야. 죽을 만큼 겁이 나도 계속 나아가는 거지."

"존을 내 삶에 어떻게 받아들여야 할지 모르겠어." 아그네스가 마침내 속마음을 털어놓았다. "너무 오랫동안 철벽 속에 살아서 그런지 누군가와 친밀한 사이가 되어 삶을 공유하는 법을 잊어버린 것 같아. 높고 단단한 벽을 쌓고 산 지 너무 오래라 누군가에게 마음을 열지 못하게 된 건 아닐까 두려워. 그리고 만약 누군가에게 마음을 열더라도 그 후폭풍을 감당할 수 있을까 걱정이 돼."

"왜 그런 말을 해?"

"존 록우드가 내 방어벽들을 산산조각낼 수 있는 유일한 사람이기 때문이야. 그는 나를 공격하기로 마음을 먹었고 나는 더이상 저항할 수가 없어. 그가 내게 입을 맞출 때마다 나는 항복을 선언하지. 하지만 가장 큰 이유는……" 그녀가 재스민 쪽으로 고개를 돌리고 더이상 떨리지 않는 목소리로 말했다. "착한 남자의 마음을 아프게 할 수 없기 때문이야. 만약 그렇게 된다면 절대 나를 용서할 수 없을 거야."

"다 잘될 거야." 재스민이 아그네스의 손을 잡았다. 두 사람은 정원 위에 쏟아진 희미한 달빛을 함께 바라보았다. 겨울날의 보름달이 무척 아름다웠다. "하지만 만약 결과가 좋지 않고 이 주방 벽이 무너졌던 것처럼 네 삶 전체가 무너지더라도 이것만은 기억했으면 좋겠어. 최악의 실패로 인한 폐허 속에서도 이 유리벽 같은 기막힌 건축물이 탄생할 수 있다는 걸."

존 록우드는 네시에 도착할 거라던 예고와 달리 이미 세시에 아담한 장밋빛 전원주택의 문을 두드리고 있었다. 약속 시간보다 이르게 찾아온 바람에 그는 자신이 기대하던 환대를 받지 못했다. 험상궂은 표정의 붉은 머리 거구가 문간을 가로막고 그를 들여보내주지 않았던 것이다.

"록우드 경감입니다." 겁을 먹은 나머지 업무상 공식 호칭이 입에서 튀어나왔다.

"그렇군요." R. 캐드월러더가 대답했다.

"런던 워털루 기차역에서 만난 적이 있지요."

"그렇죠."

"아그네스하고 이야기할 수 있을까요?"

"누구신가?" 호기심이 동한 밀리 할머니가 짙은 색조의 마루 위로 새로 꺼내 입은 라벤더색 드레스를 질질 끌며 다가왔다. "어머나!" 그녀가 존을 보고 외쳤다. 그녀는 안경을 벗어 소매로 세심히 닦았다. 그리고 다시 안경을 쓰고는 헛것을 본 게 아니라는 사실을 확인했다.

"새로운 정원사인 모양이군." 프루 이모할머니가 캐드월러더와 밀리 할머니 사이로 끼어들며 말했다. "연휴가 지나기 전에 정원사를 보내달라고 소개소에 말해두었는데…… 어머나."

"저렇게 잘생긴 정원사는 처음인걸." 밀리 할머니가 말했다.

"잘생긴 게 무슨 상관이야. 수국에 거름 주는 법이나 알려나." 프루 이모할머니가 꿍얼댔다.

"안녕하신가, 젊은이. 어서 들어와요. 당장 아는 대로 설명해봐요. 바깥은 추우니까 안에 들어와서."

"벽난로 앞에서 차 한잔하면서."

"차근차근 말해봐요."

"뭘 말입니까?" 존이 물었다.

"몰라서 묻나? 거름 말이야."

"걸음걸이요?" 존이 제발 도와달라는 표정으로 R. 캐드월러더를 쳐다보았다. 웨일스 전사들 사이에는 위험에 처한 행객을 도와야 한다는 불문율이 있다는 걸 어딘가에서 읽은 적이 있었다. 정확하진 않지만 아무튼 그 비슷한 이야기였다.

"수국이 잘 자라라고 주는 거름 얘기 하시는 겁니다." 캐드월러더가 그를 곤경에서 구해주었다. 문득 조상들의 예법이 떠올랐거나 경감이 딱해 보였던 모양이다.

"얼굴은 멀쩡한데 머리가 텅 비었군." 프루 이모할머니가 한숨을 내쉬었다. "그럴 줄 알았지."

"좀 도와주세요." 존이 캐드월러더에게 말했다. "어르신들, 저는 새로운 정원사가 아닙니다."

"헛소리. 그럼 정원사가 아닌데 왜 정원사라고 했어?"

"저는 그렇게 말씀드린 적 없는데요."

"정원사도 아닌데 왜 소개소에서 자네를 우리집에 보냈지?" 밀리 할머니가 의아해했다.

"소개소에서 보내서 온 게 아닙니다."

"이 사람은 경찰이에요." 캐드월러더가 설명했다.

"뭔가 착오가 있는 모양인데?" 밀리 할머니가 갑자기 상황의 심각성을 깨달았다. "프루, 우리 뭐 잘못한 게 있나봐."

"지난주에 왔던 정원사는 해고하기가 왠지 찜찜하다고 했잖아. 그치는 온갖 법적 공방에 능란한 사람처럼 보였다고."

"공무상 온 게 아닙니다."

"아, 이제야 이해가 되네. 근무 시간이 아닐 때는 정원을 가꾸는구나."

"아그네스 마르티!" 록우드가 문에서 한 발짝 물러서며 외쳤다. "스코틀랜드야드입니다!"

"저 아이를 체포하러 왔어?" 밀리 할머니가 보랏빛 테 안경 뒤에서 놀란 눈을 번득이며 말했다.

"저 아이가 무슨 일을 저질렀는지 모르겠지만 지금 우리집에 있으니 성역에 들어온 거나 마찬가지야." 프루 이모할머니가 자못 심각한 얼굴로 대꾸했다.

"그런 건 교회에만 해당되는 19세기의 법령입니다……" 존이 궁얼거렸다.

그 순간 맨발의 요정이 등장했다. 그녀는 무릎까지 내려오는 흰색 터틀넥 스웨터 차림에 옅은 녹색 양모 양말을 신고 어깨에 머리카락을 늘어뜨린 채였고, 오랫동안 불을 쬐어서 양 볼은 빨갛게 달아올라 있었다. 하늘마저 환하게 만드는 그녀의 미소가 록우드 경감을 절망의 구렁텅이에서 구해냈다.

"스코틀랜드야드가 무슨 볼일이시죠?" 그녀가 존의 눈을 뚫어지게 바라보며 물었다.

"당신 도움이 필요해요." 그는 갑자기 목소리가 떨리고 가슴이 두방망이질치는 것을 느끼며 세상에서 가장 아름다운 갈색 눈에 시선을 고정한 채 말했다.

새로운 날을 약속하며 해가 저물어가는 동안 빨간색과 오렌지색으로 물든 하늘 아래로 그들은 눈 위에 발자국을 남기며 서둘러 걸음을 옮겼다.

"아까 R. 캐드월러더한테 살짝 주눅이 든 것 같던데요?"

조그마한 조각구름들이 아그네스의 말에 장단을 맞추듯 춤을 추었다. 그녀는 존과 보조를 맞추기 위해 걸음을 빨리했다.

"살짝이라고요? 무서워 죽을 뻔했어요."

그녀는 웃음을 터뜨렸다. 그는 그 틈을 타서 장갑 낀 한쪽 손으로 그녀의 손을 잡았고, 활짝 웃으며 그녀를 바라보았다. 시골에서 지내는 동안 금방이라도 날아갈 것 같은 그녀 특유의 분위기가 한층 더 짙어진 듯했다.

"무장하고 있는 줄 알았어요."

"공무중이 아니잖아요. 하지만 그 친구는 혼자서 탱크도 위협할 수 있을 것 같더라고요."

"집 찾는 데 어렵지 않았어요?"

"꽤 어렵더군요. 하지만 내비게이션을 끄자마자 오히려 바로 찾았어요. 어디로 이렇게 서둘러 가는 거예요?"

"곧 알게 돼요." 아그네스가 수수께끼 같은 표정으로 대답했다. 두 사람은 하드리아누스 방벽만큼 오래된 작은 돌다리를 지나 웨이강을 건너갔다. "내가 런던으로 돌아갈 때까지 기다릴 수 없을 만큼 급한 일이 뭐예요?"

강을 건넌 뒤에 존이 걸음을 멈추고 그녀에게 조심스럽게 입을 맞추었다.

"이것 때문이죠." 그가 입술을 댄 채 속삭였다. "그리고 리빙스턴 씨가 전해달라는 말이 있어요."

아그네스는 외딴 나무 벤치까지 몇 미터만 더 가자고 했다. 존은 벤치에 앉자마자 언덕 너머로 펼쳐진 압도적인 풍경에 감동을 받았다. 농경지 구획선과 하얀 양들이 점점이 박힌 녹색 대지가 오후의 기울어가는 햇살 아래 지평선에 녹아들고 있었다. 오감이 즐거운 휴식이었다.

존은 숨을 가라앉히고 아그네스에게 전화기를 건네주었다. 갑자기 손이 무거워지고 그녀를 마주보기가 버거웠다.

"이 번호로 전화하라는 말을 전해달라고 에드워드 씨가 부탁했어요. 그분이 직접 저장한 번호예요."

"지금요?"

그가 고개를 끄덕였다.

"전화를 걸어서 앨리스 숀이란 분을 바꿔달라고 해요. 당신이 누구인지 말하면 그분이 이야기해줄 거예요."

"그분이 내게 무슨 이야기를 할지 알고 있어요?"

"어서 전화해봐요." 록우드 경감이 알쏭달쏭한 표정으로 대답했다.

통화가 이어지는 동안 존은 양손을 주머니에 넣고 녹색 풍경에 시선을 고정한 채 침묵을 지켰다. 그녀가 통화를 마치자 이상하게도 시간은 물론 삶 자체가 잠시 멈춘 듯한 느낌이 들었다. 그는 운명을 믿지는 않았지만, 근처 나무들 사이를 살랑이는 바람 아래로 그녀의 운명을 굴리는 톱니바퀴들이 운명의 세 여신과 묵은 빚을 청산하고 있는 느낌이었다.

"앨리스 숀이 방금 애시몰린박물관의 이집트 컬렉션 큐레이터직을 제안했어요. 제 이력서에서 옥시링쿠스 발굴에 참여했다는 내용을 읽고 제 지도교수셨던 파이로 박사님에게 연락했더니 그분이 날 그 자리에 추천하셨대요. 몇 년 전 애시몰린박물관과 바르셀로나대학이 공동으로 프로젝트를 진행한 적이 있거든요. 면접을 두 차례 통과해야 하지만 그 자리에 저만큼 적합한 후보를 찾기는 어려울 거라네요. 이 주 안에 박물관측에서 나를 고용하지 않으면 자기 자리를 내놓겠대요."

"축하해요."

아그네스가 존을 힘껏 껴안았다. 절로 웃음이 나왔고 춤을 추며 노래를 부르고 싶었다. 당장이라도 하늘로 날아갈 듯한 기분이었다. 그 착한 남자가 그녀를 땅에 붙들고 있지 않았더라면. 그녀의 모든 감정을 짓누르고 있던 거대한 바위가 떨어져나와 언덕 아래로 굴러간 것만 같았다. 기분좋은 안도감과 속 시원한 쾌감이 순식간에 밀려왔다. 자신이 존 록우드를 사랑한다는 확신과 함께.

"고마워요."

"이게 당신이 원하던 건가요?"

"그래요. 이것 때문에 런던에 온 거죠. 엄청난 기회예요."

이번에는 존이 그녀를 꼭 껴안았다. 그는 거의 일 분 동안 그녀를 자기 품에 안고 있었다. 포옹을 푸는 순간 아그네스의 미소에 세상의 모든 빛이 담겨 있는 것 같았다.

"애시몰린박물관은 먼 곳에 있나요?" 록우드 경감이 근심에 잠긴 푸른 눈으로 속삭였다. "장기 출장이 잦은 일이에요?"

"애시몰린박물관은 옥스퍼드에 있어요. 사무실과 복원 작업실 밖으로 나갈 길은 거의 없을 것 같아 걱정이네요."

존이 들릴락 말락 한 소리로 한탄했다.

"리빙스턴 씨 말만 듣고 덴마크 외딴 지역을 탐험하는 것 같은 위험한 일인 줄 알았어요. 트롤 사냥을 한다느니 했거든요."

"방금 잘됐다고 했잖아요."

"그렇죠."

"내가 머나먼 덴마크 땅에 트롤을 사냥하러 가게 돼서 잘됐다고 생각한 거예요?"

"한편으로 꺼림칙한 마음이 있었지만 그게 당신을 행복하게 해주는 일이라면……"

"존, 애시몰린은 옥스퍼드에 있어요. 당신이 나와 주말을 보내러 올 때 조심해야 할 것이 있다면 저비스 펜 교수가 운전하는 차 릴리 크리스틴뿐일 거예요."

"트롤과는 아무 상관 없나요?"

"트롤 머리카락만큼도 없을걸요."

"황량한 덴마크의 평야와도 관련 없고요?"

"존, 그냥 옥스퍼드라니까요. 꿈꾸는 첨탑과 잉클링스의 추억이 깃든 도시 말이에요."

"방금 주말에 당신을 보러 가도 된다고 했어요?"

"네."

이번에는 아그네스가 처음으로 그에게 먼저 입을 맞추었다.

"당신이 덴마크에 있어도 보러 갈 거예요." 두 사람의 입술이 떨어지자마자 록우드가 말했다.

"당신은 트롤에 대해 하나도 모르잖아요."

"당신이 나를 구해주겠죠." 그가 여전히 그녀에게 바짝 다가선 채 말했다. 별자리처럼 섬세한 모양으로 그녀의 코언저리에 박힌 주근깨를 하나하나 셀 수 있을 만큼 가까운 거리였다. "당신은 이미 나를 구해준 셈이지만."

"맨발의 서점 직원이 당신을 무엇으로부터 구해주었나요?" 아그네스가 자신의 입가에 숨겨진 보조개를 의식하며 물었다.

"소리와 분노로부터요."

다른 영국 사람들은 영하의 밤을 보낼 채비를 하겠지만, 사랑스러운 정적에 휩싸인 시골에서 손을 맞잡고 겨울바람과 이웃집 벽난로에서 타오르는 자작나무 냄새를 음미하고 있는 그들에게 추위는 과거의 아련한 기억에 불과했다. 아담한 전원주택으로 돌아오는 길에 존은 천진한 정원사들을 공포에 떨게 만드는 무시무시한 웨일스 문지기와 그의 동료들을 떠올렸다.

"내가 지금 꿈꾸고 있는 거 아니죠?" 그의 생각을 끊으며 아그네스가 말했다.

아그네스는 런던에 도착해 그동안 보냈던 수많은 이력서와 면접, 피로, 노력, 그리고 절망과 패배감에 대해 그에게 설명했다. 그동안 간절히 원하던 꿈의 직업이 곧 현실이 될 수도 있다는 게 거짓말처럼 느껴진다고.

"꿈이 아니에요." 존이 그녀를 안심시켰다. "그리고 정원사로 다시 오해받을 위험을 무릅쓰고 말하자면 '씨를 뿌리면 거두기 마련이다'라는 말대로 된 것뿐이죠."

"지금 이 상황이 재스민이 자주 읽는 필굿 소설의 한 장면이 아닐까 두려워요. 필굿 소설은 항상 행복하게 끝나거든요. 독자들이 매일 현실에서 부딪히는 온갖 문제와 나쁜 소식을 잠시라도 잊을 수 있게 말이죠."

"이 순간이 소설의 한 장면이라 해도 상관없어요. 당신이 덴마크로 가는 것만 아니라면요."

저멀리 어둠 속에서 반짝이는 장밋빛 전원주택이 눈에 들어왔다. 1층의 창문들이 그들을 반갑게 맞이하듯 빛나고 있었다. 마치 길 잃은 순례자들을 위해 밤을 밝히는 지상의 등대 같았다. 아그네스는 잠시 발을 멈추고 존의 손을 꼭 쥔 채 확신에 찬 얼굴로 미소 지으며 그를 바라보았다.

"록우드 경감님, 당신과 함께하게 되어 영광이에요. 트롤을 사냥하러 모험을 떠날 때도 당신을 동료로 선택할 거예요."

18

달빛서점에 예기치 않은 일이 일어나는 날인 목요일이었다. 올리버 트위스트가 황갈색 래브라도 리트리버 강아지와 함께 서점에 들어왔다. 아이와 강아지는 오로지 여덟 살의 어엿한 인간과 행복한 털북숭이 사이에만 가능한 보이지 않는 무조건적인 사랑의 끈으로 연결되어 있었다.

"안 돼." 서점의 문턱을 넘어서는 아이와 강아지를 보자마자 리빙스턴 씨가 말했다.

"친구를 데려와도 된다고 하셨잖아요."

"그건 강아지잖아."

"강아지도 제 친구인걸요."

강아지는 흥겹게 꼬리를 흔들며 서점 주인의 바지 밑단을 핥았다. 에드워드는 할딱대는 강아지를 한 손으로 급히 들어 날카로운 눈으로 살펴보고는 주인에게 돌려주었다.

"책에다 침을 질질 흘리는 털이 복슬복슬한 네발짐승이군." 그가 말했다.

"친구를 데려와도 된다고 하셨을 때 다리가 몇 개여야 하는지는 말씀 안 하셨잖아요." 올리버가 다시 바닥에 강아지를 내려놓으며 말했다. "그리고 리브는 책을 먹지 않아요."

"이름이 리브니?"

"리빙스턴 씨의 줄임말이에요."

"너는 북반구에서 제일 버릇없는 아이야, 올리버 트위스트."

"저는 온 지구에서 아저씨와 친분이 있는 유일한 아이예요."

"그건 내가 아이들과 친분을 쌓아가는 일을 제일 나중으로 미뤄서 그래. 내겐 너무 버거운 일이라 자꾸 미루게 되는데, 그러다 어느 순간 다가가야겠다고 마음을 먹으면 이미 다들 어른이 되어버리지."

"제가 서점에 제 발로 찾아와서 아저씨는 덜 번거로우니 얼마나 좋아요."

"아주 좋아 죽겠구나." 서점 주인이 심각한 얼굴로 말했다.

"안 그래 보이는데요."

"그건 네가 내 가게에 개를 데리고 들어오려 해서 그런 거야."

"제발! 그냥 올라가게 놔두면 안 되나요?" 상주 작가가 불평을 토해냈다. "시끄러워서 작업을 못하겠어요."

"저 친구는 아무 말도 안 할 때가 좋았는데." 리빙스턴 씨가 들릴락 말락 한 목소리로 올리버에게 말했다.

리빙스턴 씨는 임뱅크먼트의 스타벅스로 피신을 가면 될 거 아니냐는 둥 이게 다 빌어먹을 파란색 스탠드 때문이라는 둥 당장 차를 한 잔 더 마셔야겠다는 둥 중얼거리며 서점 뒤쪽 사무실로 갔다. 약삭빠른 올리버는 암묵적인 허락으로 받아들이고 리브와 함께 2층으로 올라갔다.

리빙스턴 씨가 출판사들의 사분기 신간 카탈로그를 들고 사무실에서 나오니 몇몇 손님이 서가를 서성이며 책을 훑어보고 있었다. 그는 계산대 뒤에 서서 야만스러운 이들의 질문이 쏟아지기를 가만히 기다렸다. 하지만 그리 오래 기다릴 필요는 없었다.

"조카한테 이 책을 사주려는데요." 헝클어진 머리의 삼십대 남자가 에드워드에게 랜섬 릭스의 『기묘한 사람들』을 내밀며 말했다. "조카가 1부를 좋아했거든요."

"이건 단편집이에요." 리빙스턴 씨가 설명했다. "1부나 2부로 되어 있지 않아요."

"그게 무슨 말씀이세요? 1부를 영화로 만든 걸 조카랑 보러 갔어요. 에바 그린이 주연으로 나오는 영화요."

"그 작가가 쓴 『미스 페러그린과 이상한 아이들의 집』 말씀이시군요."

"맞아요."

"그 책의 2부는 『할로 시티』예요."

"하지만 이 책에도 그 이상한 아이들이 나오지 않나요?"

"그럴 수도 있죠." 지리멸렬한 대화에 진이 빠지는 걸 느끼며 리빙스턴 씨가 답했다. "하지만 여기에는 릭스가 창조한 세계를 다룬 독립적인 단편들이 실려 있어요."

"단편은 별로 좋아하지 않는 것 같아요."

"릭스가요?"

"제 조카가요."

"그럼 조카분이 이 책을 좋아할지 의문이네요."

"하지만 2부니까……"

"아니라니까요." 짜증이 난 리빙스턴 씨가 눈썹을 찌푸리며 말했다.

"이걸 먼저 따로 읽어도 될까요? 왜냐하면 제 생각에……"

"아닐 겁니다."

"아, 그럼 1부를 먼저 읽어야 한다는 말씀이군요."

"그게 아니라 당신 생각이 뭔지는 몰라도 잘못된 생각일 거라는 말입니다."

"아, 이제 당신이 어떤 사람인지 알겠군요."

"피도 눈물도 없는 서점 주인 말이에요?"

"자, 여기요." 아그네스가 손님에게 『할로 시티』를 건네주며 두 사람의 대화를 끊었다. 리빙스턴 씨는 고집스러운 남자에게 대꾸하느라 집중한 나머지 그녀가 서점에 들어오는 걸 알아차리지 못했다. 여전히 긴 회색 외투 차림에 실내외 온도차 때문에 볼이 달아올라 있는 것으로 보아 조금 전 서점에 도착한 모양이었다. "조카분은 이 책을 더 좋아할 거예요."

"아하, 제가 말하던 게 바로 이 책입니다. 정말 고마워요, 아가씨. 당신 같은 직원을 만나게 되어 영광입니다."

아그네스는 책값을 계산하고 포장을 해준 다음 손님이 나가기를 기다렸다가 외투와 목도리, 신발을 벗었다. 그리고 꿍한 얼굴로 아무 말 없이 서점 안쪽으로 사라지는 에드워드를 곁눈으로 지켜보았다. 그곳에는 땅딸막한 젊은 여자가 원수라도 마주하듯 서가를 뚫어지게 노려보고 있었다.

"특별히 찾으시는 책이 있나요?"

손님들이 먼저 물어보지 않는 한 절대 손님들과 말을 섞지 않는 게 리빙스턴 씨의 철칙이었다. 하지만 이상한 남자와의 실랑이에 아그네스가 끼어들어 자존심이 상했는지 그녀가 보는 앞에서 까다로운 손님들도 완벽히 대처할 수 있다는 걸 증명하려는 듯했다.

"괜찮아요. 책을 살 생각은 아니에요." 젊은 여자가 대답했다. "독서라면 질색이거든요."

그는 한쪽 눈썹을 치켜올리며 당혹감을 표시했다.

"몸을 덥히러 들어온 거예요. 오늘 추위가 장난이 아니네요."

"차 한잔 드릴까요?" 에드워드의 입에서 험한 말이 튀어나오는 걸 막기 위해 아그네스가 선수를 쳤다.

"네, 고마워요." 책을 싫어한다는 땅딸막한 여자가 답했다.

서점 주인의 왼쪽 눈 아래 핏줄이 점점 더 붉어지는 걸 보자 아그네스는 서둘러 그의 팔꿈치를 잡고 낭만주의 작가 코너로 끌고 갔다. 그녀가 두 사람 분의 차와 초콜릿 케이크, 크렘 앙글레즈를 들고 돌아왔을 때 리빙스턴 씨는 한결 편안해진 모습으로 커다란 팔걸이가 달린 자주색 소파에 앉아 있었다.

"오랜만입니다." 그가 퉁명스레 말했다. "목가적인 영국 시골에서 어떻게 지냈는지 물어볼 것도 없겠네요. 얼굴에서 빛이 나니 말이죠."

"감사합니다."

"내 메시지는 잘 받았나요?"

"네. 전령까지 보내셨던데요?" 아그네스가 얼굴이 빨개졌고, 리빙스턴 씨는 한숨을 내쉬었다.

"언제 떠나나요?"

"앨리스 씨가 다음주에 1차 면접 일자를 전화로 알려주겠다고 했어요."

"내 말은 언제 달빛서점을 그만둘 거냐는 뜻입니다."

두 사람은 말없이 서로를 바라보았다. 리빙스턴 씨는 방금 말하려던 인용문을 잊어버렸다. 아그네스의 두 눈에 한없는 슬픔이 어렸다. 그녀는 '영원히 그만두지 않을 거예요' 하고 답하고 싶었지만 겨우 힘을 쥐어짜내 가느다란 목소리로 웅얼거렸다.

"괜찮으시면 정식 취업 통보를 받을 때까지 있고 싶어요."

"언제까지든 원하는 대로 있어도 좋습니다." 에드워드가 말하고 기운을 복돋아주는 차를 한 모금 마셨다. "옥스퍼드에는 좀 기다리라고 하죠."

"그런데 왜 존에게 제가 덴마크로 트롤 사냥을 갈 거라고 하셨어요?"

"안타깝게도 오해가 있었던 모양이군요. 내가 제임스 맥브라이드의 『트롤 사냥 이야기』 새 판본을 받았다고 했더니 그 친구가 관심을 보였고……"

"리빙스턴 씨!"

"그 친구를 좀 골탕먹이고 싶은 유혹을 견딜 수가 없어서요." 서점 주인이 짓궂은 눈빛을 번득이며 털어놓았다. 올리버와 아이의 강아지, 상주 작가, 조카를 둔 이상한 남자, 추위를 피해 서점에 들어온 여자는 어느덧 까맣게 잊어버렸다. 그

것이 바로 달빛서점의 요정이 부리는 마술이었다.

"데이비드 리빙스턴 박사의 일지를 되찾으셨다는 소식도 전해줬어요."

"내가 가져갔었어." 올리버가 새 친구를 앞세운 채 낭만주의 작가 코너에 불쑥 모습을 드러내며 말했다. 아이의 자연스러운 포옹에 아그네스는 가슴이 뭉클했다. 아이가 강아지를 소개했다. "얘는 리브야."

에드워드는 못마땅하다는 듯이 혀를 끌끌 찼고 아그네스는 아이와 강아지의 머리털을 헝클어뜨렸다.

"마치 에니드 블라이튼의 소설 속 한 장면 같군." 에드워드 씨가 투덜댔다.

"아, 어떤 책인지 알 것 같아요. 재스민이 하도 성화를 부려서 에바 라이스의 『사람들은 이제 비밀을 지킬 줄 모르지』라는 소설을 읽었거든요."

"낯간지러운 연애소설을 좋아하는 당신 친구의 유별난 취향에 두 손 들었습니다."

"애틋한 감정을 느끼는 걸 부끄러워하지 않으면 세상이 조금 더 살 만한 곳이 되지 않을까요?"

"애틋한 게 뭐야?" 아그네스가 나눠준 초콜릿 케이크를 입에 넣은 채 트위스트가 물었다.

"너 같은 아이에게 느끼는 감정을 말하는 거야."

"부정확한 정의로 장차 우주탐험가가 될 우리 친구를 혼돈스럽게 하지 말아요." 리빙스턴 씨가 통을 놓았다. "녀석은 내 서점에 강아지를 데려오고 케이크를 우걱우걱 씹고 있는데다 유튜브에서 자물쇠 여는 법을 익혀 록우드 경감을 혼란에 빠뜨렸죠. 그런 여덟 살짜리 아이에게 어찌 애틋함을 느낄 수 있겠어요?"

"그건 그렇고, 왜 올리버가 일지를 빌려갔다고 존에게 알려주지 않으셨어요?"

"신사들 사이의 비밀이니까요."

"그리고 우리는 경찰 아저씨가 서점에 오는 게 좋았어." 아이가 말했다. "누나가 요즘 읽어주는 『세상에 없지만 완벽한 상상 친구』*처럼 조금 무섭긴 했지만."

"아그네스 누나도 록우드 경감을 무서워했단다. 경찰 아저씨가 잡아먹을 거라 생각했거든." 리빙스턴 씨가 그녀에게 한쪽 눈을 찡긋해 보이며 아이에게 말했다.

"일지를 훔친 혐의로 그가 저를 체포할 거라 생각했어요."

"고고학 전공자의 범죄율이 증가 추세라는 건 잘 알려진 사실이죠. 최근 통계에 따르면……"

"그래서 일지가 어떻게 된 건지 말해주세요." 아그네스가

---

* 영국 작가 A. F. 해럴드가 쓴 동화.

그의 말을 잘랐다.

“당신이 먼저 말해봐요. 뭐가 그리 무서웠는지. 체포니 어쩌니 하는 헛소리는 생략하고 말이죠.”

“전 두려워할 만했어요.”

“뭐가 두려웠나요, 아그네스? 존 록우드와 사랑에 빠질까 봐?”

“왜 그렇게 생각하시죠?”

“상당히 예리한 시오반의 의견이죠.”

“전 곧 런던을 떠날 거라 생각했어요.”

리빙스턴 씨가 잔에 차를 가득 따르고 눈썹을 찡그린 채 안경 너머로 그녀를 바라보았다. 올리버는 맨발 요정 아그네스가 해럴드의 책을 더 읽어주기를 기다리며 스웨터 소매에 묻은 초콜릿 케이크 부스러기를 털어내고 그녀의 발밑에 편안하게 자리를 잡았다. 아이는 그녀의 발에 가녀린 등을 기댄 채 리브를 품에 안았다. 따스한 안락함이 몸을 감싸자 아이는 곧 벽난로 앞에 앉은 노인처럼 고개를 꾸벅거리기 시작했다.

“참 영리하네요.” 에드워드가 그녀의 대답을 곰곰이 생각해 보고 말했다. “어려운 일이 닥치면 당신은 바로 우리를 버리고 떠날 생각이었군요.”

“그런 게 아니에요. 마음을 여는 데 시간이 필요한 사람들도 있잖아요.”

"조개처럼 말인가요?"

"이를테면 집에서 멀리 떨어신 객지에서 고생하는 사람이랄까요."

"책이 있는 곳이 바로 집이에요. 리처드 버튼 경의 말씀이죠."

아그네스는 자신의 발 위에 놓인 트위스트의 깃털 같은 몸과 정신없는 크리스마스 시즌이 지나간 달빛서점의 고요한 오후와 얼그레이와 코코아 향기를 만끽했다. 그녀는 소파에 기대 행복의 한숨을 내쉬고 웃음기 가득한 눈으로 괴팍한 서점 주인을 쳐다보았다.

"4월에 특별한 계획이 있나요?" 리빙스턴 씨가 한시적으로 자신의 서점에서 일하게 된 고고학자와 평온의 순간을 함께 나누며 물었다.

"책을 읽어야죠."

"바로 그런 대답 때문에 당신도 내가 이 세상에서 가장 좋아하는 사람 가운데 하나가 된 겁니다."

"사장님한테 전염된 거예요."

"4월에는 런던으로 돌아와야 할 겁니다. 내 결혼식에는 무조건 참석해야 하니까."

"오, 리빙스턴 씨! 정말 축하드려요. 그런데 어떻게 된 일이죠?"

"크리스마스이브 밤, 장차 당신의 시부모가 될 분들의 그 끔찍한 집에서 도망치듯 나온 뒤였어요. 시오반이 먼저 청혼을 했지요." 서점 주인이 자랑스럽게 덧붙였다. "켄싱턴가든스에서."

"정말 기쁜 소식이네요."

"아직 그렇게 말하기엔 일러요."

"왜죠?"

"당신한테 신랑 들러리를 서달라고 부탁할 생각이거든요."

오후는 평화롭게 지나갔다. 괜찮은 책 한 권을 사기 위해 눈보라를 뚫고 외출을 감행한 손님은 극소수에 불과했다. 마치 삶에 대한 은유처럼, 난방기구와 텔레비전이 구비된 집에 사는 사람들은 모험을 찾아 악천후 속으로 뛰어나갈 필요를 느끼지 못했다. 영국인에게 집은 자신의 성이나 마찬가지였다. 굳이 그 안에 장서를 갖추고 있지 않아도.

아그네스는 리빙스턴 씨와 차를 즐기고 올리버와 리브에게 『세상에 없지만 완벽한 상상 친구』와 잔니 로다리의 『전화로 들려주는 동화』를 조금씩 읽어주었다. 그리고 연휴 동안 밖에 진열했던 고전 총서를 제자리에 넣고—에드워드의 이론에 따르면 사람들은 조부모님에게 크리스마스 선물로 뭘 드릴지 내내 고민하며 구글 검색을 하다가 '노인'과 '고전'이 연관검색으로 뜨는 걸 보고 선물을 정했다—서가를 정리하며 인생 최악의 방황기에 자신을 품어준 그 공간을 하나하나 기억 속에 새겼다. 맨발이 닿을 때마다 기분좋게 삐걱거리는 마루, 난간에 식물 줄기 문양 나선형 장식이 달린 아름다운 철제 계단, 눈에 반쯤 파묻혀 있는 유리 천창, 역사책 코너에서 들려오는 올리버 트위스트의 웃음소리—아이는 이제 망원경만 붙든 채 혼자 있지 않을 것이다—상주 작가가 부드럽게 자판을 두드리는 소리, 하염없이 독자들을 기다리는 수백 권의 책, 리빙스턴 씨가 가장 아끼는 그림책 탁자, 사라졌다가 다시 나타난 탐사 일지가 보관되어 있는 진열장……

아들을 데려가기 위해 서점에 들른 로버타 트위스트가 새해 덕담을 건네자 리빙스턴 씨는 한동안 입을 다물지 못했다. 이제 그만 하루를 마무리해도 충분하겠다는 생각이 들었다. 그는 자기와 이름이 같은 털북숭이 강아지와 아이에게 작별인사를 건네고 푯말을 닫힘으로 돌려놓았다—실망스럽게도 최근 들어 별 쓸모가 없었지만 결국에는 그냥 놔두기로 했다—그리고 아그네스에게 이제 임라드리스*로 돌아가야 할 시간임을 상기시켰다.

“꼭 거기가 아니더라도 아무튼 요정들이 사는 곳으로 돌아

* 『반지의 제왕』 시리즈 속 요정들이 사는 마을.

갈 때입니다." 그가 파이프담배를 입에 문 채 궁얼거렸다.

"영원히 여기 머물 수 있다면 얼마나 좋을까요. 이곳은 세상으로부터 안전하다고 느끼는 유일한 장소예요."

"바로 이곳에서 존 록우드가 당신을 찾아냈다는 걸 기억하세요."

아그네스는 미소를 지었다. 그녀는 신발을 신고 외투를 입고 장갑을 끼고 목도리를 두른 다음 향수에 잠긴 시선으로 아름다운 서점을 둘러보았다.

"이곳에서는 무엇이든 가능해요."

"언젠가 당신의 길을 찾을 겁니다, 아그네스. 당신이 가는 곳에 그 길이 있을 거예요."

서점 주인이 그녀에게서 어떤 기색을 읽고 갑자기 손사래를 쳤다. 요정의 품에 안기면 그의 트레이드마크나 다름없는 무표정한 얼굴을 유지할 자신이 없었다.

"저는 평생 이런 곳을 찾고 싶었어요. 나 자신이 되어 아무런 두려움 없이 행복을 좇아 떠날 수 있는 곳을요."

그녀는 존의 파란 목도리를 목 주위에 동여맨 채 눈물이 그렁그렁한 눈으로 작별인사를 했다.

"내일 뵐게요, 리빙스턴 씨."

그녀는 며칠이나 더 그렇게 말할 수 있을까 생각하며 뒤를 돌아보지 않고 거리로 나섰다. 여섯 발짝 정도 걸음을 옮겼을 때 등뒤에서 서점 주인의 목소리가 들렸다.

"아그네스."

에드워드는 달빛서점 밖으로 나와 있었다. 회색 조끼와 소매를 걷은 셔츠 차림에 회중시계의 시곗줄을 달고 템플지구의 오래된 가로등이 비추는 부드러운 불빛을 받으며 인도 한가운데에 가만히 서서 옅은 미소를 짓고 있는 그의 모습이 보였다. 자신을 부르는 소리에 뒤를 돌아본 아그네스는 그를 그 모습 그대로 영원히 기억 속에 간직하고 싶었다. 그런 과묵하고 점잖은 빅토리아시대의 젠틀맨 같은 모습이야말로 서점 주인의 진정한 성격에 가장 가까웠기 때문이다. 밤을 알리는 포근한 눈송이가 그들 머리 위로 천천히 떨어지기 시작했다.

"아그네스." 에드워드 리빙스턴이 그녀를 다시 부르고 말을 이었다. "당신이 찾는 곳은 여기 있지 않아요." 그는 잠시 말을 멈추고 특유의 미소를 지었다. "그건 당신의 마음속에 있어요."

아그네스는 그의 반응에 아랑곳하지 않고, 하얀 눈송이가 휘날리는 대기를 뚫고 걸음을 되돌려 그를 있는 힘껏 껴안았다.

에필로그

어느 화창한 봄날, 아그네스는 오른손으로 달빛서점의 깃털 펜 모양 문손잡이를 잡고 문을 밀어 열었다. 두 달 만이었다. 하지만 새로 출간된 책의 향기를 맡고 발바닥에 닿는 마루의 촉감을 느끼자 그동안 계속 그곳에 있었던 것만 같았다.

"문 닫았소이다! 아, 자네구먼." 콜더컷 씨가 그녀를 알아보고 미소를 지었다. 그 어느 때보다 미스터 마구를 닮은 모습이었다. "하필이면 이럴 때 찾아오다니. 에드워드가 아까부터 계속 투키디데스를 인용해대고 있어."

아그네스는 지금이 적절한 때이든 아니든 결혼식에 초대받아 신랑을 식장으로 모셔갈 계획이라는 것을 굳이 말하지 않기로 했다. 콜더컷은 산더미처럼 쌓여 있는 일들 중에 무엇부터 시작해야 할지 모르는 사람처럼 혼이 나간 상태로 우왕좌왕하고 있었다.

올리버가 계단을 뛰어내려와 그녀의 품에 달려들었다.

"엄청난 멋쟁이가 되었네!" 아그네스가 꼬마 우주비행사를 껴안고 볼에 뽀뽀한 후 탄성을 내질렀다.

"이건 예복이라고 하는 거야, 누나." 아이가 말했다. "콜더컷 할아버지가 빌려주셨어. 어떤 유명한 러시아 사람이 어릴 때 입던 거래."

"로마노프왕조의 황제 니콜라이 2세." 디킨스와 트웨인의 책이 꽂혀 있는 서가 쪽에서 재단사의 목소리가 들려왔다.

"여름에 이걸 입고 크리켓이라도 했는지 냄새가 말도 못했어." 올리버가 목소리를 낮추어 말했다. "하지만 엄마가 드라이클리닝을 맡겼더니 괜찮아졌어."

"리빙스턴 씨는 어디 계셔?"

"클라라 누나가 밖에 데려가서 산책 시키고 있어."

"많이 긴장하셨니?"

"아니, 오줌을 눠야 해서."

아그네스는 어리둥절한 눈으로 아이를 쳐다보았다.

"강아지 얘기입니다." 진짜 리빙스턴 씨가 두 사람 사이에 와서 트위스트의 넥타이를 정돈해주며 말했다.

"당연히 그런 줄 알았죠." 아그네스가 거짓말을 했다.

"여기는 웬일이죠?"

"제가 들러리를 서기로 했잖아요."

"권총은 가져왔어요?"

"깜박했네요."

"템플교회로 가야 한다는 걸 깜박한 것처럼 말이죠." 리빙스턴 씨가 푸른 눈을 가늘게 뜨고 그녀를 마주보며 말했다.

그가 미소를 지으려는 찰나 아그네스가 먼저 고개를 끄덕이며 후회하는 얼굴로 어깨를 으쓱했다. 에드워드는 옛 직원을 바라보았다. 여느 때처럼 매우 아름다웠다. 그녀는 포니테일 스타일로 머리를 높이 묶고 바닥까지 내려오는 하늘색 오프숄더 실크 드레스를 멋지게 차려입고 있었다. 그녀가 걸음을 옮길 때마다 드레스가 사각거리며 서점의 오래된 마루를 부드럽게 스치고 지나갔다.

"당신이 프랑스혁명에 열광한다는 걸 몰랐다면 난 오늘 당신에게 프랑스의 어느 젊은 여왕처럼 아름답다고 했을 겁니다." 리빙스턴 씨가 자신은 프랑스와 관련된 것이라면 딱 질색이라는 것을 새삼 상기시키려는 듯이 오만상을 찌푸리며 말했다.

"과찬이세요."

서점 주인은 『이상한 나라의 앨리스』의 흰토끼처럼 회중시계를 확인하고는 아그네스에게 따라오라고 손짓했다.

"차 한잔 같이 마실 시간은 있을 것 같군요." 그가 진지한 목소리로 말했다.

그는 계산대에 잔 네 개를 올려놓은 다음 모에에상동 샴페인 한 병을 따고 거품이 나는 금빛 술을 따랐다. 네번째 잔에는 비시 생수를 따라 올리버에게 주었다. 에드워드는 콜더컷이 그의 상상 속에서 급한 일들을 끝마치를 기다렸다가 잠시 주목해달라고 말하고는 상황에 걸맞은 엄숙한 분위기로 건배를 제안했다.

"행복의 비결은 자유에 있고 자유의 비결은 용기에 있음을 명심하라." 리빙스턴 씨가 잔을 높이 들며 말했다.

"내가 아까 미리 경고했지." 재단사가 한숨을 내쉬었다. "오전 내내 투키디데스를 인용하고 있다니까."

"행복과 자유와 용기를 위해." 아그네스가 한마디 거들고 샴페인을 마셨다.

"우리 반지 원정대의 주역께서 옥스퍼드에서 가져온 좋은 소식이 있나요?" 서점 주인이 샴페인 거품을 음미하며 그녀에게 물었다.

"제가 꼭 프로도라도 된 것 같네요."

"반지 때문에요? 당신은 내 들러리잖아요."

"옥스퍼드 때문에요." 아그네스가 리빙스턴 씨에게 한쪽 눈을 찡긋했다. "새로운 소식은 없어요. 언제나처럼 오래된 물건들이 애시몰린박물관에 안전하게 보관되어 있죠."

"평온 그 자체인 것 같군요."

"글쎄요. 옥스퍼드 사람들은 그렇게 생각하지 않아요."

"록우드 경감이 방문한 탓이겠죠."

"아, 맞아요." 아그네스가 소리 내 웃음을 터뜨렸다.

"그 친구가 내 결혼식에 불참하면 실망이 클 겁니다."

존은 시오반을 먼저 만나 교회까지 직접 차로 데려가기로 했다고 설명하려는 찰나, 꽃무늬 원피스에 실내화 차림의 보랏빛 곱슬머리 부인이 요란스럽게 찰리 콜더컷의 필사적인 방어를 뚫고 들어와 두 사람의 대화를 중단시켰다.

"리빙스턴 씨!"

"드레스덴 부인!"

"웬일로 멋지게 차려입으셨어요?"

"서점 주인이 손님들을 격식 있게 맞이하면 안 되나요?"

"사십 분 뒤에 저 친구가 결혼을 합니다, 드레스덴 부인." 재단사가 눈을 치뜨며 끼어들었다.

아무리 닫힘 푯말을 눈에 잘 보이게 걸어두어도 아무 소용이 없다고 매번 불만을 토해내던 에드워드의 심정을 칼데콧 씨는 그제야 이해할 수 있었다.

"그런데 왜 아직 서점에서 이러고 있어요? 교회나 시청, 아니면 『한여름 밤의 꿈』에서처럼 아테네 인근 숲속으로 떠났어야 하지 않나요?"

"그게 아마…… 교회가 여기서 멀지 않거든요." 아그네스가 머뭇거리며 대답했다.

리빙스턴 씨가 그녀를 꾸짖는 눈초리로 쳐다보았다.

"아, 그럼 이번 주말에 읽을 책들을 가져갈 시간은 있겠네요." 부인이 보랏빛 곱슬머리를 휘날리며 신난 걸음으로 계단을 올랐다.

그 순간 다시 서점 문이 열리고 상주 작가가 안으로 들어왔다. 그는 멀리서 이타카섬을 발견한 오디세우스처럼 가게 안쪽의 서가에 시선을 고정한 채 "안녕하십니까" 하고 예의바르게 인사를 건네고 평소 자리에 앉았다.

"저기 죄송합니다만……" 좀전의 실패에도 불구하고 아직 패배를 인정하지 않은 콜더컷 씨가 운을 뗐다.

"신경쓰지 마세요, 찰리." 에드워드가 그의 말을 끊었다. "저 친구가 파란색 스탠드 밑에서 글을 쓸 수 있게 그냥 두죠."

"서점 문은 이따가 제가 들러서 닫을게요." 아그네스가 선뜻 나서서 말했다.

"옛 시절을 위해." 서점 주인이 잔을 들었다.

"옛 친구들을 위해." 콜더컷과 아그네스가 한목소리로 말했다.

"2층으로 올라가 드레스덴 부인에게 새로 읽을 만한 책들을 골라드려야겠어요. 그러지 않으면 어느새 자정을 알리는 종이 울리고 신데렐라가 구두를 놓고 갈지도 모르니까요." 리빙스턴 씨가 의미심장한 표정으로 아그네스의 다리 쪽을 내려다보며 말했다. 드레스 끝자락 사이로 그녀의 멋진 신발이 살짝 삐져나와 있었다. "멋진 구두군요, 왓슨."

"감사합니다, 친애하는 홈스."

아그네스는 고즈넉한 정적에 잠긴 서점을 둘러보았다. 안쪽에서 상주 작가가 자판을 두드리는 소리와 2층에서 에드워드의 제안에 퇴짜를 놓는 드레스덴 부인의 목소리가 희미하게 들릴 뿐이었다. 아름다운 계단 위쪽 창문으로 스며들어오는 빛 속에서 자그마한 먼지들이 섬세하게 춤을 추고 있었다. 투키디데스가 묘사한 아테네처럼 질서정연하게 정리된 책장들과 예복 차림의 금발 소년이 기다림에 지쳐 그림책 탁자에 놓인 책들을 뒤적거리는 모습이 눈에 들어왔다.

"올리버를 데리고 먼저 가시는 게 어때요?" 아그네스가 콜더컷 씨에게 제안했다.

"좋은 생각이네. 그러면 시오반을 안심시킬 수 있겠군. 그녀의 약혼자가 명예롭게 약속을 지킬 거라고."

"설마 이제 와서 리빙스턴 씨가 마음을 바꾸겠어요?"

"책들에 둘러싸여 있으면 에드워드는 자기 결혼식도 잊어버릴 인간이니까." 문 쪽에서 콜더컷이 말했다. "올리버, 할아버지하고 가자."

"아그네스 누나랑 갈래요."

"금방 따라갈게." 그녀가 아이에게 약속했다. "드레스덴 부인이 이번 주 전리품을 챙기시면 말이야." 그녀는 자기 옆을 지나가는 아이에게 몸을 숙이고 아이의 영롱한 눈을 들여다보았다. "에드워드 씨가 가장 아끼는 탁자에서 또 책을 슬쩍한 건 아니지?"

"거기 있는 책들은 열쇠로 잠가 보관해두지 않았잖아요!" 올리버가 외쳤다.

콜더컷 씨와 올리버가 교회로 떠나고 몇 분 뒤 드레스덴 부인이 계단을 내려왔다. 부인을 바싹 뒤따라 1층으로 내려온 서점 주인은 계산대로 가서 상당수의 책을 종이봉투에 담고 계산을 한 다음에 부인에게 5월 이후에 다시 오라고 일렀다.

"신혼여행을 가게 되었거든요."

"나니아로 가시나요?"

"농담하신 거죠, 드레스덴 부인?"

부인은 꽤 만족스러운 표정으로 얼굴을 붉히며 중학생처럼 깔깔거리며 웃었다.

"시오반과 함께 2주 동안 월터 스콧 경의 소설에 등장하는 지역을 돌아볼 겁니다. 클레이모어 검, 성, 월리스의 후손인 거친 사내들을 보게 되겠죠."

"5월 이후에나 오라고요?"

"네, 맞습니다." 서점 주인이 말했다.

드레스덴 부인이 입을 삐죽 내밀었다.

"섭섭해하지 마세요, 부인. 방금 조지 R. R. 마틴의 『얼음과 불의 노래』 시리즈 전권을 구입하셨잖아요. 내년 겨울까지도 읽으실 겁니다."

드레스덴 부인은 작별인사로 행복한 신혼여행을 기원하며 하일랜드에 있는 동안 시오반에게서 눈을 떼지 말라고 충고했다. 사랑에 빠지면 물불을 가리지 않는 파렴치한 그곳 사람들을 다룬 소설을 여러 권 읽었더니 북쪽 남자들에 대한 경계심이 싹텄다면서. 리빙스턴 씨는 각별히 조심하겠다며 여행에서 돌아오면 그곳이 어땠는지 정확하게 알려주겠다고 약속했다. 드레스덴 부인은 에드워드의 평가에 따라 다음 휴가지를 정하겠다고 대꾸했다.

"남편 없이 혼자 갈 거예요." 그녀가 꿈을 꾸듯이 말하고 서점을 나갔다.

"자, 이제 다 됐군요." 서점에 두 사람만 남게 되자 리빙스턴 씨가 말했다(상주 작가는 창작에 몰두하고 있는 동안에는 없는 사람으로 쳤다).

"다 됐네요." 아그네스가 대답했다.

에드워드는 연미복 재킷을 입은 다음에 옷깃을 가다듬고

찰리 콜더컷이 세심하게 단춧구멍에 꽂아준 흰 장미를 매만졌다. 그리고 다시 회중시계로 시간을 확인한 다음 회색 조끼 안에 넣어두고 아그네스를 보며 미소 지었다.

"준비됐어요?"

아그네스는 활짝 미소를 지으며 고개를 끄덕이고는 리빙스턴 씨와 팔짱을 낀 채 한쪽 손으로 얇은 드레스의 끝자락을 잡고 춤추듯 거의 몸을 한 바퀴 돌려 문으로 향했다.

"이렇게 예쁘고 똑똑한 들러리를 세워도 법에 저촉되지 않는지 모르겠네요." 서점 문턱에서 에드워드가 농담을 던졌다.

"그렇다고 록우드 경감이 체포해가지는 않을 거예요."

"그동안 보고 싶었어요, 아그네스."

"저도요." 그녀는 감정이 복받쳤다. "애시몰린박물관에는 고급 원목 마루가 깔려 있는데도 맨발로 일하는 사람을 못마땅하게 보거든요."

"빌어먹을 머글들." 리빙스턴 씨가 꿍얼댔다.

두 사람은 서점 밖으로 나가 얼굴을 간지럽히는 따스한 햇살을 만끽했다. 새로운 모험을 시작하기에 완벽한 날이었다.

"템플교회가 어느 쪽이죠?" 아그네스가 물었다. "여기서 오른쪽인가요, 왼쪽인가요?"

리빙스턴 씨는 오랫동안 쓰지 않아서 녹이라도 슨 듯한 걸걸한 웃음을 터뜨리며 그에게 팔짱을 낀 요정의 팔을 행복하게 토닥였다.

"어느 쪽인지가 중요한가요? 길을 즐기면 그만이죠."

옮긴이 **박세형**
서울대학교 서어서문학과를 졸업하고 동 대학원 석사 과정을 수료했다. 로베르토 볼라뇨의 『SF의 유령』 『악의 비밀』 『전화』 등을 우리말로 옮겼다.

문학동네 세계문학
리빙스턴 씨의 달빛서점

초판 인쇄 2022년 11월 25일
초판 발행 2022년 12월 2일

지은이 모니카 구티에레스 아르테로 | 옮긴이 박세형
책임편집 김미혜 | 편집 손미선 김혜정
디자인 이보람 유현아 | 저작권 박지영 형소진 이영은 김하림
마케팅 정민호 이숙재 박치우 한민아 이민경 안남영 왕지경 김수현 정경주
브랜딩 함유지 함근아 김희숙 고보미 박민재 박진희 정승민
제작 강신은 김동욱 임현식 | 제작처 천광인쇄사

펴낸곳 (주)문학동네 | 펴낸이 김소영
출판등록 1993년 10월 22일 제2003-000045호
주소 10881 경기도 파주시 회동길 210
전자우편 foret@munhak.com | 대표전화 031) 955-8888 | 팩스 031) 955-8855
문의전화 031) 955-2689(마케팅) 031) 955-8860(편집)
문학동네카페 http://cafe.naver.com/mhdn
인스타그램 @munhakdongne | 트위터 @munhakdongne
북클럽문학동네 http://bookclubmunhak.com

ISBN 978-89-546-8980-9 03870

www.munhak.com